아웃사이더

The Outsiders
by S. E. Hinton

Text copyright ⓒ 1967 by S. E. Hinton.
Copyright renewed S. E. Hinton, 1995.
All rights reserved.

Korean translation copyright ⓒ 2004 by Moonye Publishing Co., Ltd.
This Korean edition was published by arrangement with
S. E. Hinton c/o Curtis Brown Ltd.,
New York through KCC(Korea Copyright Center, Inc.), Seoul.

이 책의 한국어판 저작권은 한국저작권센터(KCC)를 통해
저작권자와 독점 계약한 (주)문예출판사에 있습니다.
저작권법에 의하여 한국 내에서 보호를 받는 저작물이므로
무단전재와 복제를 금합니다.

아웃사이더

S. E. 힌턴 지음 | 신소희 옮김

문예출판사

지미에게

* 일러두기

〔 〕는 옮긴이주입니다.

차례

나, 포니보이 ___ 9
소셜 여자애를 헌팅하다 ___ 39
그리저와 소셜은 달라 ___ 69
손잡이까지 피로 물든 나이프 ___ 97
오래된 교회에 숨어서 ___ 122
불길 속에서 아이들을 구하다 ___ 152
그리저의 마음 소셜의 마음 ___ 178
다가오는 결투의 시간 ___ 210
자니케이크 눈을 감다 ___ 231
또 한 사람의 죽음 ___ 263
내가 밥을 죽였어 ___ 281
다시 처음으로 ___ 291

S. E. 힌턴 인터뷰 ___ 314
옮긴이의 말 ___ 321

나, 포니보이

어두운 영화관을 나와 밝은 햇빛 속으로 걸음을 옮기면서, 나는 오직 두 가지만을 생각하고 있었다. 폴 뉴먼, 그리고 어떻게 집에 가야 할지를. 나도 폴 뉴먼처럼 생겼다면 좋을 텐데 하고 나는 바랐다. 그는 터프하게 생겼지만, 나는 그렇지 못했다. 하지만 나의 외모도 그리 나쁘진 않다. 거의 붉은색에 가까운 밝은 갈색 머리, 초록빛 도는 회색 눈. 초록색 눈을 가진 녀석치고 내 맘에 드는 경우가 거의 없기 때문에, 나로서는 좀 더 회색이 짙었으면 좋겠다고 생각하지만, 있는 그대로의 나에게 만족해야만 할 것이다. 내 머리는 대부분의 다른 남자애들보다 긴데, 뒤쪽은 네모지게 다듬고 앞쪽과 옆은 길게 기르고 있다. 하지만 나는 그리저(속어로, 젊은 폭주족을 이른다)이고, 우리 동네 남자애들은 대체로 이발 따위 신경 쓰지 않는다. 게다가 나는 긴 머리가 더 잘 어울린다.

집까지는 한참 걸어가야 했고 같이 갈 사람도 없었다. 원래 나는 혼자 다니기 일쑤다. 이유는 딱히 없다. 단지 방해받지 않고 영화를 보고 싶고, 마음껏 영화에 빠져 배우들과 함께 숨 쉬고 싶다. 누군가와 같이 영화를 볼 때면 약간 불편한 느낌인데, 뭐랄까 누군가가 내가 읽는 책을 어깨 너머로 읽고 있는 것 같다. 나는 그 점에서 남다르다. 예를 들어, 내 둘째 형 소다는 열여섯 살에서 열일곱 살이 되는 참인데, 책이라고는 펼쳐본 적도 없다. 보통 데리라고 불리는 큰형 데릴은 너무 긴 시간을 고되게 일하기 때문에 이야기나 그림 같은 데 관심을 갖기 어렵다. 그러니 나는 그들과 다른 셈이다. 우리 패거리 중에도 나처럼 영화나 책에 열중하는 녀석은 없다. 한동안 세상에 나 말고는 그런 사람이 없는 줄 알았다. 그래서 혼자 다녔다.

적어도, 소다는 데리보다는 나를 이해하려고 노력한다. 사실 소다는 어느 누구와도 다르다. 그는 거의 모든 것을 이해한다. 그는 데리가 항상 그러듯이 내게 고함을 치지도 않고, 내가 열네 살이 아니라 여섯 살인 양 대하지도 않는다. 나는 소다를 세상의 누구보다도, 돌아가신 엄마 아빠보다도 더 사랑한다. 소다는 항상 태평스러운 미소를 짓고 있는 반면, 데리는 무뚝뚝하고 완고하며 웃는 일이 드물다. 하지만 데리가 스무 해 동안 너무 많은 일을 겪고 너무 일찍 자란 반면 소다팝은 전혀 자라지 않은 것도 사실이다. 어느 쪽이 더 나은지 잘 모르겠다. 조만간 생각해봐야겠다.

하여튼, 집으로 걸어가면서 영화에 대해 생각하고 있던 나는 불현듯 누군가 동행자가 있었으면 하는 생각이 들었다. 그리저들은 좀 오래 걸었다 싶으면 습격을 당하거나, 그렇지 않으면 지나치던 누군가로부터 "그리저!"라고 야유를 듣기 일쑤다. 내 말을 이해할지 모르겠지만, 그건 그다지 기분 째지는 일은 아니다. 우리를 습격하는 것은 소셜들이다. (이렇게 쓰는 것이 맞는지 모르겠다.) 소셜들, 다시 말해 제트족〔제트 여객기로 세계를 돌아다니는, 혹은 그럴 정도로 부유한 상류 계급〕, 웨스트사이드의 부유한 녀석들 말이다. 한편, 우리 이스트사이드 녀석들은 모두 '그리저'라고 통칭된다.

우리는 소셜들보다, 그리고 중산층보다 더 가난하다. 내 생각에는 더 거칠기도 하다. 그리저들을 습격하고 집들을 부수고 흥청망청 맥주 파티를 여는, 신문 사설란에서 어느 날은 공공의 수치였다가 다음날은 사회의 인재가 되는 소셜들과는 다르다. 그리저들은 조직 폭력배와 거의 비슷하다. 우리는 물건을 훔치고, 낡은 차를 개조해서 몰고 다니고, 주유소를 털고, 종종 패싸움을 벌인다. 내가 그런

다는 얘기는 아니다. 내가 경찰한테 걸린다면 데리는 날 죽이려 들 것이다. 엄마 아빠가 자동차 사고로 죽은 후에도 우리 셋이 계속 같이 지낼 수 있었던 것은 우리가 착실하게 행동했기 때문이었다. 때문에 소다와 나는 최대한 말썽에 휘말리지 않도록 애썼고, 도저히 어쩔 수 없을 때는 걸리지 않도록 주의한다. 내 말은 단지 그리저들의 대부분이 그렇게 한다는 얘기다. 우리가 머리를 기르고 청바지에 티셔츠를 입으며, 셔츠 뒷자락을 바지 밖으로 빼 입고 가죽 재킷에 테니스화나 부츠를 신는 것도 마찬가지 문제다. 소셜이나 그리저 중 어느 쪽이 더 낫다고 생각하진 않는다. 그냥 원래 그런 것이다.

데리나 소다팝이 일을 마치고 올 때까지 기다렸다가 영화관에 갈 수도 있었다. 그들은 나와 함께 가거나, 아니면 거기까지 차로 데려다주거나, 함께 걸어가주었을 것이다. 하지만 소다는 영화를 감상할 만큼 오래 앉아 있지를 못했고, 데리는 영화란 끔찍하게 지겹다고 생각했다. 그는 다른 사람들의 인생 따위는 구경하지 않아도 된다고, 자기 인생만으로도 벅차다고 했다.

아니면 우리 패거리 중 한 사람을 데려갈 수도 있었다. 데리와 소다와 나와 함께 자라왔으며 한 식구로 여기는 네 녀석 중에서 말이다. 우리는 거의 형제나 마찬가지다. 우리 동네처럼 좁아터진 곳에서 자란 이들은 서로를 정말로 잘 알게 되는 것이다. 내가 생각만 했더라면, 데리에게 전화를 해서 퇴근하는 길에 들러 나를 데려가라고 할 수도 있었다. 아니면, 우리 패거리인 투비트 매튜스도 내가 부탁했다면 차로 우리 집까지 태워다주었을 것이다. 하지만 가끔 나는 생각하기 귀찮을 때가 있다. 데리 형은 내가 그렇게 바보처럼 굴 때면 엄청 열받아한다. 내 머리가 좋다고 여기기 때문이다. 성적도 잘 나오고 아이큐도 높고 등등. 그래도 나는 여전히 생각이 없고, 게다가 걷는 것을 좋아했다.

하지만, 아무래도 걷는 게 그리 좋지는 않다는 쪽으로 생각을 바꿔야 할 것 같았다. 빨간 콜베어가 나를 따라오고 있는 것을 눈치 챘기 때문이다. 대략 두 블록 정도만 가면 집이었기에, 걸음을 조금 빨리했다. 나는 한 번도 습격당한 적이 없었다. 하지만 자니가 네 명의 소셜들에게 당하고 난 꼴을 보았고, 그건 보기 좋은 광경은 아니었다. 자니는 그 후로 자기 그림자만 보고도 겁을 먹곤 했다. 그때 자니는 열여섯 살이었다.

하지만 그래 봤자 소용이 없다는 것은—빨리 걷는 것 말이다—콜베어가 내 옆에 와 멈추고 다섯 명의 소셜들이 내리기 전에도 이미 알고 있었다. 나는 잔뜩 겁에 질렸다. 내 체격은 괜찮았지만 키는 열네 살치고 작은 편이었으며, 그 녀석들은 나보다 컸다. 나는 자동적으로 엄지손가락을 청바지에 찔러 넣고 몸을 구부정하게 수그리면서, 달아난다면 과연 성공할지 생각해보았다. 자니의 얼굴, 온통 베이고 멍들어 있던 그 얼굴이 떠올랐다. 우리가 반쯤 정신을 잃은 채 주차장 구석에 처박혀 있던 자니를 찾아냈을 때 녀석이 얼마나 울어댔는지도. 자니는 집에서 어지간히 구박을 받으며 자라왔고, 그리 쉽게는 울지 않는 녀석이었다.

땀이 꽤나 심하게 흐르고 있었는데도 한기가 들었다. 손바닥이 끈적끈적해지고, 식은땀이 등줄기를 타고 흘렀다. 진짜로 겁이 날 때면 항상 그랬다. 혹시 음료수 병이나 막대기 같은 게 없나 하고 주위를 둘러보았지만—소다의 단짝인 스티브 랜들은 예전에 깨진 음료수 병을 가지고 넷을 상대한 적이 있었다—아무것도 없었다. 그래서 그들이 나를 에워싸는 동안 통나무 그루터기처럼 가만히 서 있었다. 아무 생각도 하지 않았다. 그들은 사방에서 천천히, 조용히, 미소를 지으며 내게로 걸어왔다.

"어이, 그리저."

한 녀석이 느끼한 목소리로 말했다.

"우리가 좋은 일 하나 해주려고 하는데, 기름기 질질 흐르는 그 긴 머리를 잘라주려고 말이야."

그는 무명 셔츠를 입고 있었다. 아직도 또렷이 기억난다. 푸른색 무명 셔츠였다. 누군가가 웃더니, 나를 향해 나직이 욕지거리를 내뱉었다. 나는 무슨 말을 해야 할지 몰랐다. 다구리를 당하기 직전에는 할 수 있는 말이 별로 없는 법이다. 그래서 입을 다물고 있었다.

"이발해줄까, 그리저?"

중키의 금발이 뒷주머니에서 나이프를 뽑아 칼날을 열어젖혔다.

나는 간신히 할 말을 떠올렸다.

"아니."

나는 나이프를 피해 서서히 뒷걸음질쳤다. 물론 그것은 다른 녀석에게로 곧바로 다가가는 꼴이었다. 그들은 순식간에 나를 쓰러뜨렸다. 내 팔다리를 꽉 붙잡아 누르더니, 한 녀석이 내 가슴 위에 걸터앉아 무릎으로 내 팔꿈치를 눌렀다. 그게 안 아플 거라고 생각하는 놈은 미친놈일 게다. '잉글리시 레더' 면도 로션 냄새와 담배에 전 내가 확 풍겨왔고, 무슨 짓을 당하기 전에 먼저 질식해 죽는 게 아닐까 하는 바보 같은 생각이 떠올랐다. 하지만 진짜 무진장 겁이 나서, 차라리 그렇게 되는 게 나을 것 같았다. 나는 빠져나가려고 발버둥쳤으며 한순간은 성공할 뻔했다.

그러자 놈들은 내 몸을 더욱 단단히 죄었고, 내 가슴 위에 앉은 놈은 몇 번이고 나를 두들겨 팼다. 그래서 가만히 누운 채 숨을 헐떡거리며 그들에게 욕을 내뱉는 것밖에 할 수 없었다. 칼날이 내 목에 와 닿았다.

"그럼 턱 바로 밑에서부터 시작할까?"

퍼뜩, 놈들이 나를 죽일지도 모른다는 생각이 들었다. 나는 돌아버렸다. 소다, 데리, 아니 누구든 좋으니 도와달라고 외치기 시작했다. 누군가가 손으로 내 입을 막았다. 나는 그 손을 있는 힘껏 깨물었고, 이 사이로 흐르는 피의 맛을 느꼈다. 나직한 욕지거리와 함께 또다시 주먹질이 시작되었고, 내 입 안에는 손수건이 쑤셔 넣어졌다. 어느 녀석이 계속 외치고 있었다.

"저놈 입 닥치게 해. 제기랄, 저 새끼 입 좀 닥치게 하라고!"

그때 함성과 묵직한 발소리가 들려왔고, 소셜들은 벌떡 일어나더니 나자빠져 숨을 헐떡이는 나를 내버려둔 채 달아났다. 나는 거기 누워 도대체 무슨 일이 일어난 건지 의아해하고 있었다. 사람들이 내 몸을 뛰어넘거나 곁을 지나서 뛰어갔지만, 너무 얼이 빠져 상황을 파악할 수가 없었다. 그때 누군가가 내 몸을 팔로 꽉 붙들며 끌어당겨 일어나게 했다. 데리였다.

"괜찮은 거냐, 포니보이?"

그는 나를 마구 흔들어댔다. 나는 제발 멈춰줬으면 하고 생각했다. 안 그래도 어지러워 죽을 지경이었다. 그래도 그가 데리라는 건 알 수 있었다. 어느 정도는 목소리 때문이었고, 어느 정도는 스스로 의식하지 못하면서 항상 나를 거칠게 다루는 데리의 특성 때문이었다.

"괜찮아. 흔들지 좀 마, 데리 형. 난 괜찮으니까."

그는 곧 멈췄다.

"미안하다."

진짜로 미안하지도 않으면서. 데리는 무슨 짓을 하고서든 미안해한 적이 없다. 참 이상한 것은, 데리의 외모는 아버지를 꼭 빼닮았는데 행동은 정반대라는 것이다. 우리 아버지는 돌아가실 때 겨우 마흔이었고 게다가 스물다섯 정도로밖에 보이지 않아서, 사람들은 데리와 아빠가 부자가 아니라 형제인 줄 알았다. 하지만 그들이 닮은 것은 외모뿐이었다. 아버지는 어느 누구에게도 의식하지 못한 채 거칠게 대한 적이 없었다.

데리는 188센티미터 키에 어깨가 떡 벌어진 건장한 체구였다. 짙은 갈색 머리는 앞쪽으로 길게 자랐고 뒤쪽은 약간 뻗쳐 있었다. 아빠와 똑같은 머리였다. 하지만 데리의 눈은 전혀 달랐다. 그의 눈은 파리한 청록색을 띤 두 개의 얼음 조각 같았다. 그의 얼굴 다른 부분들이 그렇듯, 눈 역시 완강한 인상을 주었다. 그는 거칠고, 차갑고, 깔끔했으며, 스무 살이었지만 그보다 훨씬 나이 들어 보였다. 눈빛만 그렇게 차갑지 않다면 그는 정말 잘생긴 남자였을 것이다. 데리는 단순하고 확고한 사실이 아닌 것은 전혀 이해하지 못하는 사람이었다. 하지만 그는 생각을 할 줄 알았다.

나는 다시 앉아서, 가장 많이 얻어맞은 뺨을 문질렀다.

데리는 바지 주머니에 주먹을 찔러 넣었다.

"녀석들에게 많이 얻어맞은 건 아니지, 응?"

천만에. 내 몸은 욱신욱신 아팠고 가슴팍은 쓰라렸으며 너무 긴장해서 손이 벌벌 떨렸다. 엉엉 울고 싶은 기분이었다. 하지만 데리에게는 그렇게 말할 수 없었다.

"괜찮아."

소다팝이 내게로 성큼성큼 걸어왔다. 그때쯤엔 나도 아까 들은 소리가 우리 패거리가 날 구하러 오는 소리였음을 알아차리고 있었다. 그는 곁에 쭈그리고 앉아 내 머리를 살펴보았다.

"좀 베였구나, 그렇지, 포니보이?"

나는 그저 멍청히 그를 바라보았다.

"베였어?"

그는 손수건을 꺼내더니, 끝을 침으로 적셔서 내 머리 옆쪽을 부드럽게 눌렀다.

"너 도살장의 돼지처럼 피를 흘리는데."

"내가?"

"봐!"

그가 보여준 손수건은 마술이라도 부린 듯 붉게 물들어 있었다.

"녀석들이 칼을 댔니?"

그 목소리가 떠올랐다.

'이발해줄까, 그리저?'

녀석이 내 입을 다물게 하는 와중에 칼날이 스친 모양이었다.

"응."

소다는 내가 아는 누구보다도 잘생긴 남자다. 데리와는 비교도 안 되었고, 거의 영화 배우 수준이었다. 길거리를 지나갈 때면 사람들이 멈춰 서서 바라보는 그런 타입 말이다. 그는 데리처럼 훤칠하지는 않고 약간 마른 편이었다. 하지만 그의 얼굴은 아름답고 섬세할 뿐 아니라, 신기하게도 무심하면서 동시에 사려 깊게 보일 수 있는 얼굴이었다. 뒤로 빗어 넘긴 짙은 금발은 길고 매끄러운 생머리였고, 여름이면 햇볕에 바래 밀짚 같은 밝은 금빛으로 반짝거렸다. 눈은 짙은 갈색이었다. 쾌활하게 춤추고 무심하게 웃음 짓는 그 눈은 한순간 부드럽고 따스했다가도 순식간에 분노로 불타오르곤 했다. 아빠를 빼닮은 눈을 가졌지만, 소다 역시 나름대로 별종이다. 자동차 경주나 댄스 파티에 가면, 그는 술 가까이엔 가지도 않고서 취할 수 있었다. 우리 동네에선 이따금씩 술 한잔 마시지 않는 아이가 거의 없다. 하지만 소다는 술이라곤 한 방울도 마시지 않는다. 그럴 필요가 없다. 그는 그저 살아 있는 것 자체에 취하는 것이다. 그리고 그는 모든 사람들을 이해한다.

소다의 눈이 내게로 좀 더 가까이 다가왔다. 나는 얼른 눈을 돌렸다. 솔직히 말하자면, 울음을 터뜨렸던 것이다. 내 얼굴이 창백해진 것이 느껴졌고, 몸이 나뭇잎처럼 벌벌 떨렸다.

소다는 가만히 내 어깨에 손을 얹었다.

"괜찮아, 포니보이. 녀석들은 더 이상 널 아프게 하지 못해."

"알아."

대답은 했지만, 땅이 흐릿해지기 시작하더니 뜨거운 눈물이 뺨 위로 흘러내렸다. 나는 황급히 눈물을 닦아냈다.

"약간 쫄아서 그래. 그뿐이야."

떨리는 숨을 깊이 들이쉬고는 울음을 멈추었다. 데리

앞에서 울 수는 없었다. 우리가 빈 주차장에서 찾아냈던 그날의 자니처럼 심하게 다쳤다면 모를까. 자니에 비하면 나는 다친 것도 아니었다.

소다는 내 머리를 쓰다듬었다.

"넌 착한 애야, 포니."

나는 웃어 보이지 않을 수 없었다. 소다는 별 이유도 없이 상대를 웃음 짓게 만든다. 아마도 그 자신이 항상 웃음 짓고 있기 때문일 것이다.

"미쳤구나, 소다. 정신이 나갔어."

데리는 둘의 머리에 한 방씩 먹여야 속이 시원하겠다는 듯이 우리를 바라보았다.

"너희는 둘 다 미쳤어."

소다는 한쪽 눈썹을 치켜 올렸을 뿐이었다. 투비트에게서 배운 수작이었다.

"아마도 우리 집 유전인가 봐."

데리는 한동안 그를 노려보더니, 웃어버리고 말았다. 소다팝은 다른 사람들처럼 데리를 두려워하지 않았고, 오히려 그를 놀려먹기까지 했다. 나로서는 차라리 다 자란 회색 곰을 놀리는 게 나을 것 같았다. 하지만 무슨 이유에선지, 데리는 소다에게 놀림받는 것을 즐기는 듯했다.

소셜들이 차에 올라탈 때까지 쫓아가서 달아나는 녀석

들에게 돌멩이를 던진 친구들은, 이제 우리 형제한테 달려오고 있었다. 네 명의 야위고 거친 소년들. 그들은 못처럼 튼튼했고 실제로도 그렇게 보였다. 나는 그들과 함께 자라왔고, 그들은 어린 나를 한패로 받아들여주었다. 내가 데리와 소다의 막내 동생인 데다 입 다물고 있을 줄도 알았기 때문이었다.

스티브 랜들은 열일곱 살로, 키가 크고 여위었으며 머리에 기름을 잔뜩 발라 복잡한 소용돌이 모양으로 빗고 있었다. 그는 건방지고 영리했으며 초등학교 때부터 소다와 단짝이었다. 스티브의 전공은 자동차였다. 그는 동네의 누구보다도 빠르고 소리 없이 휠캡을 들어 올릴 수 있었을 뿐만 아니라, 자동차의 밑이나 뒤쪽도 잘 알고 있었으며, 바퀴 달린 것이라면 무엇이든 조종할 수 있었다. 그와 소다는 같은 주유소에서 일했는데—스티브는 시간제로, 소다는 전일제로 일했다—그곳은 다른 주유소들보다 훨씬 손님이 많았다. 워낙 차에 대해 빠삭한 스티브 때문이었는지, 꿀이 파리를 끌어당기듯 여자애들을 잡아끄는 소다 때문이었는지 모르지만. 스티브가 소다의 단짝만 아니었다면 나는 그와 어울리지 않았으리라. 그 역시 나를 좋아하지 않았다. 그는 나를 귀찮게 졸졸 따라다니는 어린애라고 생각했다. 여자애들과 어울릴 때만 빼놓고 소다는 어디든 항상 나를 데리고 다녔으며, 그것이 스티브에게는 거슬렸다. 그건 내 탓이 아니었다. 언제나 소다가 같이 가자고 했지, 내가 끼워달라고 한 적은 없다. 소다는 나를 어린애로 보지 않았다.

투비트 매튜스는 우리 패거리에서 가장 큰형이자 익살꾼이었다. 183센티미터 정도 되는 키에 단단한 체격이었고, 길고 불그스름한 구레나룻을 매우 자랑스럽게 여겼다. 그는 잿빛 눈과 시원시원한 웃음, 그리고 숨을 쉬듯 우스갯소리를 해대는 버릇을 갖고 있었다. 그의 입을 다물게 하는 것은 불가능했다. 그는 항상 한마디라도 간족거려야만 직성이 풀렸고, 별명도 그 때문에 생겨난 것이었다(two-bit란 말에는 하잘것없는, 싸구려의, 시시한이라는 뜻이 있다). 심지어 학교 선생들도 그의 원래 이름이 키스라는 것을 잊어버렸고, 아이들은 아예 그에게 이름이 있다는 것도 기억하지 못했다. 그는 들치기 솜씨와 까만 손잡이 달린 나이프(바로 앞의 솜씨가 아니었다면 얻을 수 없었을)를 다루는 솜씨로 유명했으며, 항상 경찰들을 놀려먹지 않고서는 못 배겼다. 뭔가 말할 때마다 사람들을 배꼽 잡게 했던 그로서는, 경찰들도 끼워주어서 그들의 지루한 생활을 한결 즐겁게 해주고 싶었던 것이다. (어쨌든 그가 내게 설명한 바에 따르면 그랬다.) 그는 싸움과 금발 여자를 좋아했고, 무슨 심오한 이유에선지 모르지만 학교도 좋아했다. 열여덟 살 반인데도 아직 중학생이었고, 아무것도 배우지를 못했던 그에게 학교는 그저 재미 삼아서 다니는 곳이었다. 나는 그를 매우 좋아했는데, 그는 남들을 웃음거리로 삼듯 우리 자신조차 웃음거리로 만들었기 때문이다. 나는 그가 윌 로저스(20세기 초의 영화 배우)를 닮았다고 생각했다. 아마도 씩 웃는 그 표정 때문일 것이다.

우리 패거리에서 진짜 물건을 하나 골라야 한다면 아마도 댈러스 윈스턴—댈리일 것이다. 나는 기분 나쁠 때의 그를 즐겨 그리곤 했는데, 그런 때면 선 몇 개만 그어도 그의 특징을 포착할 수 있기 때문이다. 그의 얼굴은 난쟁이 요정 같았다. 높은 광대뼈에 뾰족한 턱, 짐승처럼 작고 날카로운 이빨, 살쾡이를 닮은 귀. 머리는 거의 흰색에 가까운 금발이었는데, 이발도 기름을 바르는 것도 꺼린 탓에 이마 위로 다발을 이루었고, 뒤로는 더부룩하게 멋대로 자라서 귀 뒤와 목선을 따라 곱슬거리고 있었다. 눈은 푸르게 불타오르는 얼음 같았으며, 세상에 대한 증오로 차갑게 빛났다. 댈리는 뉴욕의 빈민가에서 3년 간 지냈으며 열 살에 체포된 경력이 있었다. 그는 우리 중 누구보다도 거칠었다—누구보다도 거칠고, 냉정하고, 비열했다. 그리저와 폭력배를 구분 짓는 미묘한 차이를 댈리에게서는 찾을 수 없었다. 그는 시내의 조폭들, 이를테면 팀 셰퍼드의 패거리들만큼이나 사나웠다.

뉴욕에 있을 때 댈리는 패싸움에 열을 올렸지만, 이곳에는 조직된 패거리 자체가 드물었다. 함께 어울려 다니는 친구들 무리가 있을 뿐이었으며, 싸움은 사회적 계급 간에 존재했다. 이른바 '난투'라는 것은 대체로 복수전에서 비롯되었고, 양편은 그저 자기 친구들을 데리고 왔던 것이다. '리버 킹스'나 '타이버 스트리트 타이거즈'처럼, 정식으로 이름을 가진 조직이 근방에 몇 있기는 했다. 하지만 이곳 남서부 구역에는 조직끼리의 경합 같은 건 없었다. 때문에 댈리는 가끔 그럴싸한 싸움판에 끼어드는 게 고작이었고, 딱히 증오할 상대를 찾을 수 없었다. 조직은 없고, 오직 소셜뿐이었다. 그리고 우리는 무슨 수를 쓰든 소셜에게는 이길 수가 없었다. 기회와 행운은 모두 그들의 것이었고, 그들을 두들겨 패도 그 사실은 변하지 않았다. 아마도 그 때문에 댈러스가 그리도 냉소적이 된 것이리라.

그는 꽤나 명성이 자자했다. 경찰서에서는 그에 대해 따로 명부를 만들어두었다. 그는 체포당하고, 술에 취하고, 로데오에서 말을 타고, 거짓말하고, 사기 치고, 도둑질하고, 주정뱅이들에게 삥뜯고, 어린애들을 습격하는 등 안 해본 짓이 없었다. 나는 그를 좋아하지 않았지만, 그의 영리함은 존경하지 않을 수 없었다.

자니 케이드는 막내였고 가장 존재감이 약했다. 낯선 사람들 사이에서 길을 잃고 수없이 걷어차인 작고 까만 강아지를 상상해보라. 그러면 자니의 모습을 짐작할 수 있을 것이다. 그는 나 다음으로 어렸고, 우리 중 가장 키가 작고 왜소했다. 눈은 크고 새까맸으며 얼굴은 검게 그을려 있었다. 칠흑 같은 머리는 기름을 잔뜩 발라 양쪽으로 빗어 넘겼지만, 너무 길어서 텁수룩하게 앞으로 흘러내려 이마를 가리고 있었다. 눈빛에는 불안과 의심이 어려 있었고, 소셜들에게 얻어터진 사건 이후로는 더욱 그랬다. 그는 우리 패거리의 귀염둥이였으며, 모두의 막내 동생과도 같았다. 자니의 아버지는 항상 그를 때렸다. 어머니는 그를 무시했지만, 무언가 성질나는 일이 있을 때면, 우리 집까지 들릴 만큼 큰 소리로 자니에게 소리를 지르곤 했다. 아마도 그에게는 맞는 것보다 더 괴로운 일이었으리라. 우리만 아니었다면 자니는 백만 번도 더 달아났을 것이다. 우리 패거리가 없었다면, 자니는 사랑이나 애정을 알지 못했을 것이다.

나는 얼른 눈물을 닦아냈다.

"그놈들 잡았어?"

"아니. 이번엔 놓쳤어. 빌어먹을……."

투비트는 신나게 지껄이면서, 생각하거나 지어낼 수 있는 욕지거리를 있는 대로 소셜들에게 퍼부어댔다.

"꼬마는 괜찮아?"

"괜찮아."

뭔가 할 말을 찾아내야 했다. 사람들과 같이 있을 때 나는 대체로 조용한 편이다. 우리 패거리와 함께일 때라도. 나는 화제를 바꾸었다.

"깜빵에서 나온 줄 몰랐어, 댈리."

"모범수라나. 빨리 쫓아내더군."

댈러스는 담배에 불을 붙이더니 자니에게 건네주었다. 모두 앉아서 담배를 피우며 숨을 돌렸다. 담배는 항상 긴장을 풀어준다. 떨리던 게 멈추고 혈색도 돌아왔다. 담배를 피우자 기분이 진정되었다. 투비트가 눈썹을 치켜 올렸다.

"멍 한번 근사하게 들었는데, 꼬마."

나는 조심스럽게 뺨을 만져보았다.

"그래?"

투비트는 점잖게 고개를 끄덕였다.

"칼자국도 근사하고. 너 꽤나 화끈해 보여."

화끈하다는 말과 쌔끈하다는 말은 다르다. 전자는 사납다는 말과 마찬가지고, 후자는 근사하고 멋지다는 뜻이다.

쌔끈하게 생긴 무스탕, 혹은 쌔끈한 음악이라는 식이다. 우리 동네에서는 양쪽 다 칭찬이다.

스티브는 나를 향해 담뱃재를 떨었다.

"뭐 하고 있었냐, 혼자 걸어 다니게?"

그런 얘기를 끄집어내는 건 항상 스티브 그 자식의 몫이었다.

"영화를 보고 집에 가는 중이었어. 이런 일은 생각 못 했……"

"넌 항상 생각을 못 하지."

데리가 끼어들었다.

"집이나, 아니면 어디든 정작 생각해야 할 곳에서는 말이야. 언제나 좋은 성적을 받고 책에 코를 파묻고 있는 걸 보면 학교에서는 생각을 하는 모양인데, 도대체 상식적인 것에는 머리를 굴릴 줄 모르는 거니? 택도 없다, 꼬마야. 죽어도 혼자 다녀야겠다면, 칼을 갖고 다니라고."

나는 테니스화의 발끝에 난 구멍만 바라보고 있었다. 나와 데리는 도무지 서로를 좋아할 수가 없었다. 그는 내가 어떻게 하든 만족하지 못했다. 내가 정말로 칼을 갖고 다녔다면, 그는 칼을 갖고 다니지 말라고 꾸짖었을 것이다. 내 성적이 B라면 그는 A를 원했고, A가 나오면 앞으로도 계속 A를 받겠다는 다짐을 원했다. 축구를 하고 있으면 들어가 공부하라고 했고, 공부하고 있으면 나가서 축구나 하라고 했다. 그는 한 번도 소다팝을 꾸짖지 않았다. 소다가 학교에서 퇴학당하거나 과속해서 딱지를 뗐을 때조차도. 오직 나한테만 야단을 쳤다.

소다는 데리를 쏘아보았다.

"우리 막내 동생 좀 내버려둬. 알겠어? 영화 보길 좋아하는 건 얘 잘못이 아니고, 소셜들이 우리를 습격하는 것도 얘 잘못은 아니야. 그리고 만약 얘가 칼을 갖고 다녔더라면 그건 얘를 갈가리 찢어놓을 좋은 구실이 되었을 거라고."

소다는 항상 내 편을 들어주었다.

데리는 초조하게 대꾸했다.

"내가 우리 막내를 어떻게 다뤄야 할지 우리 둘째가 말해주기를 바란다면 직접 물어볼 게다, 둘째야."

하지만 더 이상 내게 야단치지는 않았다. 데리는 항상 소다팝이 말하는 대로 했다. 적어도 거의 대부분은.

"다음번에는 우리 중 한 사람이 같이 가줄게, 포니보이."

투비트가 말했다.

"누구든 말이야."

"영화 얘기가 나와서 말인데."

댈리가 기지개를 켜고 담뱃재를 떨면서 말했다.

"내일 밤에 걸어서 나이틀리 더블까지 갈 생각이야. 누구 같이 가서 즐기고 싶은 사람 있어?"

스티브는 고개를 저었다.

"나하고 소다는 에비와 샌디를 데리고 게임장에 가기로 했어."

그렇게 말하면서 꼭 그렇게 나를 쳐다봐야 하는 이유가 뭐냐고. 나도 갈 수 있냐고 물을 생각 따윈 전혀 없는데. 소다에겐 한 번도 말하지 않았지만(그는 스티브를 엄청 좋게 생각하니까), 가끔 나는 스티브 랜들이 싫어서 견딜 수 없다. 정말이다. 어떨 땐 녀석이 혐오스럽기까지 하다.

데리는 한숨을 쉬었다. 내가 예상한 대로였다. 지금의 데리는 아무것도 할 시간이 없었다.

"내일 밤엔 일해야 돼."

댈리는 나머지 세 사람을 바라보았다.

"너희는 어때? 투비트 넌? 자니케이크〔옥수수빵을 뜻하는 속어. 자니의 애칭〕, 포니랑 같이 올래?"

"나랑 자니는 갈게."

나는 말했다. 자니는 억지로 떠밀리지 않고서는 입을 여는 법이 없었다.

"괜찮지, 데리 형?"

"그래, 내일은 평일이 아니니까."

데리는 주말에만은 마음껏 돌아다닐 수 있도록 해주었다. 하지만 평일 밤에는 집을 나서는 것조차 힘들었다.

"내일 밤에는 실컷 퍼마시려고 했는데."

투비트가 말했다.

"생각이 바뀌면 나도 가서 너희를 찾아보지."

스티브는 댈리의 손을 보고 있었다. 댈리는 어느 주정뱅이 노인에게서 뜯어냈던 반지를 다시 끼고 있었다.

"너 또 실비아랑 깨졌냐?"

"그래, 이번에는 완전히 끝이야. 그 쬐그만 계집애, 내가 깜빵에 있는 동안 양다리를 걸치고 있었더라고."

실비아와 에비와 샌디, 그리고 투비트의 여러 금발 여자들을 생각해보았다. 내가 보기엔 그들은 우리에게 관심을 가져주는 유일한 종류의 여자들이었다. 거칠고, 야하고, 짙은 눈화장에 입만 열면 낄낄대거나 욕을 하는 여자애들. 하지만 소다의 여자친구 샌디는 꽤 괜찮았다. 그녀의 머리는 염색하지 않은 금발이었고, 도자기처럼 파란 눈은 그녀의 웃음처럼 온화했다. 그녀는 제대로 된 가족은커녕 아무것도 갖지 못했고 우리와 마찬가지로 그리저였지만, 그래도 정말 좋은 여자였다. 하지만 나는 종종 다른 여자들은 어떨지 궁금했다. 밝은 눈빛에 짧지 않고 단정한 옷을 입었으며, 기회만 있다면 우리에게 침이라도 뱉을 것처럼 보이는 여자애들. 어떤 여자애들은 우리를 두려워했는데, 댈러스 윈스턴을 생각하면 그것은 당연한 일인지도 몰랐다. 하지만 대부분은 무슨 오물이라도 보는 것처럼 우리를 쳐다보았다. 소셜들이 무스탕이나 콜베어를 타고 "그리저!" 하고 야유하며 스쳐갈 때 보이는 바로 그런 눈빛. 그러니까, 그 여자애들도…… 그애들도 남자친구가 체포당하면 울까? 스티브가 잡혀갈 때 에비가 울었던 것처럼? 아니면 실비아가 댈러스에게 그랬듯 남자친구를 배신할까? 하지만 아마도 그애들의 남자친구는 잡혀가지도, 구타당하지도, 불법 로데오 경주에서 걸리지도 않을 테지.

그날 밤 숙제를 하면서도 여전히 그런 생각들이 머리에서 떠나지 않았다. 영어 숙제는 《위대한 유산》을 읽어오는 것이었는데, 나는 주인공 핍이 우리를 닮았다고 생각했다. 신사도 뭣도 아닌 자신을 부끄럽게 여기는 것, 여자에게 업신여김을 당하는 것이 그랬다. 나도 그런 적이 있었다. 언젠가 생물 시간에 벌레를 해부하는데 면도날이 들지 않아서 내 나이프를 쓴 적이 있었다. 나이프를 펴 드는 순간— 나는 자신이 무슨 일을 하고 있는지도, 그래서는 안 된다는 것도 의식하지 못했다—옆에 앉은 여자애가 헉 숨을 들이켜더니 말했다.

"저애들 말이 옳아. 너는 깡패야."

그건 그리 유쾌한 일은 아니었다. 그 반엔 소셜들이 무척 많이 있었고—나는 똑똑한 아이로 취급되었기 때문에 A반에 있었다—대부분은 그 여자애의 말이 무척 재밌다고 생각했다. 하지만 나는 안 그랬다. 그 여자애는 예뻤고, 노란색 옷이 무척 잘 어울렸다.

대부분의 말썽은 우리가 자초하는 거야. 나는 생각했다. 댈러스는 무슨 일을 당하든 쌌고, 사실상 더 혼이 나야 마땅한 녀석이다. 그리고 투비트의 경우, 그가 가게에서 슬쩍하는 물건들 중 정말 필요하거나 갖고 싶어서 훔친 것은 채 반도 되지 않는다. 그는 단지 못 훔쳐가도록 고정되어 있는 물건만 제외하고 있는 대로 싹 쓸어오기를 즐길 뿐이다. 하지만 소다팝과 스티브가 왜 그렇게 자주 자동차 경주나 싸움판에 끼어드는지는 나도 이해한다. 둘 다 혈기 왕성하고 잘 흥분하는 성격인데, 그런 곳에라도 가지 않고서는 쌓인 걸 풀 방법이 없는 것이다.

"좀 더 세게 문질러, 소다."

데리가 중얼거리는 소리가 들렸다.

"날 재울 작정이냐."

나는 문밖을 내다보았다. 소다팝이 데리의 등을 안마해주고 있었다. 데리는 항상 자기 힘을 과시하곤 한다. 그는 지붕 이는 일을 하는데, 항상 정해진 양의 두 배를 짊어지고서 사다리를 올라가려고 한다. 나는 결국엔 소다가 데리를 잠재울 것이라고 생각했다. 소다는 마음만 먹으면 거의 누구든 자기 생각대로 하게 할 수 있기 때문이다. 하여튼 그는 데리가 지나치게 일을 한다고 생각하고 있었고, 나 역시 그랬다.

스무 살밖에 안 된 데리가 어른들처럼 일하는 것은 옳은 일이 아니었다. 학교에 다닐 때 그는 진짜 인기가 좋았다. 그는 럭비팀의 주장이었으며 '올해 최고의 남학생'으로 뽑히기도 했다. 하지만 우리에게는 데리를 대학에 보낼 돈이 없었고, 그가 받은 체육 특기생 장학금도 사정을 달라지게 하진 못했다. 이제 그는 일에 치여서 대학 같은 건 생각할 틈도 없다. 그래서 그는 아무 데도 가지 않고 아무것도 하지 않는다. 어쩌다 시간이 나면 옛 친구들과 체육관에 가서 운동을 하거나 스키 타러 가는 게 전부다.

나는 보랏빛 멍이 든 뺨을 문질렀다. 거울을 보니 내 모습은 정말 터프해 보였다. 하지만 데리 형 때문에, 기껏 생긴 칼자국 위에 밴드를 붙여야만 했다.

얼어터지고 나서 자니의 모습이 얼마나 끔찍했는지 생생히 기억났다. 소셜들이 길가를 다닐 권리가 있듯이, 내게도 그럴 권리가 있다. 그리고 자니는 그들에게 아무런 잘못도 하지 않았다. 왜 소셜들은 그토록 우리를 미워하는 걸까? 우리는 아무 짓도 안 했는데. 나는 그 문제를 골똘히 생각하다가, 숙제를 펴놓은 채로 잠들 뻔했다.

그때 소다팝이 와서 침대로 뛰어들더니, 이만 불 끄고 자자고 졸린 목소리로 나를 불렀다. 읽고 있던 장을 끝마치고 나서 나는 불을 껐다.

소다의 곁에 누워 벽을 바라보자, 나를 둘러싸고 있던 그 소셜들의 얼굴이 자꾸만 떠올랐다. 그 금발 녀석이 입고 있던 푸른색 무명 셔츠, 그리고 아직도 선명히 들리는 느끼한 목소리.

"이발해줄까, 그리저?"

몸이 부르르 떨렸다.

"춥니, 포니보이?"

"조금."

거짓말을 했다. 소다는 한쪽 팔을 내 목에 둘렀다. 그는 뭔가를 나른하게 중얼거렸다.

"이봐, 꼬마야, 데리가 너를 꾸짖는 건…… 아무 생각 없이 그러는 거야. 형은 그 나이에 해야 하는 것보다 너무 많은 걱정을 해야 돼서 그래. 심각하게 받아들이지 마…… 알겠지, 포니? 형 말에 신경 쓰지 말라고. 형은 네가 똑똑한 걸 정말 자랑스럽게 생각해. 그냥, 네가 아직 어려서 그런 거야. 그러니까, 형은 널 무척 사랑하고 있다고. 알아들었지?"

"그래."

대답을 하며, 나는 소다를 생각해서 비꼬는 목소리를 내지 않으려고 애썼다.

"소다?"

"으응?"

"형은 왜 퇴학당했어?"

그 사실을 잊어버릴 수가 없었다. 그가 학교에서 쫓겨났을 때 나는 견딜 수 없을 만큼 괴로웠다.

"내가 바보니까 그렇지. 낙제하지 않은 과목이 자동차 공학이랑 체육뿐이었는걸."

"형은 바보가 아니야."

"아냐, 사실이야. 입 다물고 내 말을 들어봐. 하지만 데리한테는 말하지 마."

"알았어."

"나 아무래도 샌디와 결혼할 거 같아. 그애가 졸업하고 내가 좀 괜찮은 직장을 구해서 자리 잡고 하면 말이야. 하지만 네가 졸업할 때까지 기다려도 돼. 그렇게 되면 내가 데리를 도와서 세금도 내고 그럴 수 있겠지."

"멋진데. 하지만 내가 졸업할 때까지만 기다려줘. 그래야 형이 날 계속 데리에게서 보호해줄 수 있을 테니까."

"그렇게 말하지 마, 꼬마야. 데리 형은 그런 뜻으로 말하는 게 아니라고 했잖니……."

"소다 형은 샌디를 사랑해? 그건 어떤 기분이야?"

"으음."

그는 행복에 겨워 한숨을 내쉬었다.

"정말 좋아."

곧 이어 그는 가볍고 고르게 숨을 쉬기 시작했다. 고개를 돌려 그를 바라보니, 달빛을 받은 그의 모습은 마치 지상에 내려온 그리스 신처럼 보였다. 문득 그가 저렇게 잘생긴 얼굴을 어떻게 감당할 수 있는지 궁금해졌다. 그러고서 나는 한숨을 쉬었다. 데리에 대한 소다의 말은 전혀 납득이 가지 않았다. 데리에게 나는 그저 먹여 살려야 할 또다른 입, 꾸짖어야 할 대상일 뿐이었다. 데리가 날 사랑한다고? 그의 완고하고 창백한 눈을 생각해보았다. 이번만은 소다가 틀렸어. 데리는 아무도, 무엇도 사랑하지 않아. 소다만 빼고 말이야. 데리가 정말 인간인지조차 의심스러웠다.

나는 스스로에게 거짓말을 했다. 상관없어. 나도 데리에게 신경쓰지 않으니까. 소다 형만 있으면 돼. 그리고 내가 졸업할 때까지 형은 곁에 있어줄 거야. 데리 따위는 상관없다고. 하지만 그것 역시 거짓말이었고 나도 그렇다는 걸 알고 있었다. 나는 항상 자신을 속이곤 했으며, 또한 한 번도 자신을 믿지 않았다.

소셜 여자애를 헌팅하다

댈리는 피켓 가와 서튼 가가 만나는 모퉁이의 가로등 아래서 기다리고 있었다. 나와 자니가 일찍 도착했기 때문에, 쇼핑몰 안의 편의점에 들어가서 둘러볼 시간이 있었다. 콜라를 사고서 여점원에게 빨대를 훅 불어버리고는, 진열되어 있는 물건들을 구경하며 슬슬 돌아다녔다. 결국 지배인이 건방진 태도로 다가와서는 나가달라고 말했지만, 때는 이미 늦은 터였다. 댈리는 재킷 아래 쿨 담배를 두 갑 숨겨 가지고 나왔던 것이다.

그리고 나서 우리는 길을 건너고 서튼 가를 따라 조금 걸어 딩고까지 갔다. 시내에는 자동차 극장이 많이 있었다. 소셜들은 '웨이 아웃'이나 '러스티'에 갔고, 그리저들은 '딩고'나 '제이스'에 갔다. 딩고는 꽤나 위험한 곳이었다. 항상 싸움판이 벌어졌고, 한번은 여자애가 총에 맞은 적도 있었다. 우리는 안면이 있는 그리저와 깡패들 모두에게 말을 걸면서 슬슬 돌아다녔고, 그들의 차 창문에 기대거나 뒷좌석에 풀썩 주저앉아 이야기를 나누었다. 아무개가 도망쳤고, 아무개는 깜빵에 갔고, 아무개는 누구랑 눈이 맞았고, 아무개는 누구에게 본때를 보여줬고, 아무개는 무엇을 언제 왜 훔쳤는지 등등. 그곳에 있는 사람들은 거의 모두 우리를 알았다. 우리가 있는 동안, 스물세 살의 건장한 그리저와 멕시코인 히치하이커 사이에 꽤나 볼 만한 싸움이 벌어졌다. 그들이 나이프를 꺼내 들 때쯤 우리는 그곳을 떠났다. 경찰들이 곧 올 게 뻔했기 때문이다. 제정신인 사람이라면 짭새가 떴을 때 그 주변에서 얼쩡거리지 않는 법이다.

우리는 서튼 가를 건너고 '스펜서 특가 판매' 할인점을 끼고 돌아서, 운동장을 가로지르는 중학생 두 명을 몇 분간 쫓아갔다. 그때쯤엔 나이틀리 더블 자동차 극장의 뒷담을 넘어 들어가도 될 만큼 충분히 어두워져 있었다. 그곳은 시내에서 가장 큰 자동차 극장이었고 매일 밤 영화 두 편, 주말 밤에는 네 편을 동시 상영했다. 나이틀리 더블에 가면 시내 전체에서 하는 영화를 한꺼번에 다 보는 셈이었다.

입장료는 충분히 갖고 있었다. 차를 타고 들어가는 게 아니면 25센트만 내면 되었다. 하지만 댈리는 뭔가를 규칙대로 하는 것을 못 견뎠다. 그는 규칙이 있든 없든 신경 쓰지 않는다는 것을 과시하고 싶어했다. 아니, 규칙을 어기기 위해 돌아다닌다 해도 과언이 아니었다. 우리는 매점 앞쪽 자리에 가서 앉았다. 다른 사람은 우리보다 훨씬 앞줄에 있는 여자애들 둘뿐이었다. 댈리는 그쪽을 뻔뻔스레 곁눈질하더니, 통로를 걸어 내려가서 여자애들 바로 뒤에 앉았다. 댈리가 또다시 수작을 시작하려는 것 같아 나는 기분이 나빠졌다. 역시 생각대로였다. 그는 여자애들도 충분히 들을 수 있을 만큼 큰 소리로 떠들기 시작했다. 게다가 처음부터 욕지거리더니 점점 정도가 심해졌다. 댈러스는 맘만 먹으면 별별 쌍소리를 다 할 수 있었고, 지금이 바로 그런 때였다. 귀가 화끈 달아올랐다. 투비트나 스티브, 심지어 소다였더라도 아마 그에게 장단을 맞추어주었을 것이다. 그냥 여자애들이 당황하는지 안 하는지 보려고 말이다. 하지만 나는 그런 짓거리를 좋아하지 않았다. 그래서 벙어리처럼 가만히 앉아 있었고, 자니는 허둥지둥 콜라를 사러 가버렸다.

그애들이 그리저였다면 나도 그렇게 당황스럽진 않았을 것이다. 오히려 댈러스 자식을 거들었을지도 모른다. 하지만 그애들은 우리 부류가 아니었다. 아주 세련된 여자애들이었고, 깔끔한 옷차림에 생김새도 그럴싸했다. 한 열여섯이나 열일곱쯤 되었을까. 한쪽은 짧은 검은 머리였고, 다른 쪽은 긴 빨강 머리였다. 빨강 머리는 열받았거나 아니면 겁이 난 듯했다. 그녀는 똑바로 앉아서 껌을 질겅질겅 씹고 있었다. 다른 쪽 여자애는 댈리의 말을 못 들은 척하고 있었다. 댈리는 안절부절못했다. 그는 발을 들어 올려 빨강 머리의 좌석 등받이 위에 걸치고 내게 윙크하더니, 지금껏 그가 말했던 것 중에서도 가장 더러운 욕을 내뱉었다. 그녀는 뒤돌아서 댈리를 차갑게 쏘아보았다.

"내 의자에서 발 내리고 아가리 닥쳐."

맙소사, 그녀는 정말로 예뻤다. 게다가 아는 애였다. 바로 우리 학교 응원단장이었다. 예전부터 나는 그녀가 얼마나 도도한지 알고 있었다.

댈리는 가만히 그녀를 쳐다볼 뿐, 여전히 의자에 발을 올리고 있었다.

"누가 감히 내게 명령을 하는 거지?"

다른 쪽 여자애가 뒤돌아서 우리를 바라보았다.

"이 치, 가끔 슬래시 J의 기수로 나오는 그리저잖아."

그녀는 우리가 듣든 말든 상관없다는 듯이 말했다.

나는 그 목소리를 백만 번도 더 들었다.

"그리저…… 그리저…… 그리저."

그렇다, 이미 지겹도록 들었던 그 목소리다. 저애들은

어째서 차도 없이 자동차 극장에 온 걸까? 이렇게 생각하는 동안 댈리는 말하고 있었다.

"너희를 알아. 로데오에 몇 번 온 걸 봤지."

"지껄일 줄 아는 것의 반만큼도 제대로 황소를 타지 못하던데 참 안됐구나."

빨강 머리는 냉랭하게 대답하고 다시 뒤돌아 앉았다.

댈리는 전혀 개의치 않았다.

"그럼, 너희는 자동차 경주에 가니?"

"우리를 내버려두는 게 좋을 거야."

빨강 머리가 따끔한 목소리로 대꾸했다.

"안 그러면 경찰을 부르겠어."

"오, 이런, 이런."

댈리는 질린 것 같았다.

"정말 겁나게 하는 애들이네. 언제 와서 내 기록을 좀 보는 게 어때, 아가씨."

그는 교활하게 웃어 보였다.

"내 특기 알고 싶지 않아?"

"제발 우릴 좀 내버려둬."

그녀가 말했다.

"점잖게 굴고, 우릴 좀 가만 놔두면 안 되니?"

댈리는 악당 같은 미소를 지었다.

"내 사전에 점잖다는 말은 없어. 콜라 마실래?"

그녀는 결국 폭발했다.

"사막에서 목말라 죽는다 해도 네 콜라는 안 마셔. 꺼져, 이 깡패야!"

댈리는 그저 어깨를 으쓱 하고는 가버렸다.

그녀는 나를 바라보았다. 약간 두려워졌다. 매력적인 여자애들은 항상 나를 조금씩은 두렵게 한다. 소셜 여자애라면 더욱 그렇고.

"이젠 네가 우리에게 집적거릴 차례니?"

나는 눈을 크게 뜨고 고개를 저었다.

"아니."

갑자기 그녀는 미소 지었다. 와, 정말 예쁘게 생겼네.

"너는 그럴 애같이 안 보여. 이름이 뭐니?"

묻지 않기를 바랐는데. 나는 처음 만난 상대에게 이름을 말하는 것이 정말 싫다.

"포니보이 커티스."

그러고 나서 "농담하지 마!"라든가 "정말 그게 본명이니?" 같은 익숙한 대답을 기다렸다. 포니보이는 내 본명이었고, 나 자신은 그 이름을 좋아했다.

빨강 머리는 그저 미소를 띠었다.

"독특하고 귀여운 이름이구나."

"우리 아빠는 독특한 분이셨어."

나는 말했다.

"우리 형 이름은 소다팝이야. 출생 신고서에도 그렇게 적혀 있어."

"내 이름은 셰리야. 하지만 내 머리색 때문에 보통 체리라고 불러. 체리 밸런스."

"알아."

나는 대답했다.

"너 응원단장이지. 우리 같은 학교에 다니잖아."

"고등학교에 다닐 만큼 나이 들어 보이지 않는데."

흑발 여자애가 끼어들었다.

"응 맞아. 초등학교 때 한 학년 월반했어."

체리는 나를 바라보았다.

"너처럼 착하고 영리한 애가 왜 저런 쓰레기하고 같이 돌아다니는 거니?"

몸이 굳어졌다.

"나는 그리저야. 댈리와 마찬가지로. 녀석은 내 친구라고."

"미안해, 포니보이."

그녀는 부드럽게 말했다. 그러고는 다시 쾌활하게 말을 꺼냈다.

"네 형 소다팝은 주유소에서 일하지? DX인가 거기 말이야."

"응."

"와, 네 형은 정말 인형 같더라. 너희가 형제인 걸 눈치챘어야 했는데. 둘이 닮았어."

나는 우쭐해서 웃어 보였다. 소다와 내가 닮았다고는 전혀 생각지 않지만, 소녀들이 우리 형을 인형 같다고 칭찬하는 건 날마다 있는 일이 아니다.

"그 사람 로데오에서 기수로 일하지 않았니? '새들 브롱크' 말이야."

"맞아. 하지만, 인대가 파열되고 나서 아빠가 그만두게 했어. 우리는 아직도 자주 로데오에 가. 너흴 자동차 경주에서 본 적 있어. 잘하더라."

"고마워."

이번에는 이름이 마샤라고 하는 검은 머리 여자애가 말했다.

"어째서 너희 형은 학교에서 볼 수가 없니? 열여섯 아니면 열일곱밖에 안 됐을 텐데, 그렇지?"

나는 움찔했다. 이미 말했듯이, 소다의 퇴학에 대해서는 생각하고 싶지 않았다.

"형은 퇴학당했어."

나는 사납게 대꾸했다. '퇴학'이라는 말은 내게 가로등을 깨부수며 거리를 헤매는 어느 가난하고 멍청한 불량배를 연상시켰다. 그것은 내 마음 착한 형과는 전혀 어울리지 않는 이미지였다. 댈리라면 딱이겠지만, 소다에 대해서는 전혀 그런 생각을 할 수 없었다.

그때 자니가 돌아와서는 내 옆에 앉았다. 그는 댈리가 어디 있나 둘러보더니, 여자애들에게 "안녕" 하고 수줍게 한 마디 던지고는 영화를 보기 시작했다. 하지만 긴장한 기색이 역력했다. 자니는 낯선 사람들이 옆에 있으면 항상 긴장했다. 체리는 내게 그랬던 것처럼 어떤 애인지 알아내려는 듯 그를 훑어보았다. 온화한 미소를 짓는 걸 보니, 그녀는 자니 역시 좋게 본 모양이었다.

댈리가 콜라를 한 아름 사 들고는 성큼성큼 돌아왔다. 여자애들에게 콜라를 하나씩 건네고서는 체리 옆에 앉았다.

"이거 마시고 머리 좀 식히지."

체리는 그를 의심스럽다는 듯이 바라보았다. 다음 순간 그녀는 그의 얼굴에 콜라를 집어던졌다.

"너야말로 머리 식히시지, 그리저. 입 씻어내고서 좀 점잖게 말하고 행동하는 게 어때. 그럼 나도 머리 식힐 테니까."

댈리는 얼굴에서 흐르는 콜라를 소매로 닦아내고는 위험한 미소를 띠었다. 내가 체리였다면 당장 그 자리에서 날랐을 거다. 나는 그 미소의 의미를 알고 있었다.

"사나우시군, 응? 나야 그게 좋지만."

댈리는 그녀를 껴안으려 했지만, 자니가 손을 뻗쳐 그를 막았다.

"그앨 내버려둬, 댈리."

"뭐?"

댈리는 멍한 표정을 짓더니, 믿을 수 없다는 듯 자니를 바라보았다. 자니는 거위한테도 소리치지 못할 녀석이었다. 자니는 조금 창백해졌지만, 침을 꿀꺽 삼키더니 다시 한 번 말했다.

"내 말 들었지, 그앨 내버려두라고."

댈러스는 잠깐 얼굴을 찌푸렸다. 상대가 나였거나 투비트, 소다팝, 스티브였다면, 아니 어느 누구든 자니만 아니었더라면 댈리는 전혀 주저하지 않고 늘씬하게 두들겨 패주었을 것이다. 누구든 댈리 윈스턴에게 명령을 할 수는 없었다. 언젠가 잡화점에서 웬 남자가 과자 판매대에 있던 댈리에게 비켜달라고 한 적이 있었다. 댈리는 뒤돌아서더니 그 남자를 이 하나가 나갈 정도로 두들겨 팼다. 처음 보는 사람이라도 그는 봐주지 않았다. 하지만 자니는 우리의 귀염둥이였고, 댈리도 녀석에게만은 손댈 수가 없었다. 그에게도 자니는 귀염둥이였던 것이다. 댈리는 일어나더니, 호주머니에 주먹을 찔러 넣고 얼굴을 찡그린 채 건들건들 가버렸다. 그러고는 돌아오지 않았다.

체리는 안도의 한숨을 내쉬었다.

"고마워. 겁나서 죽는 줄 알았어."

자니는 감탄했다는 듯 그녀에게 웃어 보였다.

"전혀 겁난 것 같지 않던데. 댈리에게는 아무도 그런 식으로 얘기 못 해."

체리는 미소 지었다.

"내가 본 바로는, 너도 그랬는걸."

자니의 귀가 빨개졌다. 나는 계속 그를 바라보고 있었다. 그가 댈리에게 그런 식으로 말한다는 것은 단순히 배짱의 문제가 아니었다. 자니는 댈러스가 걸어가는 땅조차도 숭배했고, 게다가 누구에게든 말대답을 한 적이 없는 녀석이었다. 하물며 자신의 영웅에게는 말할 것도 없었다.

마샤가 우리에게 웃음을 보냈다. 그녀는 체리보다 약간 작았다. 그녀도 귀엽긴 했지만, 체리 밸런스에 비하면 아무것도 아니었다.

"너희 이리 와서 우리랑 같이 앉아. 너희라면 우리를 보호해줄 수 있을 거야."

자니와 나는 서로를 바라보았다. 그가 갑자기 눈썹을 치켜 올리면서 웃었다. 눈썹이 앞머리에 가려져 보이지 않을 정도로. 우리에게도 친구들에게 자랑할 거리가 생긴 거야! 그의 눈빛은 분명히 말하고 있었다. 우리는 여자애 둘을, 그것도 상류층 아가씨들을 헌팅한 것이었다. 우리에게 익숙한 그저 여자애가 아니라 진짜 소셜 말이다. 이런 얘길 해주면 소다는 기절하겠지.

"좋아."

나는 짐짓 무관심하게 말했다.

"그러지 뭐."

나는 여자애들 사이에, 자니는 체리 옆에 앉았다.

"너희 몇 살이니?"

마샤가 물었다.

"열네 살."

나는 대답했다.

"열여섯."

자니가 말했다.

"재밌네."

마샤가 말했다.

"나는 너희 둘 다……."

"열여섯인 줄 알았어."

체리가 말을 맺었다.

그건 고마운 말이었다. 자니는 열네 살처럼 보였고 스스로도 그 사실을 알았다. 또한 그것을 무척 꺼림칙하게 여기고 있었다.

자니는 환하게 웃었다.

"어째서 댈리는 무서워하면서 우리는 무서워하지 않니?"

체리는 한숨을 쉬었다.

"너희 둘은 너무 착해서 누구든 무섭게 하지 못할 거야. 우선 너희는 댈러스의 욕지거리를 거들지 않았고, 게다가 그에게 우리를 내버려두라고 말했지. 그리고 우리가 여기 와서 같이 앉자고 말했다고 하룻밤 같이 보내자는 제의를 받은 것처럼 굴지도 않았어. 게다가 나는 댈러스 윈스턴에 대해 들은 바가 있어. 그앤 정말로 못처럼 딱딱한 데다, 사납기로는 한술 더 뜨는구나. 너희 둘은 전혀 무례한 구석이 없는데 말이야."

"당연하지."

나는 맥빠진 대답을 했다.

"우리는 어리고 순진한걸."

"아냐."

체리는 나를 주의 깊게 바라보며 천천히 말했다.

"순진하진 않아. 너희는 순진하기엔 너무 많은 것을 봤어. 그저 더러운 것뿐만 아니라……."

"댈리는 괜찮은 녀석이야."

자니가 변명조로 말했고, 나는 고개를 끄덕였다. 친구가 무슨 짓을 하든, 우리는 그의 편을 들어준다. 패거리의 일원인 친구들과 하나가 되어야 한다. 그렇지 않으면, 단결하고 형제처럼 지내지 않으면 더 이상은 한패라고 할 수 없다. 그건 조직에 불과하다. 사교 클럽의 소셜들이나 뉴욕 거리의 조폭들이나 숲 속의 늑대들처럼 시로 으르렁대고 불신하고 말다툼이나 하는 조직 말이다.

"좀 거칠긴 하지만, 댈러스는 아주 멋진 녀석이지."

"너희와 아는 사이였다면 녀석도 귀찮게 굴지 않았을 거야."

내 말은 사실이었다. 캔자스에서 스티브의 사촌이 방문했을 때, 댈리는 그녀에게 매우 깍듯했고 욕지거리도 삼갔다. 얌전하고 친척 같은 여자애들과 있을 때면 우리는 항상 그랬다. 뭐라고 설명해야 할지 모르겠다. 우리는 사촌이나 동급생같이 종종 만나는 여자애들에게는 예의 바르게 대한다. 그러면서도 길거리에서 괜찮은 여자애가 지나가는 것을 보면 그쪽을 향해 온갖 쌍소리를 퍼붓는다. 이유는 묻지 마라. 나도 왜 그런지 모르니까.

"하여튼."

마샤가 단호하게 말했다.

"그 사람과 아는 사이가 아닌 게 다행이야."

"나는 뭐랄까, 그 사람을 동경해."

체리는 나밖에 듣지 못할 정도로 나직하게 말했다. 그러고 나서는 다들 영화 보는 데 집중했다.

아, 그렇지. 우리는 왜 그애들이 차를 안 갖고 왔는지도 알아냈다. 그애들은 남자친구와 함께 왔지만, 그들이 술을 갖고 온 것을 알고는 차에서 내렸고, 남자애들은 화가 나서 가버렸다.

"가든 말든 신경 안 써."

체리가 기분 나쁘다는 듯 말했다.

"자동차 극장에 앉아 주정부리는 거나 보면서 어떻게 즐거운 시간을 보내겠어."

체리의 말투로 미루어보면, 그녀가 생각하는 즐거운 시간이란 아마 고상하며 돈이 많이 드는 것일 터였다. 어쨌든 그애들은 계속 머무르며 영화를 보기로 했던 것이다. 영화는 해변 파티를 소재로 한, 줄거리도 연기도 없고 대신 비키니를 입은 여자들이 잔뜩 나와 신나는 노래를 부르는 그런 것이었기 때문에 그럭저럭 볼 만했다. 우리 넷 모두 조용히 앉아 있는데, 갑자기 우악스런 손이 자니와 나의 어깨를 탁 짚더니 굵직한 목소리가 들려왔다.

"이봐, 그리저, 딱 걸렸어."

머리털이 다 곤두서는 줄 알았다. 누군가 문 뒤에 숨어 있다가 뛰쳐나오면서 "에비!"라고 소리친다면 어떨지 한번 생각해보시라.

겁에 질려 어깨 너머를 바라보니, 투비트가 체셔 고양이처럼 히죽거리며 서 있었다.

"맙소사. 투비트, 놀라서 죽을 뻔했어!"

그는 성대 모사를 잘해서, 아까는 정말로 으르렁대며 위협하는 소셜의 목소리 그대로였다. 자니를 바라보았다. 그의 눈은 꼭 감겼고, 얼굴은 유령처럼 새하얘졌으며, 억눌린 숨결은 거칠게 잦아들고 있었다. 그런 식으로 자니를 놀라게 하다니 투비트도 생각이 없었다. 아마도 잊어버린 거겠지. 녀석은 약간 오락가락하는 편이니까. 자니가 눈을 뜨고 모기만 한 소리로 말했다.

"안녕, 투비트."

투비트는 자니의 머리를 헝클어뜨렸다.

"미안해, 꼬마야."

그가 말했다.

"깜박했어."

그는 좌석 위로 올라와 마샤 곁에 털썩 앉았다.

"이건 누구신가, 너네 대고모시니?"
"증조할머니란다, 손자야."
체리가 넉살 좋게 받아쳤다.
나는 투비트가 취한 건지 아닌지 감 잡을 수가 없었다. 그에 대해 말하기란 어렵다. 이따금씩 멀쩡한데도 취한 시늉을 하기 때문이다. 그는 한쪽 눈썹을 치켜 올리고 다른 쪽 눈썹을 내려 보였다. 뭔가 아리송하거나 거슬리는 게 있을 때, 혹은 재치 있는 농담을 생각할 때면 그는 언제나 그랬다.
"맙소사, 너 낮이었으면 아흔여섯은 돼 보였겠다."
"난 야행성이거든."
마샤가 쾌활하게 대꾸했다.
투비트는 감탄한 듯 그녀를 바라보았다.
"맙소사, 너 꽤나 똑똑하구나. 너희 둘은 어쩌다 포니와 자니 같은 그리저 깡패들에게 잡힌 거지?"
"우리가 얘들을 잡은 거야."
마샤가 말했다.
"우리는 사실 아라비아 노예 상인들이고, 지금은 얘들을 상하이로 팔아넘길까 생각 중인데, 한 사람당 적어도 낙타 열 마리씩은 받을 거야."
"다섯 마리겠지."

투비트가 반박했다.

"저 녀석들은 아라비아 말을 못 한다고 알고 있거든. 뭔가 아랍어로 말해보지 그래, 자니케이크."

"아, 그만둬!"

자니가 끼어들었다.

"댈리가 집적거리다가 가버려서, 저애들이 우리보고 같이 앉아서 자기들을 좀 지켜달라고 했어. 너같이 실실 쪼개는 그리저들로부터겠지, 아마도."

투비트는 씨 웃었다. 자니는 원래 그렇게 건방지게 굴지 않기 때문이었다. 우리가 한 말에 그가 뭔가 대꾸를 하면 성공이라고 생각될 정도였으니까. 대체로, 우리는 다른 그리저들에게 그리저라고 불리는 것은 개의치 않았다. 그럴 때면 그 말은 장난스럽고 친근하게 느껴졌다.

"이봐, 그런데 댈리 자식은 어디 있는 거냐?"

"뭔가 껀수를 찾으러 갔겠지. 술이든 여자든 아님 싸움이든. 다시 깜빵에 가진 말아야 할 텐데. 막 나왔잖아."

"녀석은 싸움거리를 찾게 될 거야."

투비트가 유쾌하게 말했다.

"그래서 내가 온 거야. 티모시 셰퍼드 씨와 그 일당들께서, 누구신지 친절하게도 자기들 차 바퀴를 빵꾸 내놓은 사람을 찾아다니고 있거든. 그리고 컬리 셰퍼드 씨가 댈러스를 범인으로 지목했으니…… 음…… 댈리가 칼을 갖고 있니?"

"내가 알기로는 아니야."

나는 말했다.

"쇠파이프는 갖고 있는 것 같던데, 하지만 칼은 오늘 아침에 부러뜨렸어."

"잘됐군. 댈리가 칼만 뽑지 않는다면 팀은 공정하게 싸울 거야. 댈리는 절대 말썽에 휘말리면 안 돼."

체리와 마샤는 우리를 바라보고 있었다.

"그런 거친 짓거리를 정말로 진지하게 여기는 건 아니겠지, 응?"

"정정당당한 싸움은 거친 게 아니야."

투비트가 말했다.

"나이프는 거칠지. 체인이나 권총이나 당구봉이나 패싸움도 그렇고. 몸싸움은 거칠지 않아. 열을 식히는 데 가장 좋은 방법이지. 몇 대 치고 받고 하는 건 전혀 문제될 게 없다고. 거친 건 소셜들이야. 그들은 여럿이서 한두 명을 다구리하든지, 사교 클럽을 조직해서 서로 패싸움이나 하지. 우리 그리저들은 대부분 사이좋게 지내고, 서로 싸움을 한다 해도 일대일로 정정당당하게 싸워. 댈리는 자기가 한 일의 대가를 치르는 거야. 차 바퀴를 빵꾸 내는 건, 그 때문에 힘들게 일해서 번 돈을 써야 할 때는 심각한 일이지. 게다가 녀석은 들켜버렸어. 그것도 제 실수지. 사이좋게 지내는 것 말고 우리에겐 규칙이 하나 있는데, 뭘 하든 걸리지 말라는 거야. 녀석은 언어터질지도 모르고, 안 그럴지도 몰라. 어떻게 되든 우리 패거리와 셰퍼드 패 사이에 피의 원한 같은 건 생기지 않을 거야. 내일 우리가 그들을 필요로 한다면 그들은 올 거야. 만약 팀이 댈리를 완전히 때려눕히고서 바로 다음날 우리에게 패싸움에서 같은 편이 되어달라고 청한다면, 우리는 갈 거야. 댈리는 재미를 봤지. 그리고 걸렸어. 그럼 대가를 치러야지. 어려울 거 없어."

"아하, 알겠어."

체리가 비꼬듯 말했다.

"정말 간단하네."

"그래."

마샤가 냉담하게 말했다.

"만약 그가 죽거나 하더라도 너희는 묻어주면 끝이겠구나. 어려울 거 없네."

"잘 아는군, 아가씨."

투비트가 웃더니 담배에 불을 붙였다.

"누구 한 대 꼬슬릴 사람?"

나는 감탄하며 투비트를 쳐다보았다. 그는 확실히 상황을 말로 풀어낼 줄 알았다. 열여덟 살 반이나 먹고도 아직 중학생이고, 구레나룻을 너무 길게 기르고, 술을 너무 많이 마시긴 했지만, 그는 분명 세상 이치를 이해하고 있었다.

그가 담배를 권하자 체리와 마샤는 고개를 저었지만, 자니와 나는 하나씩 집었다. 자니는 혈색이 돌아왔고 숨결도 고르게 되었지만, 두 손은 여전히 살짝살짝 떨리고 있었다. 담배 한 대면 떨림이 가라앉을 것이었다.

"포니보이, 나랑 같이 팝콘 좀 사러 갈래?"

체리가 물었다.

나는 벌떡 일어났다.

"그래, 너희도 먹을 거니?"

"나는 좋아."

마샤가 말했다. 그녀는 댈리가 준 콜라를 다 마신 참이었다. 그것을 본 나는 마샤와 체리가 다르다는 것을 깨달았다. 체리는 목말라 죽는대도 댈리의 콜라는 마시지 않겠다고 말했고, 정말로 그렇게 생각했다. 그것은 일종의 원칙이었다. 하지만 마샤는 나무랄 데 없이 맛 좋은 공짜 콜라를 포기할 이유가 없다고 여겼다.

"나도."

투비트가 말했다. 그는 내게 50센트 동전을 던져주었다.

"자니 것도 사다줘. 내가 산다."

자니가 청바지 주머니를 뒤지는 걸 본 그가 덧붙였다.

구내 매점에 가니 언제나처럼 1마일은 될 정도로 줄이 길었기 때문에 우리는 기다려야 했다. 여러 사람들이 고개를 돌려 우리를 보았다. 그리저 꼬마와 소셜 응원단장을 함께 보게 되는 일이란 흔치 않으니까.

"그 구레나룻이 있는 네 친구는 괜찮니?"

"네가 알고 싶은 게 그거라면, 저 녀석은 댈러스처럼 위험하진 않아. 괜찮은 친구야."

그녀는 미소 지었지만, 눈빛을 보니 뭔가 다른 생각을 하고 있는 모양이었다.

"자니 말야…… 예전에 많이 다친 적이 있지, 그렇지?"

그것은 질문이라기보다 진술에 가까웠다.

"다치고 겁먹은 거야."

"소셜들 짓이었어."

나는 신경질적으로 말했다. 그곳에는 소셜들이 여럿 돌아다니고 있었고 그 중 몇몇이 체리 같은 애와 함께 있어서는 안 된다는 듯한 야릇한 표정을 내게 던졌기 때문이다. 더군다나 그 일에 대해 얘기하고 싶지 않았다. 자니가 언어터진 일 말이다. 하지만 나는 입을 열었고, 평소보다 약간 빠르게 말하기 시작했다. 그 일에 대해 생각도 하고 싶지 않았기 때문이다.

거의 네 달 전의 일이었다. 나는 스티브와 소다를 보고 음료수도 한 병 얻어 마시려고 DX주유소로 걸어가고 있었다. 그들은 내가 가면 항상 음료수를 사주고 자동차 정비하는 일도 돕게 해주었기 때문이었다. 하지만 주말에 가는 것은 별로였다. 여자애들이 몰려와서는 소다와 시시덕거리고 있기가 일쑤였으니까. 온갖 여자애들이, 심지어 소셜까지도 있었다. 난 아직 여자에게는 별 관심이 없었다. 소다는 내가 자라면 달라질 거라고 했다. 자기도 그랬다면서.

해가 환하게 빛나는 따사로운 봄날이었다. 하지만 우리가 집으로 출발한 것은 슬슬 춥고 어두워진 후였다. 우리는 주유소에 스티브의 차를 놔두고 걸어갔다. 우리가 사는 블록의 모퉁이에는 널따란 빈 터가 있어서 럭비를 하거나 빈둥거리기 좋았고, 종종 패싸움과 주먹다짐의 장소가 되기도 했다. 우리는 길을 따라 돌덩이를 차면서, 마지막 펩시콜라 병을 비우면서 그곳을 지나고 있었다. 그때 스티브가 뭔가 바닥에 떨어져 있는 것을 보았다. 주워서 보니 그것은 자니의 청재킷이었다. 녀석이 가진 유일한 재킷.

"자니가 재킷을 깜박했나 봐."

스티브는 말하면서 자니의 집에 가져다주려고 재킷을 어깨 위에 얹었다. 그러다 갑자기 걸음을 멈추고, 좀 더 세심하게 재킷을 살펴보았다. 칼라에 녹슨 쇠 같은 색깔이 얼룩져 있었다. 그는 땅바닥을 보았다. 잔디 위에도 몇 개의 얼룩이 더 있었다. 그는 고개를 들더니 충격받은 표정으로 빈 터를 둘러보았다. 내 기억으로는 우리 모두 나직한 신음 소리를 들었고, 동시에 주차장 저 끝에 있는 검고 움직이지 않는 덩어리를 본 것 같다. 소다가 제일 먼저 그곳에 닿았다. 자니가 얼굴을 땅에 묻고 쓰러져 있었다. 소다는 살며시 그의 몸을 뒤집었고, 나는 거의 구역질을 할 뻔했다. 누군가가 그를 곤죽이 되도록 두들겨 팼던 것이다.

우리는 두들겨 맞은 자니를 익히 보아왔다. 그의 아버지는 여러 번 그를 때렸고, 우리는 그 사실에 지독히 열받아하면서도 아무것도 할 수가 없었다. 하지만 그렇게 맞았던 건 지금 이 일에 비하면 아무것도 아니었다. 자니의 얼굴은 베이고 멍들고 부어올랐으며 관자놀이에서 광대뼈까지 깊은 상처가 벌어져 있었다. 그 흉터는 평생토록 남을 것이었다. 하얀 티셔츠에는 피가 얼룩져 있었다. 나는 그저 거기에 선 채로, 갑작스런 오한에 부들부들 몸을 떨면서 생각했다. 녀석은 죽었을 거야. 분명히 누구도 저렇게 얻어맞고 살아 있을 수는 없어. 스티브는 소다 곁에 털썩 무릎을 꿇었고, 한순간 눈을 질끈 감으며 신음 소리를 내뱉었다.

어느새 우리 패거리 모두가 사건을 감지했다. 투비트가 갑자기 내 곁에 나타났으며, 그의 유쾌한 웃음은 사라지고 순식간에 춤추는 듯한 잿빛 눈은 분노로 이글거렸다. 데리는 앞마당에서 우리를 보고는 달려오다가 미끄러지듯 멈춰 섰다. 댈리도 거기 서서 낮은 소리로 욕을 퍼붓고 있다가, 메슥거리는 표정으로 휙 돌아섰다. 희미한 의문이 일어났다. 댈리는 이미 뉴욕 웨스트사이드 거리에서 살해당한 사람들을 보았는데, 왜 지금도 저런 표정을 짓는 걸까?

"자니?"

소다는 녀석을 들어 올려 자기 어깨에 기대놓았다. 그는 축 늘어진 자니의 몸을 가볍게 흔들었다.

"이봐, 자니케이크."

자니는 눈을 뜨지 않았지만, 꺼질 듯한 목소리로 물었다.

"소다니?"

"그래, 나야."

소다팝이 말했다.

"말하지 마. 넌 괜찮을 거야."

"한 패거리가 몰려왔어."

자니는 소다의 말을 무시하고 침을 꿀꺽 삼키고는 중얼거렸다.

"파란 무스탕에 가득 타고서……. 너무 무서웠어."

그는 욕을 하려고 했지만, 갑자기 울음을 터뜨렸으며, 그걸 참아내려고 애쓰다가 도저히 안 되자 더 크게 흐느끼는 것이었다. 나는 자니가 아비지에게 각목으로 얻어맞으면서도 숨소리 한 번 크게 내지 않는 것을 보았다. 그래서 지금 무너지는 녀석의 모습이 더욱 보기 괴로웠다. 소다는 가만히 그를 안고는 눈가에 붙은 머리칼을 뒤로 넘겨주었다.

"괜찮아, 자니케이크. 그놈들은 이제 없어. 괜찮아."

마침내, 자니는 흐느끼면서도 그에게 일어난 일을 토막토막 뱉어내기 시작했다. 그가 우리 럭비공을 갖고 킥 연습을 하고 있는데, 파란 무스탕이 오더니 주차장 옆에 멈추었다. 그 안에는 네 명의 소셜들이 타고 있었다. 그들은 자니를 붙잡았으며 그 중 하나는 손에 반지를 여러 개 끼고 있었다. 자니가 그토록 심하게 베인 것은 그 반지 때문이었다. 그들은 자니가 반죽음이 될 때까지 팬 것뿐만이 아니었다. 그뿐이었다면 자니도 견뎌냈으리라. 그들은 자니를 겁에 질리게 했다. 온갖 것들을 끄집어내어 자니를 협박했다. 안 그래도 자니는 성격이 예민했으며, 집에만 가면 두들겨 맞고 항상 싸우는 부모의 악다구니를 들어야 했기에 신경이 망가질 대로 망가진 상태였다. 그런 상태로 살아간다면 다른 사람들은 반항적이고 냉혹해지겠지만 자니는 그것 때문에 죽어가고 있었다. 그는 절대 겁쟁이는 아니었다. 패싸움에선 잘 싸웠고 패거리와 잘 어울렸으며 경찰들 주변에선 항상 침묵을 지켰다. 하지만 그렇게 얻어맞은 밤 이후 자니는 전보다 더욱 과민해졌다. 그는 그 일을 극복하지 못할 것이었다. 자니는 그 후로 절대 혼자 걸어 다니지 않았고, 우리 중 가장 법을 잘 따르던 그가 이제는 뒷주머니에 날이 6인치나 되는 나이프를 갖고 다녔다. 뿐만 아니라 다시 습격을 받는다면 그는 그 칼을 쓰기까지 할 것이다. 놈들은 자니에게 그토록 겁을 주었던 것이다. 아무도 다시는 자니를 그렇게 두들겨 패지 못할 것이었다. 그를 죽여 쓰러뜨리지 않고서는······.

나는 체리가 내 말을 듣고 있다는 걸 잊어버릴 뻔했다. 하지만 정신을 되찾고 그녀를 바라보니, 그녀의 얼굴은 백짓장처럼 새하얘져 있었다.

"소셜들이 다 그런 건 아냐."

그녀는 말했다.

"날 믿어줘야 해, 포니보이. 우리가 다 그렇지는 않아."

"그렇겠지."

난 대답했다.

"그렇게 말한다면 너희 그리저들이 전부 댈러스 윈스턴 같다고 하는 거나 마찬가지야. 분명 그애도 사람들을 습격한 적이 있을 거야."

나는 그 말을 되씹었다. 사실이다. 댈리는 사람들을 습격했다. 그는 우리에게 뉴욕에서 저질렀던 행패에 대해 얘기해주었고 그 얘기는 내 털끝을 곤두서게 할 정도였다. 하지만 우리 모두가 댈리처럼 악랄하지는 않았다.

체리는 더 이상 기분 나빠 보이지 않았고, 단지 이렇게만 말했다.

"너는 분명 소셜들이 성공했다고 생각할 거야. 부유한 아이들, 웨스트사이드의 소셜들 말이야. 포니보이, 해줄 말이 있는데, 들으면 넌 놀라겠지. 우리에게는 네가 들어본 적도 없을 그런 고민들이 있어. 어떤 건지 알고 싶니?"

그녀는 내 눈을 똑바로 쳐다보았다.

"어느 쪽이든 힘들기는 마찬가지야."

"널 믿어."

나는 말했다.

"팝콘을 가지고 돌아가는 게 좋겠어. 그렇지 않으면 투비트는 내가 녀석 돈을 갖고 튀었다고 생각할 거야."

우리는 돌아가서 다시 영화를 보았다. 마샤와 투비트는 신나게 떠들어대고 있었다. 둘 다 똑같이 썰렁한 유머 감각을 갖고 있었으니까. 하지만 체리와 자니, 나는 가만히 앉아서 말없이 화면만 쳐다보았다. 나는 걱정은 모두 잊어버리고, 여자애와 같이 앉아서도 욕하는 걸 참고 듣거나 욕하지 말라고 때리거나 하지 않아도 되니 참 좋구나 하고 생각했다. 자니도 그 점이 좋은 모양이었다. 그는 좀처럼 여자애들과 얘기하지 않았다. 언젠가 댈러스가 소년원에 있는 동안 실비아가 자니에게 집적대면서 달콤한 말로 꼬이려 든 적이 있었는데, 스티브가 그녀를 붙잡아서는 한 번만 더 자니에게 그따위 수작을 부린다면 자기가 직접 나서서 혼쭐을 내주겠다고 으름장을 놓았다. 그러고서 스티브는 자니에게도 여자에 대해, 그리고 실비아같이 교활한 계집애가 어떤 식으로 자니를 말썽에 끌어들이는지에 대해 한바탕 설교를 했다. 그 결과 자니는 절대 여자애들과 오래 얘기하지 않게 되었다. 하지만 그 이유가 스티브가 무서워서였는지 아니면 그 자신이 수줍어서였는지는 나도 잘 모르겠다.

예전에 우리가 시내에서 여자애 몇 명을 헌팅했을 때 투비트가 내게도 똑같은 설교를 했다. 나는 그러는 게 우스웠다. 데리조차 내가 여자 문제에 있어서는 아무 생각 없이 굴지 않는다는 것을 잘 알았기 때문이다. 그리고 설교 자체도 우스웠던 것이, 투비트는 반쯤 취한 나머지 내가 쥐구멍이나 뭐라도 있으면 들어가고 싶어질 정도로 낯 뜨거운 얘기들을 늘어놓았으니까. 하지만 그가 얘기한 것은 실비아 같은, 그나 댈리나 다른 녀석들이 자동차 극장과 시내에서 힌팅하는 애들 같은 그런 여자들이었다. 소셜 여자애들에 대해서는 아무 말도 하지 않았다. 그래서 나는 그애들과 같이 앉아 있는 건 괜찮겠거니 하고 생각했다. 그애들에게는 또 나름의 문제가 있다 해도 말이다. 하지만 난 정말 소셜들이 뭘 걱정해야 한다는 건지 알 수가 없었다. 좋은 성적에, 근사한 차에, 멋진 여자들, 무명옷을 입고 무스탕과 콜베어를 타고……. 맙소사, 내게 그런 걱정거리가 있다면 스스로를 행운아라고 여길 텐데.

나는 이제 그렇지 않다는 걸 안다.

그리저와 소셜은 달라

 영화가 끝난 후에야 우리는 체리와 마샤를 데려갈 사람이 없다는 사실을 깨달았다. 투비트는 정중하게 집까지 같이 걸어가주겠노라고 했다. "웨스트사이드는 겨우 32킬로미터밖에 떨어져 있지 않잖아"라면서. 하지만 여자애들은 부모님에게 데리러 와달라고 전화하고 싶어했다. 결국 투비트가 자기 차로 집까지 바래다주겠다고 제의하자 받아들였다. 내 생각에는 그애들이 여전히 조금은 우리를 무서워했던 것 같다. 하지만 차를 가지러 투비트의 집까지 걸어가는 동안 그들의 마음은 점점 풀려갔다. 소셜들도 우리와 마찬가지라는 게—이 여자애들이 소셜의 표본이라고 한다면—내겐 묘하게 느껴졌다. 그들은 비틀즈를 좋아했고 엘비스 프레슬리는 한물갔다고 했지만, 우리는 비틀즈는 우웩이고 엘비스야말로 멋지다고 여겼다. 하지만 차이점은 그뿐인 것 같았다. 물론 그리저 여자애들이 더 거칠게 행동하긴 하지만, 기본적으로는 다들 비슷했다. 아마도 돈이 우리를 갈라놓는 거겠지 하고 나는 생각했다.

내가 그렇게 말하자, 체리는 천천히 "아니야" 하고 대답했다.

"단지 돈 문제가 아냐. 어떤 점에선 그렇지만, 그게 전부는 아니야. 너희 그리저들은 다른 가치관을 갖고 있어. 너희는 더 감정적이지. 우리는 이성적이고, 아무것도 느끼지 못할 정도로 냉정하지. 우리에겐 아무것도 진정으로 와닿지 않아. 있잖아, 나는 가끔 여자친구에게 얘기를 하다가 나 자신의 말을 듣고 퍼뜩 놀라곤 해. 내가 말하는 것의 반 이상이 거짓말이라는 걸 깨닫기 때문이야. 사실 강가에서 벌어지는 맥주 파티 따윈 하나도 신나는 일이 아니야. 하지만 그래도 나는 친구에게 파티에 대해 떠들어대는 거야. 뭔가 얘기를 해야만 하니까."

그녀는 내게 미소를 지었다.

"아무에게도 이런 얘기를 한 적이 없어. 아마도 네가 처음으로 내 속을 전부 털어놓은 상대일 거야."

그녀는 충분히 내게 속을 털어놓을 수 있었을 게다. 나는 그리저인 데다가 더 어렸으니까. 나에게는 체면을 차리거나 경계할 필요가 없었던 것이다.

"악순환이라고 하는 게 딱 맞을 거야."

그녀는 말했다.

"우리는 항상 앞으로 앞으로 나아가기만 하고, 어디로 갈지는 생각하지 않지. 원하는 것보다 더 많이 가진 사람에 대해 들어본 적이 있니? 아무것도 원할 수 없게 되어서, 뭔가 자기가 원할 수 있는 다른 것을 찾게 되는 얘기 말야. 우리는 스스로를 만족시킬 무언가를 찾아다니지만 아무것도 찾지 못하는 것 같아. 우리가 냉정함을 버린다면, 그것을 찾아낼 수 있을지도 모르지."

사실이었다. 소셜들은 항상 거리감의 벽을 쌓고는 자신의 본모습을 엿보이지 않게 조심했다. 나는 소셜 사교 클럽의 패싸움을 본 적이 있다. 소셜들은 싸움조차도 냉정하고 효율적이고 비인격적이라는 느낌을 주었다.

"그래서 우리는 다른 거군."

내가 말했다.

"돈이 아니라 감정의 문제구나. 너희는 아무것도 못 느끼고 우리는 너무 격하게 느끼고."

"그리고……"

그녀는 짐짓 미소 짓지 않으려 하면서 말했다.

"그 때문에 너희와 우리는 번갈아가며 신문에 이름을 올리는 거지."

투비트와 마샤는 우리 얘기를 전혀 듣고 있지 않았다.

그들은 두 사람 말고는 아무도 이해할 수 없는 엉뚱한 대화에 한창 열중해 있었다.

나는 과묵하기로 유명했고, 거의 자니만큼이나 말수가 적었다. 투비트는 항상 어떻게 자니와 내가 그토록 친할 수 있는지 이유를 모르겠다고 했다.

"너희는 정말 재미난 대화를 나눌 게 틀림없어."

그는 한쪽 눈썹을 치켜 올리며 말하곤 했다.

"너는 입을 다물고 있고, 자니는 한 마디도 하지 않고 말이야."

하지만 자니와 나는 아무 말 않고서도 서로를 이해했다. 내게 진짜로 입을 열게 할 수 있는 사람은 소다뿐이었다. 체리 밸런스를 만나기 전까지는.

왜 그녀에게는 얘기를 할 수 있었는지 나도 잘 모른다. 어쩌면 그녀가 내게 얘기를 할 수 있었던 것과 비슷한 이유였을 것이다. 무엇보다도, 나는 어느새 그녀에게 소다의 말이었던 미키마우스에 대해서까지 얘기하고 있었던 것이다. 그건 지극히 개인적인 얘기였다.

예전에 소다에게 황갈색 말이 있었다. 하지만 그가 말의 주인은 아니었다. 말 주인은 소다가 일하는 마구간에 그놈을 맡겨두고 있었다. 하지만 미키마우스는 소다의 말이었다. 소다는 그놈을 본 첫날 "내 말이다"라고 말했으며 나 역시 그를 믿어 의심치 않았다. 나는 그때 열 살쯤이었다. 소다팝은 그야말로 말에 미쳐 있었다. 그는 항상 마구간이나 로데오 경기장에 얼쩡거렸고, 기회만 있으면 말 등에 올라타곤 했다. 열 살의 나는 미키마우스와 소다가 생긴 것도 성격도 닮았다고 생각했다. 미키마우스는 짙은 금빛에 가까운 황갈색 말로 뻔뻔스럽고 교활했으며, 아직 망아지에 불과했다. 소다가 부르면 그놈은 다가왔지만, 다른 사람이 부르면 오지 않았다. 그 말은 소다를 사랑했고, 가만히 서서 소다의 소맷부리나 칼라를 씹곤 했다. 맙소사, 하지만 소다팝도 그 말에 완전히 빠져 있었다. 그는 매일 말을 보러 마구간에 갔다. 미키마우스는 고약한 말이었다. 그놈은 다른 말들을 걷어찼고, 항상 사고를 일으켰다.

"내 조랑말은 못된 녀석이구나."

소다는 말의 목을 쓰다듬어주면서 말하곤 했다.

"어떻게 그리 못돼먹은 거니, 미키마우스?"

미키마우스는 그저 소다의 옷소매를 씹거나, 때로는 그를 깨물었다. 하지만 세게는 아니었다. 그놈은 다른 사람의 소유였지만, 그래도 소다의 말이었다.

"소다에게 아직도 그 말이 있니?"

체리가 물었다.

"그놈은 팔렸어."

난 대답했다.

"어느 날 사람들이 와서 그놈을 잡더니 데려갔어. 정말로 좋은 말이었지."

그녀가 아무 말도 하지 않아서 기뻤다. 사람들이 미키마우스를 잡아간 날 소다가 밤새 울었다는 얘기는 그녀에게 하고 싶지 않았다. 사실을 말하자면 나도 울었다. 소다는 정말 말 한 마리 말고는 아무것도 바라지 않았는데, 그걸 잃어버렸으니까. 소다는 그때 열두 살이었고 열세 살이 되려는 참이었다. 하지만 그는 절대 엄마 아빠에게 자신의 감정을 얘기하지 않았다. 우리는 언제나 돈이 모자랐으며, 수입과 지출을 맞추느라 고생을 하곤 했다. 우리 동네에서 자라 열세 살쯤 되면 세상 물정을 알게 된다. 나는 그 후 1년 동안 돈을 모으면서, 언젠가는 미키마우스를 사서 소다에게 돌려줄 수 있을 거라고 생각했다. 열 살짜리의 꾀라는 건 그 정도다.

"너 책 많이 읽지, 포니보이?"

체리가 물었다.

나는 깜짝 놀랐다.

"그래, 왜?"

그녀는 살짝 어깨를 으쓱 했다.

"그냥 알겠더라. 너는 분명 저녁놀을 바라보기도 하겠

지."

내가 고개를 끄덕이자 그녀는 한동안 조용히 있다가 말했다.

"나 역시 그랬어. 너무 바빠지기 전까지는……."

나는 그 모습을 그려보려고 했다. 아마도 체리는 쓰레기를 버리러 나가든지 하다가, 가만히 선 채 해가 지는 걸 바라보았을 것이다. 그저 서서 바라보며 모든 것을 잊고, 오빠가 빨리 오라고 큰 소리로 부를 때까지 그렇게 있었겠지. 나는 고개를 저었다. 그녀가 자기 안마당에서 보았던 저녁놀과 내가 뒷계단에서 보았던 저녁놀이 하나라는 게 기묘하게 느껴졌다. 어쩌면 우리가 사는 두 개의 다른 세계는 그리 다르지 않은지도 모른다. 우리는 같은 저녁놀을 보았으니까.

마샤가 갑자기 숨을 들이켰다.

"체리, 저기 오는 애들을 봐."

우리는 모두 파란 무스탕이 길을 따라 이리로 오는 것을 보았다. 자니가 목구멍에서 희미한 소리를 냈다. 내가 쳐다본 그의 얼굴은 창백했다.

마샤는 안절부절못하고 있었다.

"어떻게 하면 좋아?"

체리는 손톱을 깨물었다.

"여기 서 있자."

그녀가 말했다.

"우리가 할 수 있는 일은 별로 없어."

"누구야?"

투비트가 물었다.

"FBI라도 되니?"

"아니."

체리가 메마른 어조로 말했다.

"랜디와 밥이야."

"그리고……."

투비트가 음침하게 덧붙였다.

"체크무늬 셔츠를 맞춰 입은 엘리트 계급 몇 분이 더 계시군."

"너희 남자친구니?"

자니의 목소리는 조용했지만, 그와 아주 가까이 서 있던 나는 그가 떨고 있는 것을 보았다. 왜 저럴까. 자니는 신경과민이긴 하지만, 이렇게까지 안달한 적은 없었는데.

체리는 길을 따라 걸어가기 시작했다.

"어쩌면 우릴 보지 못할지도 몰라. 침착한 척해."

"누가 척한다는 거야?"

투비트가 씩 웃었다.

"나는 원래 침착한 놈인걸."

"그 반대였다면 좋았을 뻔했지."

내가 중얼대자 투비트는 대꾸했다.

"잡소리 말아, 포니보이."

무스탕은 서서히 우리를 지나치더니 그대로 가버렸다. 마샤는 안도의 한숨을 쉬었다.

"아슬아슬했어."

체리는 내게로 돌아섰다.

"네 큰형 얘기를 해줘. 그 사람 얘기는 그리 안 하더라."

나는 데리에 대해 뭔가 할 말을 생각해내려고 했지만, 어깨를 으쓱 해버렸다.

"얘기할 게 뭐 있나? 형은 크고 잘생겼고 럭비 하는 걸 좋아해."

"내 말은, 형이 어떤 사람이냐는 거야. 네 얘길 듣고 나니 소다라는 사람을 알 거 같아. 이제 데리에 대해서 얘기해줘."

내가 말이 없자 그녀는 나를 재촉했다.

"소다처럼 제멋대로에 자유분방하니? 아니면 너처럼 몽상가니?"

나는 얼굴이 붉어지는 걸 느끼고 입술을 깨물었다. 데

리는…… 그는 어떤 사람이더라?

"형은……."

나는 형이 착하고 좋은 사내라고 말하려 했지만, 그럴 수가 없었다. 나는 씁쓸하게 내뱉었다.

"형은 소다팝과 전혀 닮지 않았고, 분명 나하고도 달라. 바위처럼 냉혹하고 비인간적이야. 형의 눈은 그야말로 얼음 같지. 나를 그저 골칫거리로만 생각하고. 형도 소다는 좋아해. 누구든 소다를 좋아하지. 하지만 나는 못 견뎌해. 분명 형은 나를 어딘가 고아원 같은 데 처박아두고 싶어할 거야. 그리고 소다가 허락만 한다면 그렇게 할 거고."

투비트와 자니는 나를 멍하니 바라보고 있었다.

"아냐……."

투비트가 망연자실한 채 입을 열었다.

"아냐, 포니보이. 그렇지 않아……. 넌 잘못 알고 있어……."

"이런."

자니가 부드럽게 끼어들었다.

"난 너와 데리와 소다가 정말 의좋게 지내는 줄 알았는데……."

"아냐, 그렇지 않아."

나는 어리석은 짓이라고 느끼면서도 딱 잘라 말했다.

귓전이 화끈 달아오르는 걸 느꼈다. 분명 얼굴도 빨갛게 상기되었을 것이다. 어둠이 고마웠다. 멍청이가 된 기분이었다. 자니의 집에 비하면 우리 집은 천국이었다. 적어도 데리는 술에 취하거나 나를 두들겨 패거나 집에서 쫓아내지는 않았고, 대화 상대가 되어주는 소다팝도 있었다. 모두의 앞에서 스스로 바보가 된 것 때문에 나는 그만 열받아버렸다.

"그러니 아가리 좀 닥쳐, 자니 케이드. 너네 집에서도 널 원치 않는다는 건 다들 아는 사실이니까. 당연한 일이지."

자니의 눈이 둥그레졌다. 그는 누군가에게 맞기라도 한 것처럼 움찔했다. 투비트가 내 따귀를 세차게 직통으로 한 방 갈겼다.

"너나 입 닥쳐, 꼬마. 네가 소다의 동생만 아니었더라도 혼쭐내주었을 거다. 너처럼 자니를 잘 아는 애가 그런 식으로 말하다니."

그는 자니의 어깨에 손을 올렸다.

"녀석은 그런 뜻으로 말한 게 아냐, 자니."

"미안해."

나는 비참한 기분으로 말했다. 자니는 내 친구였다.

"그냥 열받아서 그랬어."

"사실인걸."

자니는 메마른 미소를 지으며 말했다.

"신경 안 써."

"그런 말 하려면 입 닥쳐."

투비트가 날카롭게 말하며 자니의 머리칼을 마구 헝클어놓았다.

"우리는 너 없이는 해 나갈 수 없어. 그러니 그런 말 마!"

"불공평해!"

나는 분노에 차서 외쳤다.

"우리에게만 불운이 모두 닥치다니 불공평하다고!"

내가 무슨 소리를 하는 건지도 잘 몰랐다. 하지만 나는 주정뱅이인 자니의 아버지를, 이기적이고 지저분한 자니의 어머니를, 남편이 집을 나간 후 투비트와 여동생을 뒷바라지하기 위해 술집 종업원이 된 투비트의 어머니를 생각하고 있었다. 댈리, 거칠고 빈틈없는 댈리가 깡패짓을 하게 된 건 그러지 않으면 죽는 수밖에 없었기 때문이었다. 스티브는 나직하고 씁쓸한 목소리로, 혹은 사납게 성질을 부리며 아버지에 대한 증오심을 드러내곤 했다. 소다팝은 퇴학당하자 직장을 구해서 내가 계속 학교에 다닐 수 있게 했고, 데리는 가족을 부양하기 위해 두 직장을 한꺼번에 다니느라고 너무 일찍 나이를 먹어가는 데다 즐길 여유도 없다. 반면 소셜들은 시간과 돈이 남아돌아서 재미 삼아 우리를 습격하거나, 서로 싸우거나, 흥청망청 맥주를 마시고 강가에서 파티나 연다. 그것 말고는 뭘 할지 모르기 때문이다. 분명 모든 이들이 힘들어하지. 이스트사이드의 모든 이들이 말야. 내겐 그 사실이 너무 불공평해 보였다.

"알고 있어."

투비트가 사람 좋은 웃음을 띠며 말했다.

"우리 차례가 오면 칩은 항상 뒤집어져 있지. 하지만 그게 세상이치야. 받아들이든지 아니면 억지로 삼키든지."

체리와 마샤는 아무 말도 하지 않았다. 아마도 무슨 말을 할지 몰랐을 것이다. 우리는 그들이 있다는 것조차 잊고 있었다. 그때 파란 무스탕이 다시 거리를 따라 내려왔다. 이번에는 더 느리게.

"그래."

체리가 단호하게 말했다.

"결국 찾아내셨군."

무스탕이 우리 곁에 멈추더니, 앞자리에 있던 두 남자가 내렸다. 딱 봐도 소셜 그 자체였다. 한쪽은 흰 셔츠에 무명 스키 재킷을 입었고, 다른 쪽은 밝은 노란색 셔츠에

포도주색 스웨터를 입고 있었다. 그들의 옷차림을 보고 나는 그날 밤 내내 의식하지 못했던 사실을 깨달았다. 내가 걸친 옷이 소매를 짧게 잘라낸 소다의 낡은 남색 트레이닝 셔츠와 청바지뿐이라는 것 말이다. 나는 침을 꿀꺽 삼켰다. 투비트는 저도 모르게 셔츠 자락을 바지 속에 집어넣으려 했지만, 다행히 늦기 전에 멈추었다. 그는 단지 검은 가죽 재킷의 칼라를 세우고 담배에 불을 붙였을 뿐이었다. 소셜들은 우리를 보는 것 같지도 않았다.

"체리, 마샤, 우리 말 좀 들어봐······."

흑발에 짙은 스웨터를 입은 잘생긴 소셜이 말했다.

자니는 거칠게 숨을 몰아쉬었다. 그는 그 소셜의 손을 보고 있었다. 그놈은 묵직한 반지를 세 개나 끼고 있었다. 나는 재빨리 자니를 쳐다보고, 무언가 생각해냈다. 그때 빈 주차장 옆에 멈춰 섰던 차가 파란 무스탕이었다는 것, 그리고 자니의 얼굴을 베어놓은 건 반지를 낀 누군가였다는 게 기억났다······.

소셜의 목소리가 내 생각을 깨뜨렸다.

"······우리가 지난번에 조금 취한 거 가지고 말야······."

체리는 무척 화난 얼굴이었다.

"조금? 길가에서 흐느적거리고 쓰러지는 걸 넌 '조금'이라고 여기니? 밥, 말해두는데, 네가 술 마시는 한은 절대 같이 다니지 않을 거야. 정말이야. 취한 사람은 사고 치기가 너무 쉬워. 나야 아니면 술이야, 택해."

또 한 명의 소셜, 비틀즈풍의 머리를 한 키 큰 녀석은 마샤에게로 돌아섰다.

"자기, 우리가 그렇게 자주 취하지 않는다는 거 알잖아……."

하지만 마샤가 계속 차가운 얼굴로 노려보자 녀석은 화를 냈다.

"그리고 네가 우리에게 화가 났다고 해도, 이 불량배들이랑 같이 거리를 쏘다닐 이유는 없어."

투비트는 담배를 길게 빨았고, 자니는 뻐딱하게 서서 바지 주머니에 엄지손가락을 찔러 넣었으며, 나는 몸을 꼿꼿이 세웠다. 우리는 맘만 먹으면 누구보다도 더 비열하게 보일 수 있다. 사납게 보이는 건 손쉬운 일이다. 투비트는 자니의 어깨에 팔꿈치를 걸쳤다.

"누구보고 불량배라고 하는 거지?"

"이봐, 그리저, 우리 쪽은 뒷좌석에 네 사람이 더 있다고……."

"그러면 뒷좌석 녀석들이 안됐군 그래."

투비트는 하늘을 향해 중얼거렸다.

"너희들 싸움을 벌이고 싶은 거라면……."

투비트는 한쪽 눈썹을 치켜 올렸지만, 평소와 달리 그 표정은 오히려 그를 더 냉혹하게 보이게 했다.

"습격하기 좋은 상대를 찾아다니는 중인지 묻는 게로군. 너희가 우리보다 많으니까, 우리에게 양보하겠다는 거냐? 자……."

그는 빈 병을 움켜쥐더니 끝부분을 깨뜨려서 내게 주었다. 그러고는 뒷주머니로 손을 뻗쳐 나이프의 칼날을 펼쳤다.

"어디 해보자구, 이 자식."

"안 돼!"

체리가 소리쳤다.

"그만둬!"

그녀는 밥을 바라보았다.

"너희 차를 타고 집에 갈게. 잠깐만 기다려줘."

"왜 그래?"

투비트가 물었다.

"우리는 저 녀석들이 두렵지 않아."

체리는 몸을 떨었다.

"난 싸우는 건 견딜 수 없어……. 너무 싫다구……."

나는 그녀를 한쪽으로 데리고 갔다.

"난 이거 못 써."

음료수 병을 떨어뜨리면서 나는 말했다.

"누굴 베지도 못하는걸······."

그녀에게 그 말을 해야만 했다. 투비트가 나이프를 꺼냈을 때 그녀의 눈빛을 보았기 때문이다.

"알아."

그녀는 조용히 말했다.

"하지만 저애들과 같이 가는 게 낫겠어. 포니보이······ 내 말은······ 학교 강당이나 어딘가에서 만나더라도 인사는 하지 마. 저기, 사적인 유감이나 그런 건 아니야. 하지만······."

"알고 있어."

나는 말했다.

"부모님들께서 우리가 너희와 같이 있는 걸 보시면 안 되니까 그래. 너는 좋은 아이야. 그리고······."

"괜찮아."

내가 죽어서 어디엔가 묻혀버렸으면 좋겠다고 생각하며 대답했다. 아니 최소한, 깔끔한 셔츠라도 입고 있었으면.

"너와 나는 같은 계급이 아니니까. 하지만 우리 중에도 저녁놀을 바라보는 사람들이 있다는 걸 잊지 마."

그녀는 갑자기 나를 바라보았다.

"나는 댈러스 윈스턴을 사랑하게 될 뻔했어."

그녀는 말했다.

"그를 다시는 보고 싶지 않아. 안 그러면 정말 그렇게 될 거야."

그녀는 입을 쩍 벌리고 서 있는 나를 내버려두고 가버렸다. 파란 무스탕이 요란한 소리를 내며 사라졌다.

집까지 걸어가는 동안 우리는 거의 말이 없었다. 자니에게 그놈들이 너를 때렸던 바로 그 소설들이냐고 묻고 싶었지만, 그러지 않았다. 자니는 절대로 그 일에 대해 얘기하지 않았고 우리도 얘길 꺼내지 않았다.

"음, 내가 예쁘장하다고 할 만한 여자애를 본 적이 있다면 바로 저 둘일 거야."

우리가 빈 주차장의 보도에 주저앉자 투비트는 기지개를 켜며 말했다. 그는 주머니에서 종이 한 장을 꺼내 찢어버렸다.

"그게 뭐야?"

"마샤의 전화 번호. 아마도 짜가겠지. 전화 번호를 물어보다니 내가 정신이 나갔지. 아무래도 좀 취했나 봐."

역시 술을 마셨던 거였군. 투비트는 영리했다. 그는 세상 물정을 알고 있었다.

"너희, 집에 가니?"

그가 물었다.

"지금 당장은 아냐."

나는 대답했다. 담배를 한 대 더 피우면서 별을 바라보고 싶었다. 12시까지는 들어가야 했지만, 아직 시간은 충분한 것 같았다.

"내가 왜 너한테 깨뜨린 병을 건네줬는지 모르겠다."

투비트가 일어나면서 말했다.

"넌 절대 그걸 쓰지 않을 텐데."

"어쩌면 썼을지도 몰라."

나는 말했다.

"어디 가는 거야?"

"가서 당구 좀 치고 포커 게임 상대나 찾아보려고. 어쩌면 취해서 꼬장 부릴지도 모르지. 모르겠다. 둘 다 내일 보자."

자니와 나는 드러누워 몸을 쭉 뻗고 별을 바라보았다. 얼어붙을 듯 추웠다. 쌀쌀한 밤이었고 내가 입은 것은 트레이닝 셔츠뿐이었으니까. 하지만 영하의 날씨에도 나는 별을 바라보곤 했다. 자니의 담뱃불이 어둠 속에서 빛나는 것을 보니, 저 꺼져가는 불덩이 안은 어떨까 하는 생각이 어렴풋이 스쳐갔다…….

"우리가 그리저이기 때문이야."

자니가 말했고, 나는 그가 체리 애기를 하고 있다는 걸 알았다.

"우리가 그녀의 명성에 해로울 테니까."

"그렇겠지."

나는 대답하면서, 그녀가 댈러스에 대해 한 말을 자니에게 알려줘야 하나 생각했다.

"야, 참 쌔끈한 차였어. 무스탕은 쌔끈하지."

"잘나가는 소셜들이겠지"라고 말하면서 내 마음속에서는 짜증과 미움이 솟구쳐 올랐다. 소셜들만이 모든 것을 갖는 건 옳지 않았다. 우리도 그들만큼 좋은 사람들이었다. 우리가 그리저인 건 우리 탓이 아니었다. 나는 투비트처럼 받아들이거나 체념하거나 할 수도 없었고, 소다팝처럼 잊어버리고 무심하게 삶을 사랑할 수도 없었고, 댈리처럼 애정이 필요하지 않을 정도로 무자비한 자아를 가질 수도 없었으며, 팀 셰퍼드처럼 이 생활을 은근히 즐길 수도 없었다. 나는 내면에서 고개를 드는 갈등을 느꼈다. 무슨 일이 생기지 않으면 폭발해버릴 것 같았다.

"더 이상은 참을 수 없어."

자니가 한 말은 바로 내 느낌 그대로였다.

"자살하든지 뭔가 저지를 거야."

"안 돼."

나는 소스라쳐 일어나 앉으면서 말했다.

"자살은 하지 마, 자니."

"그래, 자살하진 않아. 하지만 난 뭔가 해야 해. 아마도 어딘가에 그리지도 소셜도 없는, 오직 사람들만 있는 곳이 있을 거야. 단순하고 평범한 사람들 말야."

"대도시를 벗어나서……."

나는 벌렁 드러누우며 말했다.

"시골로 가는 거야."

시골로 간다……. 나는 시골을 좋아했다. 도시와 유흥가로부터 떠나고 싶었다. 그저 나무 아래 드러누워서 책을 읽거나 그림을 그리면서, 습격당하거나 나이프를 갖고 다니거나 생각 없고 골 빈 여자애와 결혼하는 걸로 끝나는 삶 따윈 잊어버리고 싶었다. 시골은 바로 그런 곳일 거야. 나는 꿈꾸듯 생각에 잠겼다. 노란 들개를 한 마리 키워야지, 예전에 그랬던 것처럼. 소다팝은 미키마우스를 되찾고, 원하는 로데오 경기장마다 다니며 말을 타겠지. 데리도 차갑고 냉혹한 표정을 버리고 여덟 달 전, 엄마와 아빠가 죽기 전의 모습으로 돌아갈 거야. 꿈꾸는 김에 나는 엄마와 아빠도 되살려냈다……. 엄마는 초콜릿 케이크를 더 많이 구워주실 거고 아빠는 아침 일찍 픽업트럭을 몰고 나가 소들에게 건초를 갖다주시겠지. 아빠는 데리의 등을 탁

치면서 너도 이제 사내가 되어간다고, 나를 쏙 빼닮았구나 하고 말씀해주실 거고, 두 사람은 예전처럼 의좋게 지내겠지. 어쩌면 자니가 와서 우리랑 같이 살 수도 있을 테고, 다른 녀석들도 주말이 되면 들를 거야. 댈러스도 결국 이 세상엔 아직도 좋은 것들이 있다는 걸 알게 될 거고, 엄마가 녀석에게 얘기를 걸어주면 녀석은 자신도 모르게 웃음 짓겠지.

"너희 엄마는 좋은 분이야."

댈리는 말하곤 했다.

"뭔가 좀 아신다니까."

엄마는 댈러스와 대화를 할 수 있었고, 여러 차례 그가 위험에서 벗어나도록 도와주었다. 눈부시고 아름다웠던 우리 어머니······.

"포니보이."

자니가 내 몸을 흔들고 있었다.

"어이, 포니, 일어나."

나는 떨면서 일어나 앉았다. 별들은 한참 움직여 있었다.

"맙소사, 몇 시니?"

"모르겠어. 나도 잠들어버렸거든. 네가 계속 떠들어대는 걸 듣다가 말야. 넌 집에 가도록 해. 나는 여기서 밤새 있을까 봐."

자니의 부모님은 녀석이 들어오든 안 들어오든 전혀 신경 쓰지 않았다.

"그래."

나는 하품을 했다. 제길, 정말 추웠다.

"추워지거나 그러면 우리 집으로 와."

"알았어."

나는 데리에게 뭐라고 하나 안달복달하면서 집으로 달려갔다. 현관 불이 켜져 있었다. 아마 두 사람은 잠들었을 테니 살며시 들어갈 수 있겠지 하고 생각했다. 창문으로 집 안을 들여다보았다. 소다팝은 소파에 늘어져서 깊이 잠들어 있었지만, 데리는 등불 아래 팔걸이 의자에 앉아서 신문을 읽고 있었다. 꿀꺽 침을 삼키고는 살짝 대문을 열었다. 데리가 신문에서 눈을 들더니, 순식간에 벌떡 일어섰다. 나는 가만히 서서 손톱만 씹고 있었다.

"도대체 어디에 있었어? 몇 신지 알기나 하는 거냐?"

그가 이렇게까지 화를 내는 것은 아주 드문 일이었다. 나는 말없이 고개를 저었다.

"이봐, 새벽 3시라고, 꼬마야. 한 시간만 더 지나면 경찰을 불러 널 찾아달라고 할 작정이었어. 어디 있었니, 포니보이?"

그의 목소리가 높아졌다.

"어느 빌어먹을 곳에 처박혀 있었냐구?"

내 자신에게도 정말 멍청하게 들렸지만, 더듬더듬 대답했다.

"저…… 주차장에서 잠들어버려서……."

"뭐라고?"

데리가 외치는 바람에 소다팝이 눈을 비비며 일어나 앉았다.

"어이, 포니보이."

그는 졸린 목소리로 말했다.

"어딨었어?"

"그럴 생각은 아니었어."

나는 데리에게 변명했다.

"자니와 얘기하고 있었는데 둘 다 잠들어버리는 바람에……."

"분명 너는 꿈에도 생각 못 했겠지만, 형들은 머리가 빠질 정도로 걱정을 하면서도 신고도 하지 못했어. 경찰이 너희를 찾아내면 둘 다 머리가 돌아버릴 정도로 잽싸게 소년원에 집어넣을 테니까. 그런데 넌 주차장에서 잤다고? 포니보이, 도대체 넌 어떻게 된 애니? 생각이란 걸 할 줄 몰라? 어떻게 외투도 안 입은 채 말야."

분노와 절망감에 뜨거운 눈물이 확 솟구쳤다.

"말했잖아, 그럴 생각이 아니었다고……."

"그럴 생각이 아니었다!"

데리가 소리치자 나도 모르게 몸이 떨렸다.

"그럴 줄 몰랐다! 잊어버렸다! 네게서 들을 수 있는 말은 그것뿐이구나. 넌 아무 생각도 없니?"

"데리……."

소다팝이 입을 열었지만, 데리는 돌아서서 말했다.

"넌 주둥이 다물고 있어! 네가 녀석 편드는 것 듣기도 지긋지긋하다."

데리는 소다에게는 소리쳐선 안 되었다. 그 누구도 절대 우리 형에게 소리칠 수는 없었다. 나는 폭발했다.

"소다한테 소리치지 마!"

나는 고함쳤다. 데리는 휙 돌아서더니, 내 몸이 문에 부딪힐 정도로 세게 나를 때렸다.

갑자기 찬물을 끼얹은 듯 조용해졌다. 다들 그 자리에 얼어붙었다. 우리 가족 중 누구도 날 때린 적이 없었다. 그 누구도. 소다의 눈이 휘둥그레졌다. 데리는 새빨개진 자기 손바닥을 들여다보더니 다시 나를 보았다. 그 역시 눈을 크게 뜨고 있었다.

"포니보이……."

나는 돌아서서 문을 박차고 나가 죽어라 하고 거리를 달려갔다. 데리가 외쳤다.

"포니, 그럴 생각은 아니었어!"

하지만 이미 나는 주차장까지 와 있었고 그의 말을 듣지 못한 척했다. 나는 달아날 생각이었다. 데리는 날 원치 않는 것이 분명했다. 그리고, 그렇다면 나 역시 머물 생각은 없었다. 그는 절대로 다시는 날 때리지 못할 것이었다.

"자니?"

부르고 나서 나는 깜짝 놀랐다. 그가 굴러와서는 바로 내 발치에서 벌떡 일어났기 때문이었다.

"이리 와, 자니. 우리 도망치는 거야."

자니는 아무것도 묻지 않았다. 우리는 숨이 턱에 닿을 때까지 여러 블록을 뛰어 지나갔다. 그러고 나서는 걸었다. 그때쯤 나는 울고 있었고, 마침내 보도에 주저앉아 얼굴을 팔에 파묻고 울기 시작했다. 자니가 곁에 앉아 한 손을 내 어깨에 얹었다.

"괜찮아, 포니보이."

그는 부드럽게 말했다.

"우린 괜찮을 거야."

차차 진정이 된 나는 맨팔로 눈물을 훔쳐냈다. 거칠던 숨결은 잦아들어 나직한 흐느낌이 되어 있었다.

"담배 있어?"

그는 한 대를 건네주고는 성냥을 그었다.

"자니, 나 무서워."

"음, 그러지 마. 나야말로 무서웠어. 무슨 일이니? 네가 그렇게 우는 건 처음 봤어."

"자주 그러진 않아. 데리 때문이었어. 날 때렸거든. 어떻게 그리 된 건지 모르겠어. 하지만 형이 내게 소리친 것도 날 때린 것도 참을 수 없었어. 모르겠어……. 가끔씩 우리는 괜찮게 지내. 그러다 갑자기 형이 화를 터뜨리거나 그렇지 않으면 끝없이 잔소리를 해대는 거야. 예전엔 형도 그러지 않았는데……. 우린 잘 지냈다고……. 엄마 아빠가 죽기 전엔 말야. 이젠 날 보기도 싫은가 봐."

"나는 우리 꼰대가 날 때릴 때가 차라리 나은 거 같아."

자니가 한숨을 쉬었다.

"적어도 그럴 때면 내가 누군진 안다는 거니까. 내가 그 집 안을 돌아다녀도 아무도 뭐라고 안 해. 집에서 나와도, 아무도 뭐라고 안 하지. 밤새 나와 있어도, 아무도 신경 안 써. 적어도 네겐 소다가 있지. 내겐 아무도 없어."

"젠장."

나는 순간 소스라치며 자신의 비참함을 떨쳐버렸다.

"네겐 우리 패거리가 있잖아. 댈리가 오늘 밤 널 패지 않았던 건 네가 우리 귀염둥이기 때문이야. 그러니까 내 말은, 제길, 자니, 우리 모두가 네 편이야."

"하지만 너처럼 보살펴줄 가족이 있는 것과는 다르지."

자니는 조용히 말했다.

"그건 완전히 달라."

마음이 풀어지기 시작한 나는, 달아나는 것이 과연 좋은 생각이었는지 의심스러워졌다. 졸리고 얼어 죽을 듯이 추워서 우리 집 침대 생각이 간절했다. 안락하고 따뜻한 이불 속, 내 몸에 팔을 두른 소다 형 곁에 눕고 싶었다. 나는 집에 돌아가되 데리와는 말을 하지 않기로 마음먹었다. 그곳은 데리의 집이지만 내 집이기도 하고, 그가 날 죽은 사람 취급하고 싶다면 나도 상관하지 않을 것이었다. 그는 내 집에서 내가 사는 것을 막을 수는 없었다.

"공원까지 산책하고 돌아오자. 그러고 나면 머리를 식히고 집에 갈 수 있을 거 같아."

"그래."

자니는 순순히 대답했다.

"좋아."

모두 차차 나아지겠지 하고 생각했다. 더 나빠질 수야 있겠어라고. 하지만 내 생각은 옳지 않았다.

손잡이까지 피로 물든 나이프

 대각선으로 두 블록쯤 떨어진 곳에 있는 공원 한복판에는 분수와 어린애들을 위한 작은 풀이 있었다. 풀은 가을이라 비어 있었지만, 분수는 유쾌하게 물을 뿜었다. 커다란 느릅나무가 공원에 어두운 그늘을 드리웠다. 노닥거리기 좋은 곳이었지만, 우리는 익숙한 빈 주차장을 더 좋아했고, 셰퍼드네 패는 철로 뒤편의 골목을 선호했다. 그래서 공원은 연인과 어린애들 몫으로 남아 있었다.
 아무도 새벽 2시 반에 공원을 얼쩡거리진 않아서, 편안히 머리를 식히기엔 안성맞춤이었다. 더 식었다간 얼음사탕이 될 지경이었지만. 자니는 청재킷 단추를 채우고 칼라를 세웠다.
 "추워서 얼어 죽을 지경이지, 포니?"
 "장난이 아닌걸."
 나는 담배를 빨아들이는 사이사이 맨살이 드러난 팔을

문지르며 대답했다. 분수 바깥쪽에 끼기 시작한 살얼음에 대해 말하려고 하는데, 갑자기 자동차 경적 소리가 들려와서 우리를 펄쩍 뛰게 했다. 파란 무스탕이 공원 주위를 천천히 빙빙 돌고 있었다.

자니는 나지막하게 욕을 했고, 나는 이렇게 중얼거렸다.

"뭘 원하는 거지? 여긴 우리 구역이야. 소셜들이 이스트사이드 한복판에서 뭘 하는 거야?"

자니는 고개를 저었다.

"모르겠어. 하지만 우릴 찾고 있는 게 분명해. 자기네들 여자를 헌팅했으니까."

"아, 제기랄."

나는 신음 소리를 냈다.

"완벽한 하룻밤을 마무리하기에 정말 딱이군."

나는 담배를 마지막으로 한 번 깊이 빨고서 발꿈치로 꽁초를 짓이겼다.

"달아나고 싶니?"

"이미 늦었어."

자니가 말했다.

"이리로 온다."

다섯 명의 소셜들이 우리에게로 똑바로 다가왔다. 그

비틀거리는 꼴만 봐도 다들 술에 푹 절었다는 것을 알 수 있었다. 그 점이 두려웠다. 냉정한 척 잔뜩 후까시를 잡으면 그들이 물러날 때도 있다. 하지만 5대 2로 그들이 우리보다 훨씬 많고 게다가 취해 있다면 그것도 먹힐 것 같지 않았다. 자니의 손이 뒷주머니로 가는 걸 보고 그가 나이프를 가졌다는 사실을 떠올렸다. 아까 그 깨진 병이 있더라면. 필요한 상황이면 나도 병을 휘두를 수 있다는 걸 똑똑히 보여주련만. 자니는 말 그대로, 죽도록 겁에 질려 있었다. 유령처럼 창백한 얼굴. 마치 덫에 걸린 동물의 눈처럼 절박한 눈빛. 우리는 분수를 등지고 서 있었고 소셜들은 우리를 둘러쌌다. 놈들에게서 위스키와 '잉글리시 레더' 로션 냄새가 어찌나 독하게 풍기는지 숨이 막힐 것 같았다. 데리와 소다가 나를 찾아 이리로 온다면 얼마나 좋을까. 넷이서라면 이 정도는 쉽게 상대할 수 있는데. 하지만 아무도 없었고, 결국 자니와 나 둘이서만 싸워내야 한다는 걸 알았다. 자니의 표정은 공허하고 사나웠다. 그를 잘 아는 사람이 아니면 그의 눈빛에서 공포를 읽어낼 수 없을 것이다. 나는 냉정하게 소셜들을 바라보았다. 그들이 우리를 죽도록 두렵게 할 수는 있었지만, 절대로 그 사실을 눈치 채고 좋아할 수는 없을 것이었다.

상대는 랜디와 밥, 그리고 다른 소셜들 세 명이었고, 그들은 우리를 알아보았다. 자니도 그들을 알아본 것이 분명했다. 그는 눈을 크게 뜨고 밥의 반지에 어른거리는 달빛을 바라보았다.

"허, 이게 누구신가?"

밥이 약간 건들거리며 내뱉었다.

"여기 우리 여자들을 꼬신 그리저 꼬마들이 있구만. 안녕하신가, 그리저."

"우리 구역에서 꺼져."

자니가 낮은 목소리로 경고했다.

"조심하는 게 좋을걸."

랜디는 욕을 퍼부었다. 그들은 점점 가까이 다가왔다. 밥은 자니를 찬찬히 바라보았다.

"아니지, 친구, 조심해야 할 쪽은 너희들이야. 다음번에 여자가 필요하거든, 너네랑 같은 종류를 고르라고, 거지들아."

나는 열받기 시작했다. 그놈들이 너무 미워서 확 뚜껑이 열릴 것 같았다.

"그리저가 뭔지 가르쳐줄까?"

밥이 물었다.

"머리가 긴 백인 쓰레기들이지."

내 얼굴에서 핏기가 확 가셨다. 욕설도 들었고 헐뜯는

소리도 들어봤지만, 이렇게 모욕을 느낀 적은 없었다. 자니케이크가 묘한 소리를 내며 숨을 헐떡였다. 그의 눈이 불타듯 이글거렸다.

"소셜이 뭔지 가르쳐줄까?"

말하는 내 목소리는 분노로 떨렸다.

"무스탕을 타고 무명 옷을 걸친 백인 쓰레기들이지."

그렇게 말한 후, 그들이 모욕감을 느낄 만큼 지독한 욕설을 생각해낼 수 없어서 놈들에게 침을 뱉어주었다.

밥은 고개를 젓더니, 서서히 미소를 띠었다.

"넌 욕실 좀 써야겠다, 그리저. 그러고 나서 한바탕 당해봐야겠는데. 뭐 시간은 충분하지. 저 꼬마 목욕 좀 시켜줘라, 데이비드."

나는 몸을 돌려 빠져나가려 했다. 그러나 데이비드라는 소셜이 내 팔을 잡고는 등 뒤로 비틀더니, 분수 안에 내 얼굴을 처박았다. 저항했지만, 내 목 뒤의 손은 완강했으며 나는 숨을 멈추어야 했다. 죽는구나 하고 생각했다. 자니는 어떻게 되었을까. 더 이상은 숨을 참을 수 없었다. 참다 못해 다시 저항해보았지만, 물을 들이켰을 뿐이었다. 정말로 빠져 죽을 거 같아, 이놈들 너무 심하잖아……. 붉은 안개가 머릿속에 번져 나가더니 몸에서 서서히 힘이 빠졌다.

그 다음 기억은 분수 옆 보도에 누워서 기침하며 헐떡

이고 있는 내 모습이다. 나는 거기 축 늘어져서 숨을 들이쉬며 물을 내뱉고 있었다. 흠뻑 젖은 트레이닝 셔츠와 물이 떨어지는 머리칼을 뚫고 바람이 사정없이 불어 닥쳤다. 이가 어찌나 덜덜 떨리는지 멈출 수가 없을 정도였다. 마침내 몸을 일으키고 분수에 기대섰다. 얼굴에서 물이 줄줄 흘러내리고 있었다. 그때서야 자니를 보았다.

녀석은 내 곁에 앉아서 한쪽 팔꿈치를 무릎에 얹고 똑바로 앞쪽을 응시하고 있었다. 안색은 기묘하게도 하얗다 못해 녹색이 돌았고, 눈은 예전에 본 적이 없을 정도로 크게 뜨고 있었다.

"놈을 죽였어."

그는 느릿느릿 말했다.

"나 그놈을 죽여버렸어."

밥이, 잘생긴 소셜이 거기 달빛을 받으며 몸을 반으로 꺾은 채 조용히 뻗어 있었다. 그로부터 흘러나온 짙은 색의 웅덩이가, 푸르스름한 시멘트 위로 서서히 퍼져 나가고 있었다. 나는 자니의 손을 보았다. 그는 자신의 나이프를 움켜쥐고 있었고, 그것은 손잡이까지 짙게 물들어 있었다. 뱃속이 격렬하게 뒤틀렸고, 혈관 속 피가 모조리 얼어붙는 것 같았다.

"자니."

나는 어지러움을 견디면서 간신히 입을 열었다.

"나 아무래도 토할 거 같아."

"토해."

그는 여전히 담담한 목소리로 말했다.

"고개 돌리고 있을게."

나는 고개를 숙이고 한동안 조용히 구토했다. 그러고 나서 뒤로 기대어 눈을 감고 거기 뻗어 있는 밥을 보지 않으려 했다.

이런 일은 있을 수 없어, 이런 일은 있을 수 없어, 이런 일은 있을 수 없어…….

"너 정말로 놈을 죽인 거야, 응, 자니?"

"응."

그의 목소리가 가볍게 떨렸다.

"그래야 했어. 그놈들이 널 물에 처박고 있었잖아, 포니. 놈들은 아마도 널 죽였을 거야. 게다가 칼도 가지고 있었어……. 나를 두들겨 패려고 했어……."

"그러니까……."

나는 꿀꺽 침을 삼켰다.

"놈들이 예전에 했던 것처럼?"

자니는 한동안 조용히 있었다.

"그래."

그러더니 대답했다.

"예전에 그랬던 것처럼."

자니는 무슨 일이 있었는지 얘기해주었다.

"놈을 찌르자 다들 도망쳐버렸어. 다들 도망쳤어……."

자니의 조용한 목소리를 듣고 있던 내 마음속에서 공포가 솟구쳐 올랐다.

"자니!"

나는 거의 비명을 지를 뻔했다.

"우린 어떻게 하지? 사람들은 너를 살인죄로 전기 의자에 앉힐 거야!"

나는 덜덜 떨었다. 담배 한 대. 담배 한 대. 담배 한 대만 있다면. 하지만 우리는 아까 마지막 담뱃갑을 비워버렸다.

"무서워, 자니. 우린 어떻게 하냐고?"

자니는 벌떡 일어나더니 내 트레이닝 셔츠를 붙잡고 나를 일으켰다. 그는 나를 흔들어댔다.

"진정해, 포니보이. 정신 차리란 말야."

나는 내가 소리치고 있는 줄도 몰랐다. 나는 몸을 빼고서 "알았어" 하고 말했다.

"이젠 괜찮아."

자니는 주위를 둘러보면서 초조하게 바지 주머니를 두

드렸다.

"여길 빠져나가야 해. 어딘가로 가야지. 달아나는 거야. 경찰이 여기 곧 올 거야."

나는 떨고 있었지만, 추워서만은 아니었다. 하지만 자니는 손이 떨리고 있는 것만 제외하면 데리만큼이나 냉정해 보였다.

"우린 돈이 필요해. 어쩌면 총도. 계획도 짜야 하고."

돈. 어쩌면 총도? 그리고 계획. 도대체 그런 것들을 어디서 얻는다지?

"댈리."

자니가 단호하게 말했다.

"댈리가 우리를 빠져나가게 해줄 거야."

나는 한숨을 내쉬었다. 왜 그 생각을 못 했을까? 하지만 나는 도무지 생각할 줄을 모르니까. 댈러스 윈스턴이라면 무엇이든 할 수 있겠지.

"어디서 녀석을 찾아내지?"

"아마도 벅 메릴의 집에 있을 거야. 오늘 밤 거기서 파티가 있어. 오늘 오후에 댈리가 그 파티에 대해서 뭔가 말했어."

벅 메릴은 댈리의 로데오 경기장 동료였다. 그는 댈리에게 슬래시 J의 기수 자리를 얻어준 장본인이었다. 벅은 순종 말 몇 마리를 길렀고, 대체로 사기 경마와 약간의 밀수를 통해 돈을 벌었다. 절대 벅의 집 반경 10마일 안에서는 붙잡히지 말라고 데리와 소다 둘 모두에게서 엄하게 주의받은 터였고, 나 역시 그러고 싶었다. 나는 벅 메릴이 싫었다. 그는 키가 크고 호리호리한 카우보이로 금발에 뻐드렁니였다. 아니 적어도 싸움에서 앞니 두 개가 나가기 전까지는 뻐드렁니였다. 게다가 구닥다리이기까지 했다. 그는 행크 윌리엄스〔1940~1950년대 미국의 컨트리 음악 가수〕의 팬이었다. 정말 역겹지 않은가?

우리가 문을 두드리자 벅이 나왔고, 그 뒤로 요란하고 저속한 음악 소리가 흘러나왔다. 술잔 부딪치는 소리, 크고 굵직한 웃음소리와 여자들의 깔깔거림, 그리고 행크 윌리엄스의 노래도. 그 소리가 내 초조한 신경을 사포로 긁어대는 것 같았다. 한 손에 캔맥주를 든 채, 벅은 눈을 번득이며 우리를 내려다보았다.

"뭔 일이야?"

"댈리요!"

자니는 침을 삼키더니, 벅의 어깨 뒤를 넘겨다보며 말했다.

"우린 댈리를 봐야 해요."

"녀석은 바빠."

벅이 딱 잘라 말했다.

거실에서 누군가가 "아하!" 하더니 곧 이어 "이히!" 하고 외쳤다. 그 음성에 난 거의 꼭지가 돌 뻔했다.

"녀석에게 포니와 자니가 왔다고 전해."

나는 호령했다. 내가 알기로, 벅에게서 뭔가를 얻어낼 수 있는 유일한 방법은 겁을 주는 것이었다. 벅은 이십대 중반이고 댈러스는 열일곱 살밖에 안 되었는데도 댈러스가 벅을 제멋대로 움직일 수 있었던 것은 아마도 그 때문이었을 것이다.

"그러면 올 거야."

벅은 날 한동안 노려보더니, 비틀거리며 가버렸다. 꽤나 술에 절어 있는 그를 보고 나는 상황을 짐작했다. 만약 댈리가 취해서 위험한 분위기라면…….

몇 분 만에 나타난 댈리는 밑위가 짧은 청바지 하나만 걸치고서 가슴팍의 털을 긁어대고 있었다. 그가 전혀 취해 있지 않아서 나는 놀랐다. 어쩌면 이곳에 온 지 얼마 안 되었는지도 몰랐다.

"그래, 꼬마들아, 왜 날 찾았지?"

자니가 그에게 얘기를 하는 동안 나는 댈리를 찬찬히 쳐다보며 어떻게 이 사납게 생긴 깡패한테 체리 밸런스 같은 여자애가 반할 수 있는지 알아내려고 애썼다. 아마(亞

麻)색 머리에 교활한 눈매를 한 댈리는 잘생긴 것과는 거리가 멀었다. 하지만 그 굳은 얼굴에는 개성과 자존심과 세상에 대한 난폭한 거부가 깃들어 있었다. 그는 절대로 체리 밸런스를 사랑해줄 수 없을 것이다. 댈리가 무언가를 사랑하게 된다면 그건 기적이리라. 자기 보존을 위한 다툼 속에서 단련된 그는 애정이란 걸 알지 못했다.

그는 자니가 자초지종을 말하는 동안 눈 한 번 깜빡하지 않았다. 자니가 소셜에게 칼을 꽂은 얘기를 했을 때 씩 웃고는 "잘했군" 하고 말했을 뿐이었다. 마침내 자니는 얘기를 마쳤다.

"우리가 도망치도록 도와줄 수 있는 사람이 있다면 너라고 생각했어. 파티하는데 불러내서 미안해."

"아, 웃기지 마, 꼬마야."

댈리는 짜증스럽게 자기 어깨 뒤를 돌아보더니 말했다.

"난 침실에 있었다고."

그는 갑자기 날 바라보았다.

"어이, 그런데 이런 말 하면 포니보이 너 얼굴 뻘게지겠는데."

나는 벅이 파티를 열 때 침실에서 어떤 일들이 벌어지곤 하는지 떠올렸다. 댈리는 눈치를 채고서 은근히 즐기는 듯 씩 웃었다.

"그런 건 전혀 아니야, 꼬마. 난 자고 있었어, 아니 자려고 애쓰는 중이었지, 이 소음을 무릅쓰고 말야. 행크 윌리엄스라니!"

그는 눈을 굴리더니 그 말 뒤에 글로 옮기기 힘든 형용사를 몇 개 덧붙였다.

"셰퍼드하고 붙는 바람에 갈비뼈가 몇 대 부러졌거든. 그냥 좀 누워 있을 곳이 필요했어."

그는 애처롭게 옆구리를 문질렀다.

"팀 그 자식은 확실히 주먹을 쓸 줄 알아. 녀석도 한 일주일 간은 한쪽 눈이 잘 안 보일 거야."

그는 우리를 훑어보더니 한숨을 쉬었다.

"여튼, 잠깐만 기다려봐. 내가 이 상황에서 뭘 할 수 있을지 좀 살펴볼게."

그러더니 그는 나를 유심히 바라보았다.

"포니보이, 너 물에 젖었니?"

"으으응."

나는 덜덜 떨리는 입으로 더듬더듬 대답했다.

"하느님 맙소사!"

그는 미닫이문을 열고 나를 들어오게 하더니, 자니에게도 따라오라고 손짓해 보였다.

"짭새들이 잡으러 오기도 전에 폐렴에 걸려 죽겠다."

댈리는 비어 있는 침실로 나를 거의 끌다시피 데려가면서 끊임없이 욕을 해댔다.

"그 트레이닝 셔츠 벗어."

그는 내게 타월을 던졌다.

"몸 닦고 여기서 기다려. 적어도 자니는 청재킷이라도 있잖아. 트레이닝 셔츠 하나 달랑, 그것도 폭삭 젖은 걸 걸치고 달아나다니 생각을 좀 더 했어야지. 머리 좀 굴리면 안 되냐?"

그의 말투가 꼭 데리처럼 들려서 나는 그를 멍하니 쳐다보았다. 그는 눈치 채지 못하고, 침대에 앉은 우리를 내버려둔 채 나갔다.

자니는 벌렁 드러누웠다.

"담배 한 대만 피웠으면."

몸을 닦고 나서 청바지만 입고 앉아 있으려니 무릎이 후들후들 떨려왔다.

얼마 후 댈리가 나타났다. 그는 조심스럽게 문을 닫았다.

"여기."

그는 총 한 자루와 지폐 뭉치를 건네면서 말했다.

"총은 장전되어 있어. 부탁인데 자니, 그거 내 쪽으로 겨누지 말고. 여기 50달러. 오늘 밤 메릴에게서 긁어낼 수 있는 건 그게 전부야. 그 자식 저번 경마에서 돈을 날렸거든."

댈리가 기수이고 하니, 경마에서 벽을 위해 경기를 조작하는 장본인이 그라고 생각하기 쉬울 것이다. 하지만 그렇지 않았다. 지난번에 그런 말을 꺼낸 녀석은 이가 세 개 나갔다. 사실, 댈리는 정직하게 말을 탔고 이기기 위해 최선을 다했다. 댈리가 정직하게 하는 일은 오직 그것뿐이었다.

"포니, 데리와 소다팝은 이 일을 알고 있냐?"

나는 고개를 저었다. 댈리는 한숨지었다.

"이런 제기랄, 데리에게 이 얘길 전하고서 대가리 얻어터지고 싶은 생각은 전혀 없는데."

"그러면 얘기하지 마."

나는 말했다. 소다팝이 걱정하는 건 싫었고, 지금까지는 무사히 빠져나왔다고 그에게 알려줄 수 있기를 바랐다. 하지만 데리가 걱정해서 머리가 하얗게 세든 말든 신경 쓰고 싶지 않았다. 비열하고 제멋대로라고 자신을 꾸짖기엔 너무 지쳐 있었다. 댈리에게 얘길 전하게 하는 건 불공평하지 않냐고 나 자신을 구슬렸다. 댈리가 우리에게 돈과 총을 주고 시내에서 빠져나가게 해준 것을 알면 데리는 그를 죽도록 팰 것이었다.

"자!"

댈리는 내 몸보다 6천만 사이즈쯤 더 큰 셔츠를 건네주었다.

"이건 벅 거야. 너하고 그 자식의 사이즈가 정확히 같지는 않겠지만, 적어도 이건 마른 옷이지."

그는 내게 노란 양가죽 안감을 댄 자신의 낡은 갈색 가죽 재킷도 건네주었다.

"너희가 가는 곳은 추울 거야. 하지만 담요를 짊어지고 갈 수는 없으니까."

나는 셔츠의 단추를 채우기 시작했다. 몸이 거의 셔츠에 파묻힌 꼴이었다.

"윈드릭스빌로 가는 3시 15분 화물차에 뛰어올라."

댈리가 지시했다.

"제이 마운틴 꼭대기에 가면 버려진 오래된 교회가 있어. 뒷마당에 펌프가 있으니까 물 걱정은 하지 말고. 거기 닿는 즉시 일주일분의 식량을 사. 오늘 아침에, 소문이 새기 전에 말야. 그리고 나서는 문밖에 코끝도 내밀지 마. 상황이 해결된 거 같으면 곧 그리로 갈게. 거참, 뉴욕만 벗어나면 살인 사건에 휩쓸릴 일은 없을 거라고 생각했는데."

'살인'이라는 말을 듣자 자니는 목구멍에서 작은 소리를 내며 몸을 움찔했다. 댈리는 우리를 뒷문까지 데려다주고는, 우리가 나가기 전에 현관 불을 껐다.

"가봐!"

그는 자니의 머리털을 헝클어뜨렸다.

"조심해, 꼬마야."

그는 다정하게 말했다.

"물론이야, 댈리. 고마워."

그러고서 우리는 어둠 속으로 달려 나갔다.

우리는 철로 곁의 수풀 속에 웅크리고서 점점 커져오는 기적 소리에 귀를 기울였다. 기차는 속도를 늦추더니 찢어지는 소리를 내며 멈추었다.

"가자."

자니가 속삭였다. 우리는 달려가서 열려 있는 화차 안에 몸을 던졌다. 밖에서 철로 노동자들이 왔다갔다하는 동안 우리는 벽에 몸을 꼭 붙이고서 숨을 죽이고 귀를 쫑긋 세우고 있었다. 한 사람이 머리를 들이밀었고, 우리는 놀라서 얼어붙어버렸다. 하지만 그는 우리를 보지 못했으며, 열차가 출발하자 우리가 있는 칸도 덜컹거리며 움직이기 시작했다.

"바로 다음 역이 윈드릭스빌이야."

자니는 말하면서 조심스럽게 총을 내려놓았다. 그는 고

개를 저었다.

"왜 녀석이 내게 이걸 줬는지 모르겠어. 난 아무도 못 쏘는데."

그제서야 나는 정말로, 정말로 우리가 무엇을 하고 있는지 인식했다. 자니가 사람을 죽였다. 말이 없고 조용한 목소리의 꼬마 자니가, 고의로는 벌레 한 마리도 죽이지 않는 자니가 인간의 목숨을 빼앗았다. 우리는 정말로 달아나는 것이었다. 경찰이 살인죄로 우리 뒤를 쫓았고, 우리 곁에는 장전된 총이 놓여 있었다. 나는 댈리에게 담배 한 갑만 달라고 할 걸 하고 후회했다……

몸을 뻗고서 자니의 다리를 베개 대신 베었다. 몸을 돌돌 말고서, 댈리가 재킷을 준 것에 고마워했다. 재킷은 너무 컸지만 따스했다. 기차의 흔들림도 내 잠을 쫓지는 못했으며, 나는 곧 잠이 들어버렸다. 깡패의 재킷을 덮고 손 닿는 곳에 총을 놓아둔 채.

자니와 함께 초원을 달리는 기차에서 뛰어내렸을 때 나는 아직 잠이 덜 깬 상태였다. 이슬 속에 굴러 떨어져 몸을 적시고 나서야 소스라치며 어떤 상황인지 알아차렸다. 자니가 나를 깨워 뛰어내리라고 한 것이 분명했지만, 전혀 기억나지 않았다. 우리는 높다랗게 자란 잡초와 축축한 풀

속에 드러누워 숨을 몰아쉬었다. 새벽이 오고 있었다. 동쪽 하늘이 환해지더니 찬란한 빛 한줄기가 언덕들 위로 비쳤다. 구름은 분홍빛으로 물들고 종다리가 노래하고 있었다. 이게 바로 시골이야, 나는 반쯤 졸면서 생각했다. 내 꿈이 이루어져서 나는 시골에 있는 거야.

"젠장할, 포니보이."

자니는 다리를 문지르고 있었다.

"너 땜에 내 다리가 완전히 맛이 갔나 봐. 일어날 수도 없어. 기차에서도 간신히 내렸다고."

"미안해. 왜 날 깨우지 않았니?"

"괜찮아. 꼭 깨워야만 할 때까진 깨우고 싶지 않았어."

"이제 어떻게 제이 마운틴을 찾는다지?"

나는 자니에게 물었다. 나는 여전히 졸음에 취해 있었고, 거기 이슬 내린 새벽 풀밭에 누워 영원히 자고 싶었다.

"가서 누구한테 물어봐. 그 사건은 아직 신문에 실리지 않았을 거야. 산책 나왔거나 뭐 그런 농장 일꾼인 척해."

"전혀 농장 일꾼처럼 보이지 않잖아."

나는 대꾸했다. 갑자기 뒤로 빗어 넘긴 내 긴 머리, 그리고 습관이 되어버린 건들거리는 걸음새가 신경 쓰였다. 나는 자니를 보았다. 그 역시 전혀 농장 일꾼처럼 보이지 않았다. 그는 여전히 너무 많이 걷어차인 길 잃은 강아지를 떠올리게 했지만, 난생 처음으로 나는 남들이 보는 그의 모습을 볼 수 있었다. 검은 티셔츠와 청바지와 청재킷, 그리고 잔뜩 기름을 바른 긴 머리 때문에 그는 불량하고 거칠어 보였다. 나는 귀 뒤로 말린 그의 머리칼을 보며 생각했다. 우리 둘 다 머리를 자르고 뭔가 단정한 옷을 입어야 해. 나는 내가 입은 해지고 빛바랜 청바지와 너무 큰 셔츠, 그리고 댈리의 너덜너덜한 재킷을 내려다보았다. 사람들은 우리를 본 순간 곧바로 깡패란 걸 알아차릴 거라는 생각이 들었다.

"난 여기 있어야 할 것 같아."

자니는 다리를 문지르며 말했다.

"길을 따라가다가 맨 처음 만난 사람에게 제이 마운틴이 어디냐고 물어보고 나서……."

그는 다리가 아픈지 잠시 움찔했다.

"이리로 돌아와. 그리고 부탁인데, 머리에 빗질 좀 하고, 살인마처럼 그렇게 건들거리지 마."

그렇다면 자니도 눈치 챘던 거구나. 나는 뒷주머니에서 빗을 꺼내 조심스레 머리를 빗었다.

"이젠 괜찮아 보일 거야, 그렇지, 자니?"

그는 나를 골똘히 바라보았다.

"있잖아, 넌 정말 소다팝과 닮았어. 네 머리 모양도 그렇고 전부 다. 물론, 네 눈은 초록색이지만 말야."

"초록색 아냐, 회색이야."

나는 얼굴을 붉히면서 말했다.

"그리고 나는 너만큼도 소다를 닮지 않았어."

나는 일어섰다.

"소다는 잘생겼다고."

"젠장."

자니는 히죽 웃으면서 말했다.

"너도 잘생겼잖아."

나는 아무 대꾸도 없이 가시철조망 울타리를 타고 넘어갔다. 뒤에서 자니가 웃는 소리가 들렸지만 신경 쓰지 않았다. 나는 붉은 비포장도로를 따라 걸어가면서, 누군가 만나기 전에 상기된 얼굴이 가라앉기를 바랐다. 데리와 소다팝은 지금 뭘 하고 있을지 궁금한걸. 나는 하품을 하면서 생각했다. 오늘만은 소다가 침대를 독차지할 수 있었겠지. 분명 데리는 날 때린 걸 후회하고 있을 거야. 자니와 내가 그 소설을 죽인 걸 알게 되면 정말로 걱정을 하겠지. 한순간 그 소식을 들은 소다팝의 표정이 어떨지 상상해보았다. 집에 있었으면 좋겠어 하고 멍하니 생각했다. 집에서 아직 침대에 누워 있는 거라면 좋겠어. 어쩌면 그럴지도 몰라. 어쩌면 이건 그저 꿈인지도 몰라……

댈리와 내가 나이틀리 더블에서 그 여자애들 뒤에 앉았던 것이 겨우 전날 밤의 일이었다. 맙소사, 나는 당혹스런 감정이 몰려드는 것을 느끼며 생각했다. 너무 느닷없이 일들이 터지는구나. 너무나 빨리. 아마도 이제 살인보다 더 나쁜 일에 말려들지는 않겠지만, 자니와 나는 앞으로 죽을 때까지 숨어 지내야 할 거야. 댈리 말고는 아무도 우리가 있는 곳을 모를 거고, 그 역시 아무에게도 말하지 못할 거야. 우리에게 총을 준 죄로 다시 깜빵에 가게 될 테니까. 자니가 잡히면, 사람들은 그를 전기 의자에 앉히겠지. 그리고 내가 잡힌다면, 소년원에 보낼 거야. 나는 컬리 셰퍼드에게서 소년원에 대해 들은 바가 있었고, 그런 곳에는 절대 가고 싶지 않았다. 그러니까 우린 남은 평생 숨어 살아야 할 테고, 댈리 말고는 아무도 못 만나겠지. 아마 데리도 소다팝도 다신 못 볼 거야. 투비트나 스티브도. 나는 바라던 대로 시골에 왔지만, 좋으리라고 생각했던 것과는 달리 그곳이 전혀 맘에 들지 않을 것 같았다. 그리저로 사는 것보다 더 나쁜 일도 있었던 것이다.

햇볕에 그은 농부가 길을 따라 트랙터를 몰고 왔다. 내가 손을 흔들자 그는 멈춰 섰다.

"제이 마운틴이 어디 있는지 좀 말씀해주시겠어요?"

나는 최대한 공손하게 물어보았다.

그는 길 저 끝을 가리켰다.

"이 길을 따라가면 커다란 언덕이 보일 게다. 그곳이야. 산책하고 있니?"

"네."

나는 얌전하게 보이려고 애썼다.

"우린 군대놀이를 하고 있는데, 그곳의 사령부에 보고하러 가야 하거든요."

나는 너무 거짓말을 잘해서 때로는 스스로가 겁날 정도였다. 소다는 내가 책을 너무 많이 읽어서 그런 거라고 말했다. 하지만 투비트 역시 항상 거짓말을 해댔지만 책 한 번 펴본 적이 없었다.

"사내애는 사내애다워야지."

농부는 웃으면서 말했고, 나는 이 사람 행크 윌리엄스만큼이나 남부스럽군 하고 무감각하게 생각했다. 그가 가버리자 자니가 기다리는 곳으로 돌아갔다.

교회로 가는 길은 생각했던 것보다 훨씬 멀었지만, 우리는 무사히 도착했다. 한 걸음 한 걸음 옮길 때마다 길은 더 거칠어졌다. 술 취한 것 같은 기분이었고—너무 졸릴 때면 나는 항상 그랬다—다리가 점점 묵직하게 느껴졌다. 아마도 자니는 나보다 더 졸렸을 것이다. 우리가 정확한 장소에서 내릴 수 있도록 기차에서도 계속 깨어 있었으니까. 교회까지 올라가는 데 45분이 걸렸다. 우리는 뒤창문을 열고 기어 들어갔다. 그곳은 작은 교회였고, 무척 오래되었고 음침하며 거미줄투성이였다. 온몸에 소름이 돋았다.

난 전에도 교회에 온 적이 있었다. 엄마 아빠가 죽기 전엔 항상 다녔더랬다. 그러던 어느 일요일에 소다에게 자니랑 나랑 같이 가 보자고 했다. 소다는 스티브가 가지 않으면 안 간다고 했고, 투비트는 그렇다면 자기도 가봐야겠다고 했다. 댈리는 숙취로 곯아떨어져 있었고, 데리는 일하고 있었다. 자니와 나는 교회에 갈 때면 맨 뒷자리에 앉아서 어떻게든 설교를 들어보려고, 또한 사람들을 피하려고 애썼다. 제대로 옷을 차려입고 간 적이 거의 없었기 때문이었다. 아무도 우리에게 신경 쓰지 않는 것 같았고, 우리는 교회 가는 것이 정말로 좋았다. 하지만 그날은……. 그랬다, 소다는 영화 구경을 할 때도 오랫동안 가만히 앉아 있지 못했고, 하물며 설교를 들을 때는 말할 것도 없었다. 얼마 지나지 않아 그와 스티브와 투비트는 서로에게 종잇조각을 던져대고 익살을 떨기 시작했으며, 마침내 스티브가 쾅 하고 찬송가책을 떨어뜨렸다. 물론 실수였지만 말이다. 교회에 있던 모든 사람들이 뒤돌아 우리를 쳐다보았고, 자니와 나는 신도석 아래로 기어 들어가고 싶은 심정이었다. 그때 투비트가 사람들에게 손을 흔들어 보였다.

그 후로는 교회에 가지 않았다.

하지만 이 교회는 나도 모를 으스스한 느낌을 주었다. 그것을 뭐라고 해야 할까? 전조(前兆)? 나는 바닥에 털썩 몸을 던졌고—다음 순간 다시는 그러지 말아야겠다고 마음먹었다. 바닥은 돌이었고 차갑기까지 했다. 자니는 내 곁에 몸을 뻗고 팔로 머리를 고였다. 나는 뭔가 그에게 말하려고 했지만, 입에서 말이 나오기도 전에 잠들어버렸다. 하지만 자니는 눈치 채지 못했다. 그 역시 잠들어버렸던 것이다.

오래된 교회에 숨어서

 오후 늦게 잠에서 깼다. 한순간 이곳이 어딘지 의아했다. 다들 그 느낌을 알고 있을 것이다. 낯선 장소에서 깨어나 도대체 여기가 어딘가 하고 생각하다가, 마침내 기억이 파도처럼 밀려들어오는 느낌 말이다. 지난 밤 일어났던 일은 전부 꿈이었다고 거의 믿어버릴 뻔했다. 여긴 정말로 우리 집 침대 안이라고 생각했다. 시간이 늦어서 데리와 소다팝은 둘 다 일어나 있다. 데리는 아침식사를 만들고 있으며, 곧 그와 소다가 와서 날 침대에서 끌어내고 나와 씨름하다가 멈추지 않으면 죽어버릴 것 같다고 느껴질 때까지 날 간질일 것이다. 식사가 끝나고 설거지하는 건 나와 소다의 몫이고, 그러고 나면 우리 모두 나가서 럭비를 할 것이다. 자니와 투비트와 나는 데리와 한편이 되는데, 자니와 내가 제일 작기 때문에 가장 잘하는 데리를 붙여주는 것이다. 모든 것이 평소의 주말 아침 그대로일 것이다.

댈리의 재킷을 몸에 감고 차가운 돌바닥에 누워, 바깥에서 마른 나뭇잎 사이로 바람이 몰아치는 소리를 들으며 나는 계속 그렇게 스스로 타이르고 있었다.

마침내 나는 거짓말을 그만두고 몸을 일으켰다. 딱딱한 바닥에서 잔 나머지 몸이 쑤시고 시렸지만, 그나마 푹 자지도 못했다. 여전히 잠기운이 남아 있었다. 어떻게 된 일인지 내 몸 위에 던져져 있는 자니의 청재킷을 밀어놓고는, 눈을 껌벅이며 머리를 긁어댔다. 끔찍하게 조용했고, 나무 사이로 불어 닥치는 바람 소리만 들려올 뿐이었다. 갑자기 자니가 없다는 것을 깨달았다.

"자니?"

큰 소리로 외치자, 오래된 목조 교회 건물에 메아리가 울려 퍼졌다. 자아니이이 자아니이이……. 거의 공포스러운 기분이 되어 허둥지둥 주위를 둘러보았다. 그때 마루의 먼지 위에 손으로 쓴 삐뚤삐뚤한 글자가 보였다.

식량을 구하러 가. 곧 돌아올게.
J. C.

나는 한숨을 내쉬고 펌프로 가서 물을 마셨다. 펌프에서 나오는 물은 액체로 된 얼음 같았고 묘한 맛이 났지만,

어쨌든 그건 물이었다. 얼굴에 물을 좀 끼얹자 금세 잠이 달아났다. 자니의 재킷에 얼굴을 문질러 닦곤 뒷계단에 주저앉았다. 교회가 있는 언덕은 뒷문에서 20피트 아래쯤부터 급경사를 이루어서, 몇 마일을 환히 내다볼 수 있었다. 마치 이 세상 꼭대기에 앉아 있는 것 같았다.

할 일이 딱히 없을 때면, 생각하지 않으려 해도 별별 일들이 다 생각난다. 나는 지난밤의 일들을 하나하나 모조리 떠올릴 수 있었지만, 그 기억은 마치 꿈처럼 비현실적이었다. 자니와 내가 피켓과 서튼 가 모퉁이에서 댈리를 만난 게 스물네 시간보다 훨씬 이전의 일처럼 느껴졌다. 어쩌면 그런지도 몰랐다. 어쩌면 자니는 한 주 내내 돌아오지 않았고 나는 내내 잤는지도 몰랐다. 어쩌면 그는 이미 짭새에게 걸려들었고, 내가 어디 있는지 말하지 않았기 때문에 전기 의자를 기다리는 신세가 되었는지도 몰랐다. 어쩌면 댈리는 자동차 사고나 뭘로 인해 죽어버렸고 아무도 내가 있는 곳을 알지 못해서, 난 그냥 여기서 홀로 죽어 백골이 되어버릴지도 몰랐다. 내 과대망상이 또 시작된 것이었다. 얼굴과 등에 땀이 흘러내리고, 온몸이 벌벌 떨렸다. 머리가 빙빙 돌아서 나는 뒤로 기대어 눈을 감았다. 아마도 그중 어느 정도는 지연된 쇼크 증세였을 것이다. 마침내 복통이 가라앉자 약간 몸을 늘어뜨리고, 자니가 담배를 잊지 않길 바랐다. 나는 겁에 질린 채 그곳에 홀로 앉아 있었다.

누군가 마른 낙엽을 밟으며 교회 뒷마당으로 들어오는 소리가 들렸다. 얼른 문 안으로 들어갔다. 그러자 휘파람 소리가 길고 낮게 울리더니, 갑자기 높은 음색으로 솟구치며 끊겼다. 나는 그 휘파람을 잘 알고 있었다. 그것은 우리와 셰퍼드 패들에게 "누구 없니?"라는 의미였다. 나는 조심스레 되받아 휘파람을 불었고, 곧바로 문을 열고 튀어나가다가 계단에서 떨어져 자니의 코 아래 납작 뻗어버렸다.

나는 팔꿈치로 몸을 괴고는 그를 올려다보며 히죽 웃었다.

"안녕, 자니, 여기서 만나다니 반가워."

그는 커다란 종이 봉지 아래로 날 내려다보았다.

"분명히 말해두는데, 포니보이, 너 날이 갈수록 점점 투비트인 척하는 것 같아."

나는 한쪽 눈썹을 찡긋해 보이려 했지만 실패했다.

"누가 척한다는 거야?"

나는 몸을 굴려서 튕겨 일어났다. 누군가가 거기 있다는 사실이 기뻤다.

"뭐 사왔어?"

"안에 들어가자. 댈리가 우리보고 안에 있으랬잖아."

우리는 들어갔다. 자니는 재킷으로 탁자를 쓸어낸 다음 봉지에서 물건을 꺼내 한 줄로 가지런히 늘어놓기 시작했다.

"일주일치 볼로냐소시지, 빵 두 덩어리, 성냥 한 갑……."

자니는 헤아려 나갔다.

나는 자니를 바라보고 있기가 지겨워져서 직접 봉지 안을 뒤지기 시작했다.

"우후!"

나는 먼지투성이 의자에 주저앉아 금방 꺼낸 것을 바라보았다.

"《바람과 함께 사라지다》 문고판이네. 내가 항상 갖고 싶었던 건데 어떻게 알았어?"

자니의 얼굴이 빨개졌다.

"네가 전에 그 책에 대해 말했던 게 기억났어. 그리고 너랑 나랑 그 영화를 보러 갔잖아, 기억나니? 네가 그걸 큰 소리로 읽어주면 시간도 때울 수 있고 좋을 거라고 생각돼서."

"와, 고마워."

나는 머뭇머뭇 책을 내려놓았다. 하지만 생각 같아선 곧바로 읽고 싶었다.

"과산화수소? 카드 한 벌······."

갑자기 나는 뭔가 눈치 챘다.

"자니, 너 설마 그럴 생각은······."

자니는 앉더니 나이프를 꺼내 들었다.

"우리는 머릴 자를 거야. 그리고 네 머리는 탈색할 거고."

그는 가만히 땅을 내려다보았다.

"신문에 우리 신상 명세가 공개될 거야. 그것과 다르게 해야 해."

"아, 안 돼!"

나는 얼른 머리에 손을 갖다댔다.

"안 돼, 자니, 내 머린 안 돼!"

머리카락은 나의 자존심과도 같았다. 소다의 머리처럼 길고 부드러웠으며, 단지 약간 더 붉다는 점만이 달랐다. 기름을 많이 바르지 않아도 우리의 머리는 근사했다. 긴 머리는 우리를 그리저로 구분하는 표시이기도 했다. 그건 우리의 트레이드마크였다. 우리의 유일한 자랑거리였다. 우리에겐 콜베어나 무명 셔츠는 없을지 몰라도, 긴 머리카락만은 있었다.

"잡히고 나면 어차피 잘라야 할 거야. 판사가 내리는 첫 번째 조치가 이발인 건 너도 알잖아."

"왜 그런지 모르겠어."

나는 부루퉁하게 말했다.

"댈리는 머리가 짧아지더라도 그것과 상관없이 누구든 쉽게 해치울 텐데."

"나도 왜 그런지는 모르겠어. 그저 우리를 괴롭히려는 수작이겠지. 사실 컬리 셰퍼드나 팀 같은 녀석들에게는 무슨 짓을 해봤자 소용없어. 사람들은 녀석들에게 온갖 짓을 다 해봤지. 그래도 녀석들에게서는 아무것도 뺏을 수 없어. 애초부터 아무것도 없었기 때문이야. 그래서 사람들은 녀석들의 머리를 자르는 거지."

나는 애원하듯 자니를 바라보았고, 자니는 한숨을 지었다.

"내 머리도 자를 거야. 기름도 씻어낼 거고. 하지만 탈색할 순 없어. 원래부터 금발인 것처럼 보이기엔 난 너무 피부가 거무스름하니까. 아, 제발, 포니보이."

그는 애원했다.

"머리칼은 다시 자랄 거야."

"알았어."

나는 눈을 크게 뜨고 말했다.

"어서 해치우라고."

자니는 나이프의 면도날을 휙 펼치더니, 내 머리털을

휘어잡고 천천히 베어내기 시작했다. 몸이 떨렸다.

"너무 짧게 자르진 마."

나는 부탁했다.

"자니, 제발……."

마침내 끝이 났다. 바닥에 뭉텅뭉텅 흩어져 있는 내 머리털이 왠지 이상하게 보였다.

"생각했던 것보다 더 밝은 색이야."

나는 떨어진 머리털을 보며 말했다.

"어떻게 보이는지 지금 봐도 돼?"

"안 돼."

자니는 나를 바라보며 천천히 말했다.

"먼저 탈색부터 하고."

나는 약품을 말리기 위해 15분 간 햇볕을 받으며 앉아 있었고, 그러고 나서 자니는 벽장에서 찾아낸 낡고 금이 간 거울로 내 얼굴을 비추어주었다. 나는 소스라쳐 다시 거울을 들여다보았다. 내 머리는 소다팝보다 훨씬 밝은 색이 되어 있었다. 예전엔 이렇게 양쪽으로 머리를 갈라 빗질한 적도 없었다. 내 모습은 전혀 나 같지 않았다. 훨씬 어리고 겁이 많아 보였다. 이런 맙소사 하고 나는 생각했다. 정말 끝내주게 근사하군 그래. 내 모습은 무슨 한물간 동성애자처럼 보였다. 끔찍한 기분이었다.

자니는 내게 나이프를 건네주었다. 그 역시 두려운 표정이었다.

"앞머리는 잘라내고, 나머지 부분은 숱을 쳐내. 머리 감고 나서 뒤로 빗어 넘길 거야."

"자니."

나는 지친 목소리로 말했다.

"이런 날씨에 저렇게 차가운 물로 머릴 감을 수는 없어. 감기 걸릴 거야."

그는 단지 어깨를 으쓱 했다.

"신경 쓰지 말고 그냥 잘라."

나는 가능한 한 최선을 다했다. 자니는 곧바로 펌프로 가서, 아까 사온 비누로 머리를 감았다. 함께 달아나게 된 친구가 투비트나 스티브나 댈리가 아니라 자니인 것이 다행이었다. 비누 같은 건 다른 녀석들이라면 꿈에도 생각 못 했을 것이다. 나는 몸을 감싸라고 댈리의 재킷을 건네줬고, 그는 벌벌 떨면서 햇볕이 비치는 뒷계단에 앉아, 문에 기대어 머리를 빗어 넘겼다. 나는 처음으로 그에게도 눈썹이 있다는 걸 알았다. 그 역시 전혀 자니 같지 않았다. 앞머리가 있던 이마의 피부는 다른 곳보다 하얗게 보였다. 우리가 그토록 겁에 질려 있지만 않았다면 참 우스웠을지도 모른다. 그는 여전히 추워서 떨고 있었다.

"내 생각엔."

그는 힘없이 말했다.

"내 생각엔 변신에 성공한 것 같아."

나는 시무룩하게 그의 곁에 기대앉았다.

"뭐 그렇겠지."

"아, 젠장."

자니는 짐짓 쾌활한 척 말했다.

"그냥 머리털일 뿐이잖아."

"젠장은 무슨."

나는 되받아쳤다.

"내가 원하는 모양이 될 때까지 머리를 기르느라 얼마나 오래 걸렸는데. 게다가, 이건 전혀 우리답지 않아. 마치 벗어버릴 수도 없는 할로윈 의상을 입고 있는 것 같단 말야."

"어쨌든, 우리는 익숙해져야 해."

자니는 단호하게 말했다.

"우린 심각한 위기에 처해 있고 외모를 택하든지 목숨을 택하든지야."

나는 초코바를 먹기 시작했다.

"아직도 피곤해."

놀랍게도, 바닥이 흐릿해지더니 눈물이 뺨을 따라 흘러

내리기 시작했다. 나는 얼른 그걸 닦아냈다. 자니 역시 나만큼이나 비참해 보였다.

"머리를 잘라버려서 미안해, 포니보이."

"아, 그런 게 아냐."

나는 초콜릿을 한 입 깨물고 나서 말했다.

"내 말은, 전혀 상관없다는 거야. 그저 약간 쫄아서 그래. 정말로 왜 이러는지 모르겠어. 그냥 좀 혼란스러운가 봐."

"알겠어."

안으로 들어가는 동안 자니는 이가 딱딱 부딪치는 걸 무릅쓰며 말했다.

"모든 것이 너무 빨리 일어났어……."

나는 따뜻하게 해주려고 녀석의 어깨에 팔을 둘렀다.

"투비트가 그 쬐그만 구멍가게에 있었어야 했는데. 이봐, 우린 완전히 외딴 곳에 있어. 가장 가까운 집도 2마일이나 떨어져 있다고. 물건들이 쫙 펼쳐놓여서는, 투비트처럼 약아빠진 누군가가 와서 집어가기만 기다리고 있던걸. 녀석이라면 가게에 있는 물건의 반은 들고 나올 수 있었을 텐데."

자니가 내 곁에서 뒤로 몸을 기대자, 그가 떨고 있는 게 느껴졌다.

"투비트 그 자식."

그는 떨리는 목소리로 말했다. 그도 나만큼이나 집이 그리운 게 분명했다.

"어젯밤 그 자식이 얼마나 익살을 떨었는지 생각나?"

나는 말했다.

"어젯밤…… 바로 어젯밤만 해도 우리는 체리와 마샤를 투비트네 집까지 바래다주고 있었어. 바로 어젯밤에 우린 주차장에 누워서 별들을 쳐다보며 꿈꾸고 있었지……."

"그만둬!"

자니는 앙다문 이 사이로 헐떡이듯 내뱉었다.

"어젯밤에 대해선 입 닥치라고! 나는 어젯밤 어떤 놈을 죽였어. 놈은 열일곱이나 열여덟 정도밖에 안 되었을 텐데, 난 놈을 죽였다고. 어떻게 그러고서 살고 싶을 수 있겠어?"

그는 울고 있었다. 나는 우리가 녀석을 주차장에서 발견한 날 소다가 그랬듯 그를 껴안아주었다.

"그럴 생각은 아녔어."

그는 마침내 내뱉었다.

"하지만 녀석들이 널 빠뜨려 죽이고 있었는걸. 그리고 난 너무 두려웠어……."

그는 한동안 조용히 있었다.

"확실히 사람 안에는 정말 피가 많더라."

그는 갑자기 일어서더니 바지 주머니를 탁탁 치며 왔다 갔다하기 시작했다.

"이제 우린 어떻게 해?"

나는 어느새 울부짖고 있었다. 어두워지기 시작하자 춥고 외로워졌다. 눈을 감고 고개를 뒤로 젖혀봤지만, 그래도 눈물은 흘러나왔다.

"이건 내 잘못이야."

자니는 비참한 목소리로 말했다. 내가 울기 시작하자 그의 눈물은 멎어버렸다.

"열세 살짜리 어린 꼬마를 데리고 오다니 말야. 넌 집에 돌아가야 해. 무슨 말썽에도 휘말려선 안 돼. 네가 그놈을 죽인 게 아니잖아."

"아냐!"

난 그에게 소리쳤다.

"난 열네 살이야. 열네 살 된 지 한 달이나 지났다고! 그리고 나 역시 너만큼이나 이 일에 책임이 있어. 우는 건 곧 멈출게……. 어떻게 할 수가 없단 말야."

그는 내 곁에 털썩 주저앉았다.

"그런 뜻이 아니었어, 포니보이. 울지 마, 포니. 우린 괜찮을 거야. 울지 마……."

나는 그에게 기대어 흐느끼다가 잠이 들었다.

그날 밤 늦어서야 잠이 깨었다. 자니는 벽에 기대어 있었고, 나는 그의 어깨에 기댄 채 잠든 모양이었다.

"자니?"

난 하품을 했다.

"너 깼어?"

나는 따스하고 졸렸다.

"그래."

그는 조용히 말했다.

"우리 이제 울지 않는 거다, 응?"

"물론이지. 울 만큼 실컷 울었어. 그런 생각에도 익숙해질 거야. 이제 괜찮아질 거야."

"나도 그렇게 생각해."

나는 몽롱하게 말했다. 그러고는 댈리와 내가 나이틀리 더블에서 그 여자애들 뒤에 앉은 이래 처음으로 마음이 편안해졌다. 앞으로 무슨 일이 일어나든 우리는 견뎌낼 것이었다.

그 후의 네댓새 간은 그때까지의 내 인생에서 가장 길고 지루한 나날들이었다. 우리는《바람과 함께 사라지다》를 읽고 포커 게임을 하면서 시간을 보냈다. 자니는 플랜

테이션 농장은커녕 남북 전쟁에 대해서도 전혀 아는 바가 없었지만, 그래도 정말로 그 책을 좋아했다. 자니가 약간의 지식에서 얼마나 많은 의미를 끌어낼 수 있는지 알고서 나는 놀랐다. 나는 똑똑한 아이로 인정받고 있었다. 그에 비해 자니는 1년 유급한 데다가 한 번도 좋은 점수를 받은 적이 없었다. 성급하게 밀어붙여지듯 배우게 되면 그는 전혀 이해하지 못했고, 아마도 그 때문에 선생들은 녀석이 순전히 바보라고 생각했을 것이다. 하지만 그렇지 않았다. 녀석은 단지 약간 느리게 이해할 뿐이었고, 한번 이해하고 나면 기꺼이 더 배우려고 했다. 그는 특히나 남부의 신사들에게 열광했다. 그들의 정중함과 매력에 감동했던 것이다.

"분명 그들은 진짜로 멋진 사내였을 거야."

자니가 눈을 반짝이며 말했다. 내가 방금 읽어준 부분에서, 그들은 예정된 죽음을 향해 당당히 말을 달려 나가고 있었다. 그들은 용감했으니까.

"그들이 댈리와 닮은 거 같아."

"댈리를?"

나는 놀라서 말했다.

"이봐, 그 녀석은 무례하기로는 나보다 나을 게 없는걸. 저번 밤에 녀석이 그 여자애들을 어떻게 대하는지 너도 봤잖아. 오히려 소다가 더 남부 사내들과 비슷하지."

"그래…… 정중한 면에선, 그리고 매력적인 면에서도, 아마 그렇겠지."

자니는 느리게 말했다.

"하지만, 난 언젠가 밤중에 짭새들에게 붙잡힌 댈리를 본 적이 있어. 녀석은 시종일관 침착하고 조용했지. 학교 건물 유리창을 깨뜨린 혐의로 체포된 거였지만, 그건 투비트의 짓이었어. 댈리도 그걸 알았고. 하지만 녀석은 눈 한 번 깜짝하지도 않고, 어떤 항의도 않고 순순히 잡혀갔어. 그게 바로 용감하고 당당한 거야."

그때 나는 처음으로 댈리 윈스턴에 대한 자니의 영웅 숭배가 어느 정도인지 깨달았다. 내가 보기에 댈리는 우리 패거리 중 가장 매력 없는 녀석이었다. 그에게는 소다의 이해심과 당돌함도, 투비트의 유머도, 하물며 데리의 초인적인 능력도 없었다. 하지만 그런 점들이 내게 매력적인 이유는 내가 읽었던 소설의 주인공들이 그러했기 때문이라는 걸 깨달았다. 댈리는 현실의 인물이었다. 나는 책과 구름과 저녁놀 같은 것들을 좋아했지만, 댈리는 너무 현실적이었기에 무서웠다.

자니와 나는 절대 교회 앞쪽으론 나가지 않았다. 앞쪽은 길가에서 보일 수 있었고, 가끔 농장 애들이 말을 타고 가게에 가면서 그곳을 지나가기도 했다. 그래서 우리는 뒷마당에만 있었으며, 뒷계단에 앉아 아래로 펼쳐진 계곡 건너편을 바라보곤 했다. 몇 마일이 환히 내다보였다. 긴 리본 같은 고속 도로와, 작은 점처럼 보이는 집과 차들이. 뒷마당은 동쪽으로 나 있었기 때문에, 저녁놀을 볼 수는 없었다. 하지만 해질 무렵 들판의 빛깔과 지평선에 어린 미묘한 색조를 바라보는 것도 좋았다.

어느 아침 나는 평소보다 일찍 잠에서 깼다. 자니와 나는 온기를 얻기 위해 서로 몸을 꼭 붙이고서 자곤 했다. 우리가 가는 곳이 추울 거라던 댈리의 말은 옳았다. 나는 자니를 깨우지 않도록 조심스럽게 일어나서는, 계단에 가 앉아 담배를 피웠다. 동이 터오고 있었다. 계곡 아래쪽을 온통 뒤덮은 안개는 이따금씩 잘게 흩어지며 작은 구름이 되어 흘러가버렸다. 동쪽 하늘이 환하게 밝았고, 지평선은 한줄기 가느다란 황금 선이었다. 구름은 잿빛에서 분홍빛으로 바뀌고 있었으며, 안개 속에는 황금빛이 아른거렸다. 한순간 모든 것이 숨을 죽이고 고요해지더니, 마침내 해가 떠올랐다. 아름다웠다.

"와아."

바로 곁에서 자니의 목소리가 들려 나는 펄쩍 뛸 뻔했다.

"정말 곱구나."
"그래."
나는 한숨을 쉬며, 물감이라도 좀 있다면 아직도 마음속에 생생히 남은 그 광경을 그려낼 수 있을 텐데 하고 아쉬워했다.
"안개가 진짜로 예뻤어."
자니가 말했다.
"온통 금빛에 은빛에."
"으음."
나는 담배 연기로 도넛을 만들려고 하면서 대답했다.
"언제나 그렇게 머무를 수 없다는 게 참 유감이야."
"금빛인 것은 머무를 수 없어."
나는 언젠가 읽었던 시 한 편을 떠올렸다.
"뭐라고?"

자연의 첫 푸름은 금빛
간직하기 가장 어려운 색.
자연의 첫 잎새는 꽃이지만
그것은 오직 한 시간 머물 뿐.
잎은 곧 잎으로 사그라들고,
낙원은 슬픔에 빠져버리며,

새벽은 낮으로 퇴색한다네.
그 어떤 금빛도 오래 머물 수 없다네.

자니는 나를 바라보고 있었다.
"그거 어디서 배웠니? 내가 말하고 싶었던 바로 그대로야."
"로버트 프로스트가 쓴 시야."
나는 말했다.
"하지만 그는 내가 이해할 수 있는 것보다 더 많은 의미를 담아내려고 했어."
나는 시인이 마음속에 갖고 있던 의미를 붙잡으려고 해보았지만, 항상 놓쳐버렸다.
"이걸 줄곧 기억하고 있었던 건, 시인이 이 시를 통해 무슨 말을 하려고 했는지 완전히 알 수 없었기 때문이었어."
"있잖아."
자니가 천천히 입을 열었다.
"네가 자꾸 일깨워주기 전에는 색채라든지 구름 같은 것은 전혀 모르고 지냈더랬어. 마치 예전엔 거기 그것들이 없었던 거 같아."
그는 한동안 생각에 잠겼다.

"너희 가족은 정말 재미있어."

"뭐가 그렇게 재미있다는 거야?"

나는 딱딱하게 물어보았다.

자니가 얼른 나를 쳐다보았다.

"그런 말이 아니었어. 그러니까 내 말은, 소다는 너희 엄마랑 똑같이 생겼지. 하지만 하는 행동은 너희 아빠랑 완전히 똑같잖아. 데리는 너네 아빠를 빼닮은 얼굴이지만 그분처럼 항상 신나서 웃고 다니진 않아. 꼭 너희 엄마처럼 행동하지. 그리고 넌 어느 쪽도 닮지 않았고 말야."

"알아."

나는 말했다. 한동안 생각해본 후 다시 입을 열었다.

"음, 너도 우리 패거리 누구와도 달라. 내 말은, 투비트나 스티브나 아니면 데리에게조차도 해돋이나 구름 같은 것들에 대해 얘기할 수 없다는 거야. 그들과 같이 있을 때는 그런 시 같은 건 떠오르지도 않았어. 왜냐면, 애초에 먹히질 않으니까. 그런 얘길 할 수 있는 건 너하고 소다팝뿐이야. 그리고 어쩌면 체리 밸런스도."

자니는 어깨를 으쓱 하더니 한숨을 쉬며 말했다.

"그래. 아마도 우리가 좀 특이한가 봐."

"쳇."

나는 담배 연기로 완벽한 도넛 모양을 뿜어내며 말했다.

"아마도 그들이 특이한 거겠지."

닷새쯤 지나자 나는 볼로냐소시지에 완전히 물려서 보기만 해도 메슥거릴 지경이었다. 초코바는 처음 이틀 동안 다 먹어버렸다. 펩시콜라가 너무도 마시고 싶었다. 나는 펩시콜라 중독에 가까웠다. 평소에 펩시콜라를 물처럼 마셔대다가 닷새 동안 한 모금도 못 마시니 거의 죽을 것 같았다. 식량이 떨어져서 또 사러 나가게 되면 좀 사다주겠다고 자니가 약속했지만, 그 말은 당장에는 아무 도움도 못 되었다. 나는 평소보다 담배를 훨씬 더 많이 피웠다— 아마도 달리 할 일이 없어서였던 것 같다. 그렇게 계속 피워대면 속이 안 좋아질 거라는 자니의 경고에도 아랑곳하지 않았다. 우리는 담배를 피울 때 무척 조심했다. 그 오래된 교회에 불이 난다면 막을 길이 없을 것이었다.

닷새째 되는 날 나는 《바람과 함께 사라지다》를 셔먼 장군의 애틀랜타 포위 장면까지 읽었고, 자니와 포커를 쳐서 150달러를 빚졌으며, 카멜 담배를 두 갑이나 피웠다. 그리고 자니가 경고한 대로 속이 안 좋아졌다. 하루 종일 아무것도 먹지 못했다. 게다가 빈속에 담배를 피워대는 건 기분 째지는 일이라곤 할 수 없었다. 나는 구석에 몸을 웅크리고 누워서, 아픔을 잊기 위해 잠을 자려고 해보았다. 막 잠이 들락말락하는데 무슨 소리가 들렸다. 좀 떨어진 곳에서 들려오는 듯한, 길고 나지막이 끌다가 갑자기 높게 울리는 휘파람 소리. 분명 자니가 그렇게 휘파람을 불 이유는 없었지만, 나는 너무 지쳐서 무엇에도 주의를 기울일 수가 없었다. 자니는 뒷계단에 앉아서 《바람과 함께 사라지다》를 읽어보려고 애쓰고 있었다. 바깥 세계는 내가 지금껏 꾼 꿈이었을 뿐, 실제로 존재하는 것은 오직 볼로냐 소시지 샌드위치와 남북 전쟁과 오래된 교회, 그리고 골짜기의 안개뿐이라고 거의 믿어버릴 지경이었다. 항상 이 오래된 교회 안에서 살았던 것처럼, 적어도 남북 전쟁 동안 여기 살았다가 그 후 바깥 세상에 이식된 것처럼 느껴졌다. 내 상상력이 얼마나 황당무계해졌는지 짐작할 수 있을 것이다.

웬 발가락이 내 갈비뼈를 쿡 찔렀다.

"맙소사."

사납지만 낯익은 목소리가 들렸다.

"녀석 머리를 이렇게 하니까 완전히 달라 보이는데."

몸을 굴려 일어나 앉은 나는, 잠을 쫓기 위해 눈을 문지르며 기지개를 켰다. 순간 놀라서 눈을 깜박거렸다.

"아, 댈리!"

"어이, 포니보이!"

그는 나를 내려다보며 히죽 웃었다.

"아니면 잠자는 숲 속의 공주라고 불러줄까?"

내가 댈리 윈스턴을 만나고서 이토록 반가워할 날이 있으리라곤 생각해본 적도 없었다. 하지만 바로 그 순간 댈리의 존재는 무엇보다도 한 가지를 의미했다—바깥 세계와의 접촉. 갑자기 그곳이 생생한 현실이 된 것이다.

"소다팝은 어때? 짭새가 우릴 쫓고 있어? 데리는 괜찮아? 녀석들은 우리가 어딨는지 알아? 그리고……."

"진정해, 꼬마야."

댈리가 말을 끊었다.

"전부 한꺼번에 대답할 순 없다고. 일단 너네 둘 뭐 먹으러 가지 않을래? 아침을 안 먹었더니 굶어 죽을 거 같아."

"네가 굶어 죽는다고?"

발끈한 나머지 자니의 목소리가 갈라져 나왔다. 나는 볼로냐소시지 샌드위치를 떠올렸다.

"나가도 괜찮은 거야?"

나는 가슴 졸이며 말했다.

"물론."

댈리는 담배를 찾으려고 셔츠 주머니를 뒤졌지만, 하나도 없다는 걸 알고 자니에게 말했다.

"니코틴 있냐, 자니?"

자니는 담뱃갑째로 그에게 던져주었다.

"짭새들이 이 근처에서 너희를 찾진 않을 거야."

댈리는 담배에 불을 붙이면서 말했다.

"놈들은 너희가 텍사스로 날랐다고 생각하고 있어. 벅의 T형 포드가 길 약간 아래쪽에 세워져 있는 걸 보고 말이지. 맙소사, 너희 아무것도 안 먹고 지냈니?"

"먹었어."

자니가 깜짝 놀라며 말했다.

"왜 안 먹고 지냈다고 생각하는 거지?"

댈리는 고개를 저었다.

"너희 둘 다 얼굴이 창백하고 살도 빠졌거든. 이제부터는 햇볕을 더 쬐도록 해. 지금 너네는 꼭 방앗간에서 금방 빻아낸 밀가루 같아 보여."

나는 "남 말 하고 있네"라고 말할 뻔했지만, 그러지 않는 편이 안전할 것 같아서 입을 다물었다. 댈리는 면도를 하지 않아서 흐릿한 색 수염이 텁수룩하게 턱을 덮고 있었다. 일주일 동안 옷도 못 벗은 채 잔 사람은 우리가 아니라 녀석이라고 착각할 법한 몰골이었다. 이발 역시 몇 달은 안 한 게 분명했다. 하지만 댈리 윈스턴에 대해서는 이러쿵저러쿵하지 않는 편이 신상에 이로웠다.

"참, 포니보이."

댈리는 바지 뒷주머니를 뒤지더니 종이 한 장을 꺼냈다.

"네 편지를 가져왔어."

"편지라고? 누구한테서?"

"대통령이지 누구긴 누구야, 멍청아. 소다가 쓴 거야."

"소다팝이?"

나는 당황스러웠다.

"하지만 형이 어떻게?"

"며칠 전에 일이 있어서 벅의 집에 갔다가 그 트레이닝 셔츠를 본 모양이야. 네가 어디 있는지 난 모른다고 말했지만, 믿지 않더라. 너한테 이 편지하고 자기 봉급 수표의 반을 전해주랬어. 꼬마야, 데리가 어떤지 네가 한번 봐야 하는데. 녀석은 이 일을 아주 심각하게 받아들이고 있다고……."

그의 말은 귀에 들어오지 않았다. 나는 교회 건물 벽에 몸을 기대고서 편지를 읽기 시작했다.

포니보이

그래, 아마도 너 좀 골치 아픈 일에 말려든 모양이구나, 응? 네가 그렇게 뛰쳐나가고 나서 데리하고 나는 너무 걱정돼서 머리가 돌 뻔했어. 데리는 널 때린 것을 정말 미안하게 생각해. 형이 그럴려던 게 아닌 건 너도 알잖아. 그러고 나서 너랑 자니가 실종되고 공원에서 그 죽은 녀석이 발견되고 댈리는 체포돼서 경찰서로 끌려가고 등등 우린 정말 너무 무서웠어. 경찰이 와서 질문을 하기에 우린 할 수 있는 한 대답을 해주었어. 자니 그 녀석이 누굴 죽일 수 있다는 게 믿어지지 않아. 댈리는 너희가 어디 있는지 아는 게 분명하지만, 너희도 알다시피 주둥이를 꼭 다물고 아무 얘기도 해주지 않고 있어. 데리는 너희가 어디 있는지 전혀 감을 잡을 수 없어서 거의 죽으려고 해. 네가 돌아와서 자수를 했으면 좋겠지만, 그러면 자니가 다치게 될 테니 그럴 순 없겠지. 너넨 정말로 유명해졌어. 신문에까지 기사가 났다니까. 몸조심하고 자니에게 우리 안부 좀 전해줘.

소다팝 커티스

형은 철자법을 좀 더 익혀야겠는데. 나는 소다의 편지를 서너 번 연달아 읽으면서 생각했다.
"어떻게 하다 체포된 거야?"
나는 댈리에게 물어보았다.
"제길, 꼬마야."
그는 이를 드러내고 웃어 보이며 말했다.

"경찰서에 있는 녀석들은 이젠 다들 날 안다고. 우리 경마장에서 무슨 일만 터졌다 하면 나를 체포한다니까. 거기 있는 동안 너희가 텍사스로 가는 중이라고 살짝 흘려주었지. 그러니 지금은 그쪽에서 너희를 찾고 있을 거야."

댈리는 담배를 한 번 빨더니, 쿨(담배의 상표)이 아니라면서 그럴싸하게 욕지거리를 해댔다. 자니는 감탄하며 듣고 있었다.

"욕 한번 잘하는데, 댈리."

"잘하지."

댈리는 자신의 어휘력이 자랑스러운지 뿌듯한 어조로 인정했다.

"하지만 너희 꼬마들은 내 나쁜 버릇을 따라하지 마라."

그는 내 머리를 쓱쓱 쓰다듬었다.

"이봐, 머리를 그렇게 다 잘라내고 나니까 정말로 너같이 안 보인다. 그렇게 근사했던 머리를. 너하고 소다 머리가 우리 동네에서 가장 근사했는데."

"알아."

나는 시무룩하게 말했다.

"나 구질구질해 보이지. 하지만 신경 안 써."

"그런데 너희 뭘 먹고 싶긴 한 거야?"

자니와 나는 좋아서 펄쩍 뛰었다.
"그렇게 믿는 편이 좋을걸."
"와."
자니가 생각에 잠긴 듯이 말했다.
"다시 차를 타게 된다면 정말 좋을 거야."
"좋아."
댈리는 점잔 빼며 대답했다.
"너희가 돈만 낸다면 드라이브를 시켜주지."

댈리는 항상 차를 어찌나 빠르게 몰아대는지 목적지에 제대로 도착하든 말든 상관없다는 것처럼 보일 정도였으며, 그날도 제이 마운틴에서 내려오는 비포장도로를 시속 85마일로 해치웠다. 나는 빨리 달리는 걸 좋아했고 자니도 자동차 경주광(狂)이었지만, 그런 우리조차 댈리가 브레이크에서 끼이익 소리를 내며 두 바퀴를 든 채 모퉁이를 돌았을 때엔 살짝 얼굴에 핏기가 가셨다. 어쩌면 한동안 차를 타보지 못했기 때문인지도 모른다.

데어리 퀸〔아이스크림, 햄버거 따위를 파는 미국의 대형 패스트푸드 체인점〕에 차가 멈추자 나는 제일 먼저 펩시콜라부터 샀다. 자니와 나는 바비큐 샌드위치와 바나나 스플릿〔세로로 쪼갠 바나나에 아이스크림을 얹은 것〕을 게걸스럽게 먹어댔다.

"맙소사."

우리가 꿀꺽꿀꺽 음식을 삼키는 꼴을 바라보던 댈리가 놀라서 말했다.

"그렇게 한 입 먹을 때마다 마지막인 것처럼 처먹을 필욘 없잖아. 돈은 충분히 있으니까 많이 먹으라고. 나한테 대고 토할까 봐 걱정된다. 그런데 난 내가 굶어 죽을 지경이라고 생각했단 말이지, 참!"

자니는 아무 말 없이 더 빨리 먹기만 했다. 나 역시 머리가 아파올 때까지 멈추지 않고 맹렬하게 먹어댔다.

"너희에게 말하지 않은 게 있어."

세 개째 햄버거를 해치우면서 댈리가 말했다.

"소셜과 우리는 도시 전체에 걸친 전면전을 벌이고 있어. 너희가 죽인 소셜 녀석은 친구가 엄청 많았나 봐. 시내 여기저기서 소셜 대 그리저의 싸움판이야. 혼자선 걸어 다닐 수도 없어. 나는 권총을 갖고 다니기 시작했어······."

"댈리!"

나는 경악하며 말했다.

"너 총으로 사람을 죽이겠다는 거야?"

"너희는 나이프로 사람을 죽였잖아, 안 그래, 꼬마?"

댈리의 사나운 목소리에 자니는 숨을 죽였다.

"걱정 마."

댈리가 말을 이었다.

"총알은 안 들었어. 나도 살인죄로 잡혀가고 싶어서 그러는 건 아니야. 하지만 겁주는 데엔 상당히 쓸 만해. 팀 셰퍼드의 조직과 우리 패거리는 내일 밤 빈 주차장에서 소셜들과 한판 뜰 거야. 우린 어떤 소셜 클럽의 우두머리를 데려와서 전투에 대해 참모회의를 했더랬어. 그래."

댈리는 한숨을 쉬었다. 뉴욕에서 있었던 때를 떠올리고 있는 게 분명했다.

"예전 좋았던 시절처럼 말야. 놈들이 이기면, 상황은 앞으로도 그대로일 거야. 우리가 이기면, 놈들은 우리 구역에서 영원히 꺼지는 거지. 며칠 전에 투비트가 습격을 당했어. 데리와 내가 때맞춰 나타나긴 했지만, 어차피 별 문제는 아니었지. 투비트는 싸움을 잘 하니까. 참, 우리에게 스파이가 생겼다는 말을 안 했군 그래."

"스파이?"

자니가 먹던 바나나 스플릿에서 고개를 들었다.

"누군데?"

"너희가 소셜을 죽인 그날 밤 내가 꼬시려고 했던 그 반반한 여자애 있잖아. 빨강 머리에, 이름이 체리 뭐라고 하던가."

불길 속에서 아이들을 구하다

자니는 캑캑거렸고, 나는 뜨거운 퍼지〔설탕, 버터, 우유, 초콜릿으로 만든 물렁한 캔디〕가 얹힌 아이스크림 숟갈을 떨어뜨릴 뻔했다.

"체리?"

우리는 동시에 외쳤다.

"그 소설 말야?"

"어."

댈리가 말했다.

"투비트가 습격당한 날 밤, 빈 주차장으로 찾아왔어. 팀 셰퍼드 조직의 몇몇하고 우리가 거기서 어정대고 있는데, 근사한 소형 스팅 레이〔코르벳 스팅 레이, 시보레의 자동차〕를 몰고 나타난 거야. 배짱 한번 좋던데. 거기서 곧바로 습격하자고 하는 녀석들도 있었지만, 죽은 놈의 여자친구이고 하니까 말야. 하지만 투비트가 제지했지. 맙소사, 다음번에 여자를 꼬시려거든 우리랑 비슷한 애들로 해야겠어."

"그래."

자니가 느릿느릿 말했고, 나는 그 역시 나처럼 또 다른 누군가의 목소리를 떠올리고 있는 걸까 하고 생각했다. 댈리와 마찬가지로 거칠고 이제 막 굵직해져 남자 티를 내기 시작한 목소리.

"다음번에 여자가 필요하거든, 너네랑 같은 종류를 고르라고……"

몸에 소름이 돋았다.

댈리는 계속 말하고 있었다.

"걔는 이 모든 소동이 자기 탓이라고 느껴진다고 말하더군. 그래서 패싸움에 대해서 소셜들이 무슨 일을 꾸미고 있는지 연락을 취하겠대. 그리고 소셜들이 술 취해서 먼저 집적거린 거고 우리는 정당방위로 맞서 싸운 것뿐이라고 증언도 하겠다나."

그는 음침하게 웃었다.

"그 쬐그만 계집애는 정말로 나를 싫어해. 딩고에 데려가서 콜라나 사주려고 했더니 '아니, 됐어'라면서 내가 갈 적당한 곳이 어디인지 아주 예의 바른 투로 말해주더군."

'그녀는 널 사랑하게 될까 봐 두려운 거야' 하고 나는 생각했다. 그렇다면 체리 밸런스가, 응원단장이자 밥의 여자 친구이며 소설인 그녀가 우리를 도와주려 한다는 거구나. 아니, 우리를 도와주는 것은 소설인 체리가 아니야. 그건 저녁놀을 바라보기 좋아하고 싸우는 것을 견디지 못하는 몽상가 체리야. 소설이 우리를 돕겠다고 한다는 것은 믿기 어려운 일이었다. 아무리 저녁놀을 사랑하는 소설이라 해도 말이다. 댈리는 내 생각을 눈치 채지 못했다. 그는 이미 그 일에 대해선 잊고 있었다.

"젠장, 이곳은 끔찍하게 후졌는데. 이 동네에서는 뭘 하면서 노는 거지, 장기라도 두나?"

댈리는 주위를 무관심하게 휙 둘러보았다.

"난 한 번도 시골에 와본 적이 없어. 너희 둘은?"

자니는 고개를 저었지만 나는 말했다.

"아빠는 우리 모두를 사냥에 데려가곤 했어. 그래서 시골에 와본 적이 있어. 그런데 어떻게 그 교회를 알게 됐어?"

"이 근방 어딘가에 사는 사촌이 있어. 무슨 일이 생기면 근사한 은신처가 될 거라고 내게 흘려주었지. 이봐, 포니보이, 듣기론 네가 가족 중에 가장 총을 잘 쏜다면서."

"응."

나는 말했다.

"하지만 데리가 항상 오리를 가장 많이 잡았어. 데리하고 아빠가 말야. 소다와 나는 너무 이리저리 쏘다녀서 사냥감을 쫓아버리곤 했지."

댈리에게 총 쏘는 걸 싫어한다고 말할 수는 없었다. 녀석은 나를 겁쟁이로 여길 것이다.

"그거 좋은 생각이었어. 내 말은, 너희 머리를 자르고 탈색한 거 말야. 너희 인상착의가 전단지에 인쇄되어 있지만, 지금의 너희한테는 전혀 해당 사항이 없어."

자니는 조용히 다섯 번째 바비큐 샌드위치를 끝장내고 있었지만, 댈리의 말이 끝나자 입을 열었다.

"우린 돌아가서 자수할 거야."

이번엔 댈리가 캑캑거릴 차례였다. 그러고 나서 잠깐 욕지거리를 하더니, 자니를 돌아보며 묻는 것이었다.

"뭐라고?"

"우린 돌아가서 자수할 거라고."

자니는 조용한 목소리로 반복했다. 나는 놀랐지만 경악하지는 않았다. 나 역시 자수하는 것에 대해 몇 번이고 생각했다. 하지만 댈러스에겐 그런 생각 자체가 충격인 모양이었다.

"나는 쉽게 풀려날 여지가 충분히 있어."

자니는 필사적으로 말하고 있었다. 그가 설득시키려고 하는 것이 댈리인지 자기 자신인지 알 수 없었다.

"난 짭새한테 체포된 기록도 없고 그건 정당방위였어. 포니보이와 체리가 그걸 증언해줄 거야. 그리고 나는 평생을 저 교회에 머무를 생각은 없어."

자니로서는 상당한 연설이었다. 경찰서로 갈 생각을 하자 그의 크고 까만 눈이 평소보다 더욱 커졌다. 자니는 짭새를 죽도록 두려워했기 때문이다. 하지만 그는 계속 말했다.

"우린 네가 도와주었단 말은 안 할 거야, 댈리. 총이랑 남은 돈을 너한테 돌려주고서, 돌아올 땐 히치하이크로 왔다고 말하면 너에겐 말썽이 없을 거야. 어때?"

댈리는 신분증의 모서리를 잘근잘근 씹고 있었다. 거기엔 그의 나이가 스물한 살로 나와 있어서 그는 술을 살 수가 있었다.

"너희 정말로 돌아가고 싶은 거야? 우리 그리저들은 다른 누구보다도 심하게 다뤄진다고."

자니는 끄덕였다.

"정말이야. 저 교회에 계속 머무르면서 데리와 소다를 계속 걱정시켜야 한다는 것은 포니보이에게도 불공평해. 물론……"

그는 침을 삼키고 무덤덤해 보이려고 애쓰며 말했다.

"물론 우리 부모님은 나에 대해서 걱정 같은 건 하지 않겠지만 말이야."

"녀석들은 걱정하고 있어."

댈리는 메마른 목소리로 말했다.

"투비트는 널 찾으러 텍사스까지 가려고 했지."

"우리 부모님은."

자니는 끈질기게 되풀이했다.

"그분들은 나에 대해 묻지 않아?"

"전혀."

댈리는 딱 잘라 말했다.

"묻지 않았어. 빌어먹을, 자니, 그 사람들이 무슨 상관이야? 젠장, 우리 영감탱이는 내가 깜빵에 가든 차에 치여 뒈지든 취해서 시궁창에 쓰러져 있든 신경도 안 써. 그래도 난 아무렇지도 않다고."

자니는 아무 말도 하지 않았다. 하지만 너무도 상처입고 당황스런 표정으로 자동차의 계기반을 바라보고 있었다. 내가 그였다면 울어버렸을지도 모른다.

댈리는 나직하게 욕을 퍼부었고, 데어리 퀸에서 차를 몰고 나오다가 주차되어 있던 T버드〔포드 사의 자동차 모델명〕의 변속기를 거의 뜯어내버릴 뻔했다. 나는 댈리가 안쓰러웠다. 그가 부모님에게 신경 쓰지 않는다고 한 건 정말이었다. 하지만 그를 비롯한 우리 패거리들 모두는 자니가 부모님에게 신경 쓴다는 걸 알았고 그 자리를 대신하기 위해 최선을 다했다. 자니의 어떤 면이 우리를 그렇게 만들었는지는 모르겠다. 아마도 그 길 잃은 강아지 같은 표정과 크고 겁에 질린 눈을 보면 누구나 그의 형이 되어주고 싶었을 것이다. 하지만 그건 불가능했다. 우리가 아무리 노력해도 그의 부모님을 대신해줄 수는 없었다. 나는 잠시 그 문제에 대해 생각해보았다. 데리와 소다팝은 내 형제고, 데리가 아무리 무섭더라도 나는 두 사람을 사랑했다. 하지만 소다조차도 엄마와 아빠를 대신할 수는 없었다. 그들은 '형제처럼 지내는 사이'가 아니라 내 친형제인데도 말이다. 부모님이 자기를 원치 않는다고 자니가 상처받는 것은 당연한 일이었다. 댈리는 상관하지 않았다. 댈리는 아무것도 상관하지 않는 그런 족속이었다. 그는 거칠고 강했으며, 그렇지 않을 때도 거칠고 강한 척할 수 있었다. 자니는 싸움을 잘했고 냉정한 척도 잘했지만, 예민하고 민감한 성격이었다. 그리고 그건 그리저에게는 결코 장점이 될 수 없는 것이다.

"제기랄, 자니."

댈리는 붉은 길을 따라 차를 달리면서 투덜거렸다.

"왜 닷새 전에 자수할 생각을 못했냐? 그랬더라면 훨씬 고생을 덜했을 텐데."

"난 무서웠어."

자니는 솔직하게 말했다.

"지금도 무서워."

그는 자신의 짧고 까만 구레나룻을 손가락으로 쓸어내렸다.

"아무래도 우리는 쓸데없이 머리만 망쳐놓았나 봐, 포니보이."

"그런 거 같아."

나는 돌아가게 되어 기뻤다. 교회는 지긋지긋했다. 무모한 짓이라 해도 상관없었다.

댈리는 인상을 찌푸렸다. 괴롭고 오랜 경험을 통해 나는 댈리의 눈이 저렇게 이글거릴 때면 말을 걸지 않는 게 좋다는 사실을 터득하고 있었다. 머리를 온통 얻어맞고 싶은 생각은 전혀 없으니까. 전에도 그런 적이 있었고, 그건 나뿐만 아니라 우리 패거리 전부가 한두 번은 겪은 일이었다. 우리끼리는 거의 싸우는 일이 없었다. 데리가 비공식적인 우두머리로 인정받는 것은 가장 이성적이었기 때문이었고, 소다와 스티브는 초등학교 때부터 친구로 지내와 절대 싸우지 않았으며, 투비트는 누구와 싸우기엔 너무 게을렀다. 자니는 거의 입을 열지 않아서 말다툼을 벌일 일이 없었고, 자니에게 싸움을 거는 사람도 없었다. 나 역시 입을 다물고 있었다. 하지만 댈리는 좀 다른 문제였다. 무언가 거치적거리면 그는 가만히 있지 않았다. 혹시 누가 그를 잘못 건드리기라도 하면, 그런 때면 데리조차도 그를 피했다. 그는 위험 인물이었다.

자니는 그저 앉아서 발만 내려다보고 있었다. 녀석은 우리 중 누군가가 자기에게 화를 내는 걸 싫어했다. 그 모습은 끔찍하게 슬퍼 보였다. 댈리가 흘금 자니를 쳐다보았다. 나는 창밖을 내다보았다.

"자니."

댈리가 목소리를 높여 애원하듯 말했다. 나는 그가 그런 어조로 말하는 것을 들어본 적이 없었다.

"자니, 너한테 화난 게 아니야. 네가 다치는 걸 원하지 않을 뿐이야. 깜빵에서 몇 달 지내면 네가 어떻게 될지 넌 몰라. 아, 빌어먹을, 자니."

그는 눈가를 덮은 백금색 머리칼을 쓸어 올렸다.

"넌 깜빵에 가면 거칠어질 거야. 네가 그렇게 되는 건 원치 않아. 내가 과거에 그랬던 것처럼 되는 건……."

나는 여전히 창밖으로 휙휙 지나가는 풍경을 내다보고 있었지만, 놀라서 눈이 둥그레질 것 같았다. 댈리가 저런 식으로 말한 적은 한 번도 없었다. 댈리는 자기 자신 말고는 누구에게든 땡전 한 푼만큼도 신경 쓰지 않는, 냉담하고 사납고 비열한 녀석이었다. 과거에 겪은 일이나 깜빵 생활에 대해도 저런 투로 말한 일이 없었다. 그런 얘기를 꺼낼 때는 허풍 떨며 자랑하기 위해서였다. 그러자 갑자기 과거 댈리의 모습이 눈앞에 떠오르는 것 같았다……. 열 살에 깜빵에 들어갔던…… 거리에서 자라난 댈리의 모습이…….

"넌 내가 남은 평생 은신처에 숨어 지내거나 항상 도망 다니면서 살았으면 좋겠어?"

자니가 진지하게 물었다.

댈리가 그래 하고 말했다면 자니는 망설임 없이 교회로 돌아갔으리라. 그는 댈리가 자신보다 더 많이 안다는 걸 알았고, 댈리의 말은 언제나 가차없었으니까. 하지만 그는 댈리의 대답을 들을 수가 없었다. 우리가 제이 마운틴의 꼭대기에 이르렀을 때, 댈리가 갑자기 브레이크를 밟더니 멍하니 앞을 보았다.

"오, 맙소사!"

그는 중얼거렸다. 교회가 불타고 있었다!

"가서 어떻게 된 건지 보자."

나는 뛰어내리며 말했다.

"뭐 하러?"

댈리는 당황한 목소리였다.

"대가리 쥐어 패기 전에 이리 돌아와."

나는 댈리가 자신의 협박대로 실행하려면 그 전에 차를 세우고 나를 붙잡아야 한다는 걸 알고 있었다. 게다가 자니도 이미 나와서 날 따라오고 있었기에, 아마도 나 역시 안전할 것이었다. 댈리가 우리를 욕해대는 소리가 들렸지만, 뒤쫓아올 정도로 화나지는 않은 것 같았다. 교회 앞에는 사람들이 잔뜩 모여 있었다. 대부분이 어린아이들이었다. 어떻게 이토록 빨리 사람들이 모여들었는지 이상스러웠다. 나는 가장 가까이 있는 어른의 어깨를 두드렸다.

"어떻게 된 거지요?"

"글쎄, 우리도 잘은 모르겠는데."

그 남자는 사람 좋은 미소를 지으며 말했다.

"우리 학교에서 이리로 소풍을 나왔는데, 제일 먼저 보인 게 이곳이 불타고 있는 거였어. 지금이 장마철이고 이 낡은 건물이 별 쓸모없는 곳이라 다행이지."

그러고는 아이들에게 소리쳤다.

"물러서라, 얘들아. 소방관들이 곧 올 거야."

"우리가 불을 낸 게 분명해."

나는 자니에게 말했다.

"우리가 불붙은 담배나 그런 걸 떨어뜨렸던 거야."

마침 한 부인이 달려 올라왔다.

"제리, 아이들 몇몇이 사라졌어요."

"아마도 이 근처 어디 있을 거예요. 이렇게 온통 난린데 어딨는지 알 수가 있어야지."

"아녜요."

그녀는 고개를 저었다.

"그애들이 안 보인 지 적어도 30분은 되었다고요. 언덕을 올라가고 있는 걸 본 거 같은데……."

그 말에 우리 모두 얼어붙어버렸다. 희미하게, 아주 희미하게 누군가의 외침이 들려왔다. 그리고 그 외침은 교회 안에서 들려오는 것 같았다.

그녀의 얼굴이 하얗게 질렸다.

"그애들에게 교회 안에서 놀지 말라고 했는데……. 내가 그렇게 말했는데……."

그녀가 금방이라도 비명을 지르기 시작할 것처럼 보여서, 제리는 그녀를 잡고 흔들어댔다.

"제가 구해올게요, 걱정 마세요!"

내가 순식간에 교회를 향해 달려가기 시작했지만, 그가 내 팔을 붙잡았다.

"내가 구하겠다. 꼬마들은 물러나 있어!"

나는 몸을 빼내고는 계속 달려갔다. 오직 한 가지밖에 생각할 수 없었다. 우리 때문이야. 우리 때문이야. 우리 때문이야!

불타고 있는 문을 통해서는 들어갈 수가 없어서, 나는 커다란 돌로 창문을 부수고 몸을 밀어 넣었다. 지금 생각해보면, 유리에 베어 치명적인 상처를 입지 않은 것이 놀라운 일이다.

"어이, 포니보이."

뒤돌아본 나는 깜짝 놀랐다. 자니가 그동안 내내 나를 뒤따라왔다는 걸 미처 모르고 있었다. 숨을 깊이 들이쉬자, 기침이 터져 나왔다. 연기가 눈에 가득 차서 눈물이 흐르기 시작했다.

"그 남자 오고 있어?"

자니는 고개를 저었다.

"창문에서 막혀버렸어."

"너무 겁이 나서?"

"아니······."

자니는 히죽 웃어 보였다.

"너무 뚱뚱해서."

웃고 싶었지만, 연기에 질식해 죽을까 봐 겁이 나서 참아야 했다. 불이 타오르는 소리와 나무가 탁탁 쪼개지는 소리가 점점 커졌고, 자니는 큰 소리로 그 다음 질문을 외쳤다.

"애들은 어디 있어?"

"뒤편에, 아마도."

나는 소리치고서, 자니와 함께 비틀거리며 교회 안으로 달려 들어갔다. 겁이 나야 할 텐데, 나는 묘하게 초연한 기분을 느끼며 생각했다. '근데 그렇지가 않아.' 재와 불똥이 떨어져 내리기 시작해서, 몸이 개미에게 물린 듯 따끔거리고 쑤셨다. 갑자기 그 시뻘건 불꽃과 연기 속에서, 예전에 타오르는 불덩이 안은 어떤 느낌일까 하고 궁금했던 것이 기억났다. 나는 생각했다. 이제 알겠어. 그건 붉은 지옥이야. 그런데 왜 나는 두렵지 않은 거지?

우리는 뒤쪽 방으로 통하는 문을 밀어 열고, 여덟 살쯤 혹은 더 어린 네댓 명의 아이들이 구석에서 서로 부둥켜 있는 것을 발견했다. 머리가 떨어져 나갈 정도로 비명을 지르고 있는 한 아이에게 자니가 소리쳤다.

"입 다물어. 우리가 구해줄 테니까!"

그 아이는 놀란 표정이 되더니 조용해졌다. 나도 깜짝 놀랐다. 자니가 예전의 그와 전혀 다르게 행동하고 있기 때문이었다. 그는 어깨 뒤를 넘겨보고 화염 때문에 문이 막힌 것을 알고서, 창문을 밀어젖히더니 가장 가까이 있던 아이를 밖으로 집어던졌다. 나는 그의 얼굴을 흘끗 쳐다보았다. 떨어지는 불똥에 비쳐 군데군데 붉고 땀이 흘러내리는 얼굴을. 하지만 그는 나를 보고 웃음 지었다. 녀석 또한 두려워하지 않고 있었다. 내 기억 속에서, 절망적이고 의심스런 눈빛을 띠지 않은 자니를 본 것은 오직 그때뿐이었다. 그는 인생 최고의 순간을 즐기고 있는 것처럼 보였다.

나는 아이 하나를 들어 올렸다. 그녀석이 나를 깨물었지만, 나는 창문 밖으로 몸을 내밀고 그처럼 긴박한 상황에서 가능한 한 최대로 부드럽게 그를 떨어뜨렸다. 이미 창밖에는 일대 군중이 모여 있었다. 댈리도 거기 서 있었고, 나를 보자 외쳐댔다.

"제기랄, 제발 거기서 나와! 지붕이 금방 무너져 내릴 거야. 빌어먹을 애새끼들은 잊어버리라고!"

낡은 지붕이 낮은 곳에서부터 무너져 내리고 있었지만, 신경 쓰지 않았다. 나는 이 녀석은 물지 않기를 바라며 또 다른 아이를 붙잡고, 무사히 떨어지는지 확인할 새도 없이 밖으로 떨어뜨렸다. 기침이 너무 심해진 나머지 서 있기도 힘들어서, 댈리의 재킷을 벗어버릴 짬이 있으면 좋을 텐데 하는 생각이 들었다. 뜨거웠다. 우리가 마지막 남은 아이를 밖으로 떨어뜨렸을 때 교회 앞쪽이 무너지기 시작했다. 자니가 나를 창문 쪽으로 밀어붙였다.

"나가!"

나는 창밖으로 뛰어나갔고, 목재가 부러지며 화염이 내

바로 뒤까지 솟구치는 소리를 들었다. 나는 거의 쓰러질 듯 비틀거렸고, 콜록거리고 눈물을 흘리면서도 필사적으로 숨을 쉬려 했다. 그때 자니의 비명 소리가 들려왔다. 몸을 돌려 그에게로 돌아가려 했을 때, 댈리가 욕을 내뱉으면서 내 등 한복판을 있는 힘껏 세게 때렸다. 나는 의식을 잃고 평화로운 어둠 속으로 빠져들어갔다.

정신이 들었을 때 나는 덜컹거리며 움직이는 차 안에 있었다. 온몸이 욱신거리고 쓰라렸다. 여기가 어딜까 하는 궁금증이 희미하게 일었다. 생각을 해보려 했지만 계속 높은 음조의 비명 소리가 들려왔고, 그게 내 머리 안에서 울리는 건지 밖에서 울리는 건지 알 수가 없었다. 그제서야 나는 그것이 사이렌 소리임을 알아차렸다. 짭새다 하는 생각이 희미하게 스쳤다. 짭새가 우릴 잡으러 뜬 거야. 나는 신음을 애써 삼키며 소다가 있었으면 하고 간절히 바랐다. 누군가가 차갑게 적신 천 조각으로 내 얼굴을 부드럽게 닦아내고 있었고, 어떤 목소리가 이렇게 말했다.

"이애 정신이 드나본데요."

나는 눈을 떴다. 어두웠다. 이동하는 중이구나 하는 생각이 들었다. 나를 깜빵으로 데려가는 걸까?

"여기는……?"

나는 쉰 목소리로 말했지만, 입 밖으로 아무 말도 나오지 않았다. 목구멍이 쓰라렸다. 눈을 깜박이며 곁에 앉아 있는 낯선 사람을 바라보았다. 하지만 이 사람 낯설지는 않은데…… 전에 본 적이 있는 것 같아…….

"진정해라, 꼬마야. 넌 구급차 안에 있는 거야."

"자니는 어딨어요?"

나는 낯선 이들과 차 안에 있다는 사실에 겁을 먹고 소리쳤다.

"댈러스는요?"

"그애들은 다른 구급차를 타고 있다. 바로 뒤따라오고 있어. 그러니 진정하렴. 넌 괜찮을 거야. 잠깐 기절한 것뿐이야."

"난 기절하지도 않았어요."

나는 낯선 이들과 경찰을 대할 때 사용하는 무심하고 사나운 목소리로 말했다.

"댈러스가 날 때렸다고요. 어떻게 된 거죠?"

"네 등이 불에 타고 있었거든, 그래서였다."

나는 깜짝 놀랐다.

"불이라고요? 맙소사, 느끼지도 못했는데. 전혀 안 아팠어요."

"네가 화상을 입기 전에 우리가 불을 껐다. 그 재킷 덕분에 심한 화상은 면했고, 목숨도 구제받은 셈이지. 넌 그저 연기에 질식하고 약간 쇼크를 받아서 정신을 잃었던 거야. 물론, 등을 때린 것이 그리 도움이 되진 않았지만 말이다."

그때서야 그가 누군지 기억이 났다. 창문으로 들어가기엔 너무 무거웠던, 제리 어쩌고저쩌고 하는 사람이었다. 분명 학교 선생이리라고 생각했다.

"우리를 경찰서로 데려가는 건가요?"

나는 여전히 무슨 일이 일어나고 있는지 모르는 약간 혼란스러운 상태였다.

"경찰서?"

이번엔 그가 놀란 표정을 지을 차례였다.

"무슨 이유로 너희를 경찰서로 데려가고 싶어하겠니? 우리는 너희 셋 모두를 병원으로 데려가는 중이란다."

나는 그의 첫 문장은 무시해버렸다.

"자니와 댈리는 모두 무사한가요?"

"그 애들은 어떻게 생겼니?"

"자니는 검은 머리고요, 재수 없게 생긴 녀석이 댈리예요."

그는 자기 결혼 반지를 만지작거렸다. 아마도 자기 아내를 생각하고 있는 거겠지. 그가 무슨 말이든 좀 해주었으면 하고 나는 가슴 졸였다.

"아마색 머리를 한 친구는 문제없을 거라고 생각한다. 다른 애를 창문 밖으로 끌고 나오느라 한쪽 팔에 꽤나 심한 화상을 입었지만 말이야. 자니는, 음, 그애에 대해선 잘 모르겠구나. 부러진 목재에 등 한복판을 얻어맞았어. 아마도 등이 부러졌을 거다. 게다가 화상도 무척 심하게 입었고. 창밖으로 빠져나오기 전에 이미 기절해버렸더구나. 지금 혈장을 수혈하고 있는 중이다."

그는 내 얼굴에 떠오른 표정을 본 것이 분명했다. 얼른 이야기를 다른 데로 돌렸기 때문이다.

"단언하지만, 너희 셋처럼 용감한 아이들은 정말로 오랜만에 보았단다. 우선 그 창문으로 기어 들어간 너와 검은 머리 아이, 그리고 친구를 구하기 위해 다시 돌아간 사납게 생긴 아이 말이다. 오브라이언트 부인과 나는 너희가 하늘에서 곧바로 내려온 것이 아닌가 하고 생각했단다. 아니면 너희는 단지 직업적 영웅이나 그 비슷한 거니?"

하늘에서 내려왔다고? 도대체 이 사람에게는 댈러스의 인상이 좋았던 걸까?

"아뇨, 우리는 그리저예요."

나는 말했다. 그가 농담을 하려고 했다는 사실을 알아차리기엔 난 너무 불안하고 겁에 질려 있었다.

"너희는 무어라고?"

"그리저요. 아시잖아요, 깡패나 다름없는 비행 소년들 말이에요. 자니는 살인 혐의자이고, 댈러스는 짭새에게 체포된 기록이 1마일도 넘을 거예요."

"너 날 놀리는 거냐?"

제리가 날 쳐다보는 표정을 보니, 내가 아직 쇼크나 그 비슷한 상태에 있다고 생각하는 모양이었다.

"아니에요. 날 시내로 데려가고 나면 아저씨도 금방 알게 될 거예요."

"어차피 우린 널 시내의 병원에 데려가는 중이니까. 네 지갑 안에 있던 주소 카드를 보니 너 시내에 살고 있더구나. 너 이름이 정말로 포니보이니?"

"네, 출생 증명서에도 그렇게 나와 있어요. 그러니 그거 가지고 귀찮게 굴지 마요. 애들은……."

정신이 가물거렸다.

"애들은 무사한가요?"

"전혀 다치지 않았어. 약간 겁을 먹었는지는 모르지만. 너희가 전부 빠져나온 다음 몇 번 짧은 폭발음이 들렸다. 꼭 총 쏘는 소리처럼 들리던데."

총소리라. 우리 총은 그렇게 사라진 거구나. 《바람과 함께 사라지다》도. 우리가 하늘에서 내려왔다고? 나는 약하게 웃음을 터뜨렸다. 그 남자는 내가 정말 히스테리를 일으킬 지경에 이르렀다는 걸 눈치 챘는지, 병원에 도착할 때까지 나직하고 부드러운 목소리로 내게 계속 말을 건넸다.

나는 대기실에 앉아서 댈리와 자니의 증세에 대해 듣기를 기다리고 있었다. 검사는 이미 마쳤고, 화상 몇 군데와 등을 뒤덮은 커다란 멍을 빼고는 전혀 이상이 없다는 결과가 나왔다. 나는 그들이 댈리와 자니를 들것에 실은 채 데려오는 것을 바라보았다. 댈리는 눈을 감고 있었지만, 내 목소리를 듣자 웃음 지으려 애쓰면서 그런 바보 같은 짓을 또 한다면 눈물이 쏙 빠지게 때려주겠다고 했다. 사람들이 그를 안으로 실어 나르는 동안에도 그는 여전히 내게 쌍소리를 퍼붓고 있었다. 자니는 의식불명이었다. 나는 그를 보기가 두려웠지만, 얼굴에는 화상이 없다는 걸 알고 안심했다. 단지 매우 창백하고 조용했으며 약간 병색을 띠었을 뿐이었다. 사람들 앞만 아니었다면 나는 그토록 조용한 그의 모습에 울음을 터뜨렸을 것이다.

제리 우드는 줄곧 나와 함께 있어주었다. 그는 아이들을 구해준 것에 대해 계속 내게 감사를 표했다. 우리가 깡패라는 것에는 신경 쓰지 않는 듯했다. 난 그에게 모든 것을 털어놓았다. 댈러스가 자니와 나를 피켓 가와 서튼 가의 모퉁이에서 만났던 그때부터 말이다. 하지만 총 이야기와 화물 열차를 히치하이크한 이야기는 넘어갔다. 그는 진지하게 들어주었으며, 영웅이 된 것이 우리의 문제를 해결하는 데 큰 도움이 될 거다, 무엇보다도 정당방위였고 하니까라고 말했다.

제리가 전화 통화를 하고 들어왔을 때 나는 여전히 거기 앉아 담배를 피우고 있었다. 그는 잠시 동안 가만히 나를 바라보았다.

"넌 담배 피우면 안 돼."

난 깜짝 놀랐다.

"어째서요?"

담배를 쳐다보았지만, 전혀 이상한 점이 없었다. 주위를 둘러보아도 '금연'이라고 씌어 있는 간판은 찾을 수 없었다.

"어째서요?"

"왜냐면, 음."

제리가 더듬거렸다.

"음, 넌 너무 어리잖니."

"내가요?"

나는 한 번도 그런 생각을 해본 적이 없었다. 우리 동네의 모든 아이들은, 여자애들조차도 담배를 피웠다. 운동선수 뺨치는 건강함을 뽐내며 담배를 피하는 데리만 제외하고, 우리 패거리는 모두 일찌감치 흡연을 시작했다. 자니는 아홉 살 때부터 담배를 피웠고, 스티브는 열한 살 때였다. 때문에 내가 흡연을 시작했을 때도 아무도 이상하게 여기지 않았다. 나는 우리 가족 중 가장 골초였다. 소다는 긴장했을 때나 거칠어 보이고 싶을 때만 담배를 피웠다.

제리는 그저 한숨을 쉬더니, 씩 웃어 보였다.

"너를 보려고 온 사람들이 있다. 너의 형인가 뭔가라고 우기던데."

나는 펄쩍 뛰어올라 문가로 달려갔다. 하지만 그보다 먼저 문이 열리더니, 어느새 소다가 뛰어 들어와 나를 덥석 끌어안고 빙빙 돌려댔다. 형을 만난 것이 너무 기뻐 나는 울음을 터뜨릴 뻔했다. 한참 후에야 그는 나를 내려놓고서 찬찬히 바라보았다. 그는 내 머리를 뒤로 쓸어 넘겼다.

"아, 포니보이, 네 머리…… 네 그 근사한 머리가……"

그때 나는 데리를 보았다. 올리브색 청바지와 검은 티셔츠를 입은 그는 문간에 기대서 있었다. 키 크고 어깨가 넓은, 예전 그대로의 데리였다. 하지만 그의 두 주먹은 바지 주머니에 단단히 찔러 넣어져 있었고, 두 눈은 애처로웠다. 나는 멀거니 그를 바라보았다. 그는 침을 삼키더니 쉰 목소리로 말했다.

"포니보이······."

나는 소다의 품에서 나와 한동안 가만히 서 있었다. 데리는 나를 좋아하지 않았어······. 그날 밤에 나를 쫓아냈어······. 나를 때렸어······. 데리는 항상 나를 윽박지르기만 했어······. 나한테는 전혀 신경도 쓰지 않았다고······. 갑자기 나는 뭔가를 깨닫고 충격을 받았다. 데리가 울고 있었던 것이다. 그는 아무런 소리도 내지 않았지만, 눈물이 뺨을 따라 흘러내리고 있었다. 그는 몇 년 동안 한 번도 운 적이 없었다. 엄마와 아빠가 돌아가셨을 때조차도 울지 않았다. (장례식 때가 기억났다. 나는 참다 못해 흐느끼고 말았다. 소다는 털썩 주저앉아서 아기처럼 엉엉 울었고. 하지만 데리는 그저 주먹을 바지 주머니에 찔러 넣고 가만히 서 있었지. 바로 저 표정, 지금과 똑같이 어쩔 줄 모르는 애처로운 표정을 짓고서.)

그 순간 소다와 댈리와 투비트가 내게 전하려 했던 말들이 한꺼번에 이해되는 것 같았다. 데리는 정말로 나를 사랑했던 것이다. 아마도 소다를 사랑하는 그만큼 똑같이. 그리고 나를 사랑했기에 제대로 키워내려고 지나칠 만큼 노력을 했던 것이다.

"포니, 그동안 내내 어디 있었던 거냐?"라고 소리칠 때, 그는 "포니, 겁이 나서 죽을 뻔했다. 제발 조심해, 네게 무슨 일이 생기면 난 견딜 수 없을 거야"라고 말하고 있었던 것이다.

데리는 고개를 숙이더니 말없이 시선을 돌렸다. 갑자기 나는 멍한 상태에서 깨어났다.

"데리!"

나는 외쳤고, 다음 순간 정신이 들었을 때는 그의 허리에 팔을 두르고 정신이 쏙 빠질 정도로 세게 그를 끌어안고 있었다.

"데리."

나는 말했다.

"미안해……"

그는 내 머리를 쓰다듬었고, 나는 그가 눈물을 억누르려고 애쓰는 동안 잦아드는 흐느낌 소리를 들을 수 있었다.

"아, 포니. 널 잃어버리는 줄만 알았어……. 엄마와 아빠를 잃어버렸던 것처럼 그렇게……."

바로 그것이 형이 남몰래 두려워하던 일이었구나—사랑하는 이를 또다시 잃어버리는 것. 나는 데리와 아빠가 얼마나 친하게 지냈는지 기억해내고는, 어떻게 내가 그를 거칠고 무감각하다고 생각할 수 있었는지 의아해졌다. 티셔츠 밑에서 그의 심장이 뛰는 소리를 들으며, 나는 이제 모든 것이 잘될 것임을 알 수 있었다. 나는 머나먼 길을 돌아왔지만, 결국 집에 도착했다. 그리고 이곳에 머무를 것이다.

그리저의 마음 소셜의 마음

 이제는 우리 셋이서 대기실에 앉아 댈리와 자니의 증세에 대해 들으려고 기다리고 있었다. 그때 기자와 경찰들이 왔다. 그들이 너무 많은 질문을 너무도 빨리 해대서, 나는 어리둥절해졌다. 사실을 말하자면, 애초부터 몸 상태가 그리 좋지 않았다. 아니 정말로 몸살이 난 것 같았다. 게다가 난 경찰을 대하면 무턱대고 겁을 먹는다. 기자들이 질문 또 질문을 연거푸 퍼붓는 바람에 정신이 사나워서 내가 뭐라고 대답하고 있는지도 몰랐다. 마침내 데리가 그들에게, 내 몸이 그리 좋지 않으니 그렇게 소리치지 말라고 하고 나서야 속도가 약간 느려졌다. 데리는 꽤나 건장한 체구였으니까.

 소다팝 때문에 사람들은 배꼽을 잡았다. 그는 한 남자의 모자와 또 다른 사람의 카메라를 낚아채서는 간호사들에게 질문을 던지고 TV 취재 기자들을 흉내 내며 걸어 다녔다. 경찰관의 총을 슬쩍 들어 올리려 하다가 들키자, 너무도 신나게 웃어대는 바람에 당사자인 경찰관조차 웃어 버리고 말았다. 소다는 누구든지 웃게 만들 수 있었다. 사진 찍히기 전에, 나는 조금이라도 더 나아 보이게 하려고 간신히 머릿기름을 좀 구해서 머리를 뒤로 빗어 넘겼다. 이렇게 머리가 엉망인 사진이 신문에 실리는 것보단 차라리 죽는 게 나았다. 데리와 소다팝도 같이 사진에 찍혔다. 제리 우드는 소다팝과 데리가 그렇게 잘생기지 않았더라면 기자들이 사진을 많이 찍지 않았을 거라고 내게 말했다. 그게 대중 영합이라는 거라나.

소다는 이 모든 일들에 정말로 신이 나 있었다. 아마도 그렇게 심각한 경우가 아니었다면 그는 더욱 즐거워했을 것이다. 하지만 그렇게 흥분되는 상황에서 자제한다는 것은 그에게 어려운 일이었다. 정말이지, 그를 보면 나는 망아지가 생각난다. 어디건 코를 들이밀지 않고서는 못 견디는, 다리가 긴 팔로미노종 망아지 말이다. 기자들은 눈부신 듯 그를 바라보았다. 이미 말했듯 그는 영화 배우처럼 잘생긴 데다 뭐랄까, 스스로 빛을 내뿜는 것같이 보이니까.

마침내 소다팝조차도 기자들에게 싫증이 났다. 한참 시간이 지나도 계속 똑같은 일뿐이라 질린 것이다. 그는 몸을 쭉 뻗고 긴 벤치에 눕더니, 데리의 무릎에 고개를 괴고는 잠들어버렸다. 어쩌면 두 사람 다 지쳤는지도 몰랐다. 이미 밤이 깊어 있었고, 게다가 두 사람 모두 이번 주 내내 잠을 제대로 자지 못했을 터였다. 나는 질문에 대답을 하면서도, 교회 구석에서 억지로 잠을 청하던 게 불과 몇 시간 전이었다는 사실을 잊을 수 없었다. 그 시간이 이미 비현실적인 꿈처럼 느껴졌지만, 한편 그때의 나에게 다른 상황을 상상하는 것은 불가능했으리라. 마침내 기자들이, 그리고 경찰들도 함께 떠나기 시작했다. 한 기자가 뒤돌아서더니 질문했다.

"원하는 것은 무엇이든지 할 수 있다면 지금 당장 하고 싶은 일이 뭔가요?"

나는 지겨운 표정을 짓고 그를 쳐다보았다.

"목욕을 하겠어요."

그들은 아주 우스운 대답이라고 생각했지만, 나는 진담이었다. 기분이 아주 구질구질했다. 그들이 떠나자 병원은 완전히 조용해졌다. 들리는 소리라고는 간호사의 부드러운 발소리와 소다의 가벼운 숨소리뿐이었다. 데리는 소다를 내려다보며 멍하니 웃었다.

"이 녀석 일주일 내내 잠을 제대로 못 잤어."

그는 부드럽게 말했다.

"사실 거의 잠들지 못했지."

"으으음."

소다는 졸음 섞인 목소리로 중얼거렸다.

"형도 마찬가지잖아."

간호사들은 자니나 댈리에 대해서는 전혀 말해주지 않아서, 데리는 의사에게 매달렸다. 의사는 그런 건 가족에게만 얘기하게 되어 있다고 했지만, 결국 데리는 그에게 댈리와 자니는 우리 말고는 따로 가족이 없는 거나 마찬가지라는 사실을 납득시킬 수 있었다.

댈리는 병원에서 2, 3일 지내면 괜찮아지리라는 게 의사의 말이었다. 한쪽 팔에 심한 화상을 입어서 평생 흉터가 남겠지만, 몇 주 지나면 팔을 쓰는 데는 문제가 없으리라는 것이었다. 댈리는 문제없어 하고 나는 생각했다. 댈리는 언제나 문제없었다. 그는 무엇이든 견뎌낼 수 있었다. 내가 걱정하는 것은 자니였다.

그는 심각한 상태였다. 부서진 목재가 그의 위로 떨어져 내려 등이 부러진 것이다. 쇼크가 심한 데다 3도 화상까지 입었다고 의사는 말했다. 자신들은 자니의 고통을 덜어주기 위해 최대한 노력하고 있지만, 척추가 부러졌기 때문에 허리 아래의 화상은 느낄 수도 없다고. 그가 계속 댈러스와 포니보이를 찾고 있다고. 만약 그가 살아난다고 해도…… 만약? 제발, 안 돼 하고 나는 생각했다. 제발 '만약' 이라곤 하지 마. 내 얼굴에서 핏기가 싹 가시는 것을 본 데리는 내 어깨에 팔을 걸치고 힘주어 눌렀다……. 만약 그가 살아난다고 해도, 평생을 불구로 지내야 할 것이다.

"있는 그대로 말해달라고 해서, 있는 그대로 말해드린 겁니다."

의사가 말했다.

"이제 집에 가서 좀 쉬어요."

나는 떨고 있었다. 목구멍 안쪽에서 고통이 솟구쳐 올랐다. 울고 싶었지만, 그리저들은 잘 모르는 사람 앞에선 울지 않는다. 우리 중 몇몇은 절대로 우는 일이 없다. 댈리나 투비트나 팀 셰퍼드처럼. 그들은 우는 법을 일찌감치 잊어버린 것이다. 자니가 평생 불구로? 이건 꿈이야. 나는 공포에 질린 채 생각했다. 이건 꿈이야. 깨어나면 집이나 교회일 거고, 모든 것은 예전과 같을 거야. 하지만 나 스스로도 그것을 믿지 않았다. 자니가 살아난다고 해도 그는 불구가 될 것이며 다시는 함께 럭비를 하거나 패싸움에서 우리를 도울 수 없다. 그가 그토록 싫어하는, 아무도 그를 원하지 않는 그 집 안에 머물러야만 한다. 그러니 모든 것이 다시는 예전 같을 수 없을 것이다. 나는 입을 열어 말을 할 수가 없었다. 한 마디만 입 밖에 낸다면, 목구멍에 있는 단단한 덩어리가 복받쳐 올라와 참지 못하고 울음을 터뜨릴 것 같았다.

나는 깊이 숨을 들이쉬고 입을 다물어버렸다. 그때는 소다도 이미 깨어 있었다. 그는 의사가 한 말을 한 마디도 듣지 못했다는 듯 돌처럼 조용한 표정을 하고 있었지만, 눈빛은 황량하고 아연했다. 냉정한 현실을 이해하는 것이 소다에게는 무척 힘든 일이었지만, 일단 이해하고 나면 그는 큰 충격을 받곤 했다. 그의 표정은 그 검은 머리의 소셜이 몸을 구부리고 달빛 아래 조용히 누워 있는 것을 보았을 때 내가 지었던 것과 비슷했다.

데리가 내 뒷머리를 부드럽게 쓰다듬었다.

"우린 집에 가는 게 좋겠다. 우리가 여기서 할 수 있는 일은 없어."

우리의 포드 자동차에 타자 갑자기 졸음이 밀려왔다. 나는 뒤로 기대어 눈을 감았고, 알아채기도 전에 어느새 집에 도착해 있었다. 소다가 나를 부드럽게 흔들고 있었다.

"어이, 포니보이, 일어나. 아직 집 안에 들어갈 일이 남았다고."

"흐으으으음."

나는 나른하게 말하고는 뒷자리에 털썩 누워버렸다. 목

숨을 내준다 해도 일어날 수가 없었다. 소다와 데리가 욕하는 소리가 엄청나게 멀리서 가물가물 들려왔다.

"아, 제발, 포니보이."

소다가 애걸하며 나를 좀 더 세게 흔들었다.

"우리도 졸리단 말야."

아마도 데리는 바보짓을 하기에 지쳤는지, 자는 나를 번쩍 안아 올리더니 집 안으로 들어갔다.

"이 녀석 점점 무거워져서 안기 어려울 텐데."

소다가 말했다. 나는 그에게 입 다물고 나 잠자게 내버려두라고 하고 싶었지만, 막상 입을 열자 그저 하품만 나왔다.

"확실히 몸무게가 많이 줄긴 했어."

데리의 말이었다.

졸면서도 나는 일단 신발을 벗어야겠지 하고 생각했지만, 결국 그러지 못했다. 데리가 침대에 날 던져놓는 순간 나는 잠이 들어버렸다. 침대가 정말 얼마나 부드러운지 잊고 있었다.

다음날 아침엔 내가 가장 먼저 일어났다. 소다가 내 대신 신발과 셔츠를 벗겨준 것이 분명했다. 청바지는 여전히 입은 그대로였다. 하지만 그는 자신의 옷까지 벗기엔 너무 졸렸는지, 내 곁에 옷을 완전히 입은 채 몸을 뻗고 누워 있었다. 나는 그의 팔 아래에서 빠져나와 밀어낸 담요를 그의 몸 위에 덮어주고 나서 샤워를 했다. 잠들어 있는 소다는 열일곱이 다 된 소년치고 무척이나 앳되어 보였지만, 나는 자니도 잠들었을 때면 어려 보인다는 걸 알고 있었으며, 때문에 모두가 다 그런 거라고 생각했다. 사람들은 잠이 들었을 때 더 어려 보인다.

샤워를 마치자 나는 깨끗한 옷으로 갈아입고 5분 정도 거울을 보며 얼굴에 수염이 나려고 하지 않나 살피고, 잘린 머리칼을 아쉬워했다. 그 바보 같은 머리 모양은 내 귀를 삐죽 드러내놓았다.

아침을 지으려고 부엌에 들어갔을 때 데리는 여전히 잠들어 있었다. 맨 처음 일어난 사람이 아침을 짓고 나머지는 설거지를 했다. 그것이 우리 집의 규칙이었지만, 보통 데리가 아침식사를 만들고 나와 소다는 설거지를 하게 되었다. 나는 냉장고를 뒤져 달걀을 몇 개 찾아냈다. 우리는 모두 달걀을 먹는 취향이 다르다. 나는 단단하게 삶은 걸 좋아하고, 데리는 베이컨 토마토 샌드위치에 넣는 걸 좋아하며, 소다팝은 포도 젤리와 함께 먹는다. 우리 셋 모두는 아침식사로 초콜릿 케이크를 즐겨 먹었다. 엄마는 절대 초콜릿 케이크와 햄에그를 같이 먹게 해주지 않았지만, 데리는 소다와 내가 꼬드기면 넘어가주었다. 사실 우리가 그의 팔을 비틀 필요도 없었다. 데리는 우리만큼이나 초콜릿 케이크를 좋아했으니까. 소다팝은 매일 밤 냉장고에 케이크가 남아 있나 확인하곤 했고 만약 없으면 순식간에 하나를 구워냈다. 하지만 데리가 만든 케이크가 더 좋았다. 소다팝은 항상 케이크에 설탕을 너무 많이 입히곤 했기 때문이다. 난 어떻게 그가 젤리와 달걀과 초콜릿 케이크를 동시에 소화할 수 있는지 이해가 안 되었지만, 소다는 그렇게 먹는 걸 좋아하는 듯했다. 데리는 블랙커피를 마셨고, 소다팝과 나는 초코우유를 마셨다. 원한다면 커피를 마실 수도 있었지만, 우리는 초코우유 쪽이 더 좋았다. 우리 셋은 하나같이 초콜릿을 넣은 음식이라면 맥을 못 추었다. 초콜릿 담배가 만들어진다면 그건 바로 나 때문일 거라고 소다는 말했다.

"누구 있니?"

낯익은 목소리가 앞문을 통해 들려오더니, 투비트와 스티브가 들어왔다. 우리는 항상 서로의 집에 머리를 들이밀고 "어이" 하고 한 마디만 던진 다음 바로 들어가곤 했다. 우리 집 현관문은 항상 열려 있어서, 패거리 중 어느 녀석이든 부모에게 쫓겨났다거나, 쉬면서 마음을 가라앉힐 곳이 필요하면 올 수 있었다. 아침이 되었을 때 소파에 누가 뻗어 있는 걸 보게 될지 우린 절대로 알 수 없었다. 대체로 그건 스티브였는데, 녀석의 아버지는 일주일에 한 번씩은 녀석에게 나가서 다시는 돌아오지 말라고 했기 때문이다. 스티브는 그 때문에 꽤나 괴로워했으며, 그런 다음날이면 꼰대에게서 사과의 표시로 5, 6달러씩 받곤 했지만 그렇다고 기분이 나아지진 않았다. 때로는, 어디든 자기 내키는 데서 머무르는 댈리가 있기도 했다. 한번은 셰퍼드 갱단의 두목인 팀 셰퍼드가 자기 구역에서 한참 떨어진 우리 집 팔걸이 의자에 앉아 조간 신문을 읽는 모습까지도 본 적이 있다. 그는 단지 올려다보고 "어이" 하더니 아침도 먹지 않고 어슬렁어슬렁 나가버렸다. 투비트의 어머니는 도둑을 조심하라고 말씀해주셨지만, 데리는 근육이 커다란 야구공처럼 튀어나올 때까지 힘을 주어 보이면서 도둑 따위는 전혀 무섭지 않고, 게다가 우리 집엔 가져갈 만한 물건도 없다고 거들먹거렸다. 그러고서 말하길, 어떤 불쌍한 녀석이 뚜껑이 열려 주유소를 털거나 하는 것보다는 차라리 우리 집에서 도둑질하는 게 자기로서는 낫겠다는 것이었다. 그래서 우리 집 문은 절대 잠기지 않았다.

"여기 있어!"

나는 데리와 소다가 아직 잠들어 있다는 걸 까먹고 크게 외쳤다.

"문 쾅 닫지 마."

물론 녀석들은 문을 쾅 닫았으며, 투비트는 부엌으로 달려 들어와서 내 팔 위쪽을 잡고 나를 빙빙 휘둘렀다. 내가 양손에 날달걀을 하나씩 들고 있다는 건 완전히 무시하고 말이다.

"이봐, 포니보이."

그는 신이 나서 외쳤다.

"정말 오랜만인걸."

누가 그 모습을 보았다면 내가 그를 마지막으로 본 게 닷새가 아니라 5년쯤 지난 줄 알았을 것이다. 하지만 상관없었다. 나는 투비트 자식을 좋아했고, 그는 함께 있기 즐거운 친구였다. 그는 스티브에게로 나를 넘겨주었고, 스티브가 내 멍든 등짝을 유쾌하게 철썩 두드려서 나는 방 저쪽까지 날아갈 뻔했다. 달걀 하나는 날아가서 시계 위에 떨어졌고, 내가 다른 쪽 손에 힘을 주는 바람에 나머지 달걀도 깨져서 손 위로 온통 흘러내렸다.

"너희가 저지른 짓 좀 봐."

나는 불평해댔다.

"내 아침밥이 날아갔잖아. 나를 이리저리 밀어붙이기 전에 달걀 좀 내려놓는 것도 못 기다려?"

나는 정말로 조금 화가 났다. 뭔가 먹은 지 얼마나 오래

지났는지 방금 전에야 깨달은 터였기 때문이다. 마지막으로 먹은 건 윈드릭스빌의 데어리 퀸에서 먹었던 뜨거운 퍼지를 얹은 아이스크림이었고, 나는 배가 고팠다.

투비트가 느릿느릿 내 주위로 원을 그리며 걷기 시작하자, 무슨 생각인지 알아차린 나는 한숨을 내쉬었다.

"맙소사, 이 대머리 좀 봐!"

그는 빙빙 돌면서 계속 내 머리를 바라보았다.

"직접 안 봤다면 못 믿을 뻔했어. 오클라호마 주의 야만족 인디언들은 모두 문명화된 줄 알았는데. 어떤 인디언 새끼가 네 쌔끈한 머리털을 쌔벼간 거니, 포니보이?"

"아, 집어쳐."

나는 말했다. 아까부터 기분이 그리 좋지 않았다. 뭔가에 취해 있다가 정신이 드는 것 같은 기분이었다. 투비트가 스티브에게 눈짓을 하자 스티브가 입을 열었다.

"이봐, 신문에 사진이 실리려면 머리를 잘라야 했다고. 사람들은 그리저 행색의 깡패가 영웅이 될 수 있다고는 절대 믿지 않거든. 영웅이 된 기분이 어때, 거물 씨?"

"무슨 기분이 어쨌다고?"

"영웅이 된 것 말야. 알잖아."

그는 안절부절못하며 조간 신문을 내게로 밀어붙였다.

"진짜, 무슨 거물 같잖아."

나는 신문을 쳐다보았다. 맨 앞장의 2단에 기사 제목이 보였다.

비행 소년들 영웅으로 변신하다!

"나는 '변신'이란 말이 맘에 들던데."
투비트가 바닥에 떨어진 달걀을 치우면서 말했다.
"우리 모두는 영웅으로 태어나는 거야. 갑자기 '변신' 하는 것이 아니고 말야."
그의 말은 귀에 들어오지 않았다. 나는 신문 기사를 읽고 있었다. 그 페이지 전체가 우리에 대한 이야기로 가득했다. 싸움, 살인, 교회의 화재, 술 취한 소셜들, 그 모든 일들이 나와 있었으며, 데리와 소다팝과 함께 있는 내 사진도 실려 있었다. 기사는 자니와 내가 그 아이들을 구하기 위해 얼마나 큰 위험을 무릅쓰고 목숨을 걸었는지에 대한 것이었고, 우리가 아니었다면 아이들 모두가 불타 죽었을 거라는 한 부모의 말도 보였다. 우리와 소셜 간의 싸움에 대해서도 전부 씌어 있었다. 단지 그들은 '소셜'이라는 말을 쓰지 않았을 뿐이다. 대부분의 어른들은 우리가 벌이고 있는 싸움에 대해 잘 알지 못했기 때문이다. 기자들은 체리 밸런스와도 인터뷰했고, 그녀는 밥이 술에 취했으며 그의 친구들과 함께 자기를 집에 데려다주는 동안 싸움거리를 찾고 있었다고 진술했다. 밥은 그녀에게 자기 여자를 꼬시려고 하다니 우리를 한번 손봐주어야겠다고 말했다는 것이다. 밥의 친구이자 함께 우리를 습격했던 랜디 애더슨은, 그 일은 자기들의 잘못이었으며 우리가 맞서 싸운 것은 정당방위였다고 진술했다. 하지만 그들은 자니를 살인죄로 고소한 상태였다. 그 다음에 나는 내가 도주죄로 소년법원에 출두하도록 되어 있다는 내용을 발견하였다. 자니도 만약 회복된다면 마찬가지 조치를 받을 것이었다. ('만약'이라고 하지 마, 하고 나는 다시 생각했다. 왜 자꾸 '만약'이라고들 하는 거지?) 신기하게도 이번에는 댈리에겐 아무런 처벌도 내려지지 않았다. 신문에서 그를 영웅처럼 떠받드는 것이 자니를 구했기 때문이며, 그토록 자랑스러워하는 경찰 체포 기록에 대한 내용은 거의 안 나왔다는 사실을 알면 댈리는 펄펄 날뛸 것이었다. 기자들을 붙잡으면 확 죽여버릴지도 몰랐다. 데리와 소다와 나에 대해서만 쓰어진 다른 기사도 있었다. 데리가 동시에 두 개의 직장에 다니면서도 두 곳 모두에서 뛰어난 일꾼이며, 학창 시절에도 기록이 뛰어난 선수였다는 것, 소다팝이 학교를 자퇴한 것은 우리가 헤어지지 않고 함께 지내기 위해서였다는 것, 나는 항상 학교의 우등생 명단에 오르며 미래에는 육상 스타가 되리라는 것. (아 그래, 깜빡할 뻔했다. 나는 육상부 A팀에 속해 있었으며 그 중에서도 가장 어렸다. 나는 잘 달렸다.)

그러고 나서 기사는 함께 지내기 위해 그토록 노력한 우리 형제를 지금에 와서 떼어놓아서는 안 된다는 말로 끝맺고 있었다.

마지막 문장의 의미를 나는 한참 후에야 이해했다.

"이 말은……."

나는 긴장하여 침을 꿀꺽 삼켰다.

"사람들이 소다와 나를 소년원이나 그런 데 집어넣을 생각이라는 거야?"

스티브는 조심스레 머리를 빗어 넘겨 복잡한 소용돌이 모양으로 다듬고 있었다.

"뭐 그런 거지."

나는 멍하니 주저앉았다. 우리를 지금 갈라놓을 수는 없다. 나와 데리가 간신히 서로 화해했는데, 소셜 대 그리저의 이 대결을 한 번에 완전히 매듭 짓게 될 엄청난 패싸움이 벌어지려고 하는데. 게다가, 자니는 우리를 필요로 하고 댈리는 아직 병원에 있어서 패싸움에 나올 수도 없는데.

"안 돼."

나는 크게 외쳤다. 시계에 묻은 달걀을 긁어내던 투비

트가 뒤돌아 나를 바라보았다.

"뭐가 안 돼?"

"안 돼, 우리를 소년원에 넣을 수는 없어."

"그 일은 걱정하지 마."

스티브가 무슨 일이 닥치든 그와 소다팝이 해결할 수 있다는 듯 건방지게 말했다.

"사람들은 영웅에겐 그런 짓을 하지 않아. 소다와 수퍼맨은 어디 있지?"

그는 거기까지밖에 말할 수 없었다. 어느새 면도를 하고 옷까지 갈아입은 데리가 뒤에서 덮쳐, 스티브를 번쩍 들어 올렸다가 다시 바닥에 떨어뜨렸기 때문이었다. 우리 모두는 가끔씩 데리를 '수퍼맨'이나 '근육'이라고 부르곤 했다. 하지만 한번은 스티브가 데리를 '온통 근육뿐이고 두뇌는 없다'고 평하는 실수를 저질렀고, 데리에게 맞아 거의 턱이 부서질 뻔했다. 스티브는 다시 그런 말을 입 밖에 내지 않았지만, 데리는 절대로 그를 용서하지 않았다. 데리는 대학에 가지 못했다는 사실을 결코 잊어버릴 수 없었다. 소다가 스티브에게 화를 내는 것을 본 것은 그때뿐이었다. 소다 자신은 교육이란 것을 별로 중요하게 여기지 않았는데도 말이다. 학교는 그를 따분하게 했다. 전혀 활동적이지 않은 곳이었으니까.

소다가 달려 들어왔다.

"어제 빨아놓은 파란 셔츠 어딨어?"

그는 그릇에 담긴 초코우유를 꿀꺽꿀꺽 마셨다.

"유감스럽지만, 친구."

여전히 바닥에 뻗어 있던 스티브가 말했다.

"일하러 가려면 옷을 입어야 해. 그런 규칙인지 뭔지가 있다니까."

"그래, 알아."

소다가 말했다.

"참, 그 노르스름한 청바지는 어디 있지?"

"다려놨어. 내 옷장 안에 있다."

데리가 말했다.

"서둘러, 너희 늦겠다."

소다는 방으로 다시 달려가면서 우물거렸다.

"서두르고 있어, 서두르고 있다고."

스티브가 그를 따라갔고, 금세 평소처럼 한바탕 베개 싸움 소리가 들려왔다. 나는 냉장고 안을 뒤지며 초콜릿 케이크를 찾고 있는 데리를 무심히 바라보았다.

"데리."

나는 갑자기 입을 열었다.

"소년법원 건에 대해 알고 있었어?"

나를 돌아보지도 않고 그는 덤덤히 대답했다.

"응. 어젯밤에 경찰들이 말해줬다."

그러자 나는 그 역시 우리가 갈라질지도 모른다고 생각하고 있다는 걸 알았다. 그를 더 걱정시키고 싶지는 않았지만, 나는 이렇게 말했다.

"어젯밤에 그 꿈을 꿨어. 전혀 기억나지 않는 그 꿈 말야."

뒤돌아서 나를 마주 보는 데리의 얼굴은 숨길 수 없는 공포를 띠고 있었다.

"뭐라고?"

나는 엄마 아빠의 장례식 날 밤 꿈을 꾸었다. 어릴 때도 나는 가끔씩 악몽이나 이상야릇한 꿈을 꾸곤 했지만, 그날 같은 악몽은 처음이었다. 나는 공포에 질려 소리치며 잠에서 깨어났지만, 무엇 때문에 그렇게 두려웠는지 전혀 기억해낼 수가 없었다. 그 일은 나를 두렵게 한 만큼 소다팝과 데리도 두렵게 했다. 밤이면 밤마다, 평일에도 주말에도, 나는 그 꿈을 꾸고 식은땀에 젖어 혹은 절규하며 깨어나곤 했다. 그런데도 나는 꿈에서 무슨 일이 있었는지 절대 기억하지 못했다. 소다가 나와 함께 자기 시작하면서 그 꿈은 조금씩 횟수가 줄었지만, 그래도 여전히 데리가 날 의사에게 보낼 만큼 잦았다. 의사는 단순히 내가 상상력이 과도하다고만 말했다. 그가 내놓은 처방 역시 그처럼 단순했다. 공부를 열심히 하고, 책도 많이 읽고, 그림도 많이 그리고, 럭비를 더 자주 할 것. 럭비를 격하게 한판 하고 네다섯 시간 책을 읽고 나면, 정신도 육체도 너무 지쳐버려서 꿈 같은 건 꿀 수도 없었다. 하지만 데리는 그 일을 잊지 못했고, 잊을 만하면 이젠 그 꿈을 꾸지 않느냐고 내게 묻곤 했다.

"심한 악몽이었어?"

투비트가 물었다. 그 역시 상황을 전부 알고 있었지만, 그는 오직 자신이 좋아하는 금발 여자들에 대한 꿈밖에 꾸지 않는 인물이었다.

"아니."

나는 거짓말을 했다. 깨었을 때 나는 식은땀에 젖어 전율하고 있었지만, 소다는 세상 모르고 잠들어 있었다. 나는 몸을 움직여 소다의 곁으로 가서, 몇 시간 동안 잠을 이루지 못한 채 그의 팔 아래서 부들부들 떨고만 있었다. 그 꿈은 항상 내 정신을 쏙 빼놓았다.

데리는 뭔가 말하려 했지만, 그가 입을 열기 전에 소다팝과 스티브가 들어왔다.

"알고 있어?"

소다팝이 딱히 상대를 정하지 않고 외쳤다.

"우리가 소셜들을 완전히 밟아주고 나면, 나랑 이 스티브 군은 큰 파티를 열어서 모두 취하도록 마실 수 있게 할 거야. 그러고 나서는 소셜들을 멕시코까지 깨끗이 쫓아내 버리자고."

"돈은 어디서 구할 거지, 도련님?"

데리는 찾아낸 케이크를 조각내어 나누어주고 있었다.

"뭔가 방법을 생각해낼게."

소다팝이 케이크를 우물거리면서 약속했다.

"형은 파티에 샌디를 데려올 거야?"

나는 죽을 맞춰주려고 그냥 물어보았다. 갑자기 조용해졌다. 나는 주위를 둘러보았다.

"왜들 그래?"

소다팝은 자기 발만 내려다보고 있었지만, 귀가 빨갛게 달아올랐다.

"아니, 그앤 할머니와 같이 살려고 플로리다로 갔어."

"어째서?"

"이봐."

스티브가 이상할 정도로 화를 내며 말했다.

"꼭 일일이 설명해줘야 해? 안 그랬으면 결혼했을 거 아냐. 그애 부모님은 그애가 열여섯 살짜리 남자애랑 결혼

하겠다고 하니까 머리 꼭대기까지 열이 뻗쳤단 말이야."

"열일곱 살이야."

소다가 조용히 말했다.

"몇 주만 있으면 열일곱이 돼."

"아."

나는 당황해서 중얼거렸다. 소다는 쑥맥은 아니었다. 남자들끼리의 대화라는 것에 나도 낀 적이 있었는데, 그때 소다가 늘어놓는 말들은 다른 사내들에게 전혀 뒤지지 않았다. 하지만 그는 샌디에 대해선 절대 그런 식으로 얘기하지 않았다. 샌디에 대해서만은. 소다를 바라볼 때 그녀의 푸른 눈이 얼마나 반짝였는지 떠올랐다. 나는 그녀가 불쌍하게 느껴졌다.

무거운 침묵이 내려앉았다. 그때 데리가 말했다.

"우린 일하러 가는 게 좋겠다. 펩시콜라야."

데리는 아빠가 지어준 별명으로 소다팝을 부르는 일이 거의 없었지만, 지금은 그가 샌디 때문에 얼마나 괴로워하고 있는지 알았기 때문에 그렇게 부른 것이었다.

"널 여기 혼자 남겨두고 가긴 그렇구나, 포니보이."

데리가 천천히 말했다.

"아마도 하루 휴가를 내야 할까 보다."

"전에도 계속 나 혼자 있었는걸. 형은 휴가를 낼 여유가 없잖아."

"그래, 하지만 넌 돌아온 지 얼마 안 되었으니까 내가 아무래도 같이 있어주는 게……."

"내가 아기를 봐주지."

투비트가 말하고는, 내가 휘두른 한 방을 슬쩍 피했다.

"뭐 딱히 할 일도 없으니까."

"직장을 구하지 그래?"

스티브가 말했다.

"일을 해서 생활비를 벌 생각을 해본 적은 있어?"

"일을 해?"

투비트는 입을 딱 벌렸다.

"그러면 내 명성은 뭐가 되지? 내가 토요일 낮에 여는 좋은 탁아소라도 알고 있다면 여기서 이 꼬마를 돌보고 있지도 않을 거야."

나는 그의 의자를 뒤로 확 밀어버리고서 바닥에 떨어진 그에게 덤벼들었지만, 그는 순식간에 나를 쓰러뜨렸다. 나는 다소 숨이 짧은 편이었다. 담배를 끊든지 해야지, 아니면 다음 해에는 육상을 못 할 것 같았다.

"형님이라고 불러봐."

"됐네."

나는 버둥대며 응수하기는 했지만, 평소보다 힘이 많이

달렸다.

데리는 재킷을 걸치고 있었다.

"너희 둘 일어나서 설거지나 해. 댈리와 자니를 보러 가기 전에 원한다면 영화관에 가도 좋아."

그는 잠시 말을 멈추고는, 투비트가 나를 혼쭐내는 꼴을 바라보았다.

"투비트, 그만둬. 녀석 안색이 좋지 않다. 포니보이, 아스피린 몇 알 먹고 쉬도록 해. 오늘 담배 한 갑 이상 피웠다간 따끔하게 혼날 줄 알아. 알았지?"

"응."

나는 일어서면서 말했다.

"형도 오늘 지붕 재료 한 번에 한 묶음 이상 날랐다간 나하고 소다한테 따끔하게 혼날 줄 알아. 알았지?"

그는 그로서는 아주 드물게 히죽 웃어 보였다.

"그래. 오후에 보자."

"다녀와."

나는 말했다. 우리 집 포드가 부르르르르릉 하는 소리를 냈다. 소다가 운전하는 것이 분명했다. 그렇게 형들은 떠났다.

"……하여튼, 내가 시내를 슬슬 돌아다니다가 뒷골목으로 통하는 지름길로 접어들었는데……."

설거지를 하는 동안 투비트는 자신의 수많은 무용담 중 하나를 이야기해주었다. 정확히 말하자면, 내가 설거지를 하는 동안에. 그는 장식장 위에 앉아서, 그토록 자랑스러워하는 검은 손잡이 나이프의 날을 세우고 있었다.

"……그런데 웬 녀석 셋과 딱 마주쳤단 말씀이야. 내가 '안녕하쇼' 하니까 서로 얼굴만 쳐다보고 있더군. 그러고선 한 녀석이 말하기를 '널 습격하려고 했는데, 우리와 마찬가지로 빤지르르한 꼴을 보니 뺏을 만한 물건이라곤 전혀 없으실 것 같군.' 그래서 '그렇고말고, 친구'라고 말해주곤 가던 길을 계속 갔지. 교훈, 뒷골목에서 사회의 떨거지 무리와 마주쳤을 때 택할 수 있는 가장 안전한 길은?"

"유도 유단자가 되는 것?"

나는 찔러보았다.

"아니, 또 다른 사회의 떨거지가 되는 거지!"

투비트는 소리쳤고, 너무 심하게 웃다가 장식장에서 떨어질 뻔했다. 나 역시 웃지 않을 수 없었다. 그는 사물을 꿰뚫어보고는 아주 우스운 것으로 만들어버리곤 했다.

"이제 집 청소를 해야겠어."

나는 말했다.

"기자든 경찰이든 누군가가 들이닥칠 거야. 그것도 그렇고, 슬슬 정부에서 나온 녀석들이 들러서 우리 생활을

점검할 때가 됐어."

"이 집은 지저분하지 않아. 넌 우리 집을 한번 봐야겠는데."

"벌써 봤잖아. 네가 염소만큼이라도 생각이 있다면 이렇게 빈둥거리고 쏘다니는 대신 어떻게 집이라도 정리해보려 하겠지."

"젠장, 꼬마야. 내가 그렇게 한다면 우리 엄마는 쇼크로 돌아가실 거다."

나는 투비트의 어머니를 좋아했다. 그녀는 아들과 마찬가지로 유머 감각이 있고 수더분했다. 그녀는 아들처럼 게으르지 않았지만, 그럼에도 둘은 서로 잘 지내고 있었다. 하지만, 잘 모르겠다. 그냥 투비트에게는 화를 내는 게 불가능했다.

일이 모두 끝나자, 나는 댈리의 갈색 가죽 재킷—등이 까맣게 타버린—을 입고 투비트와 함께 10번가를 향했다.

"직접 운전해서 갈 수도 있었겠지만……."

길을 걸어 올라가며 히치하이크를 시도하는 동안 투비트가 말을 꺼냈다.

"내 차의 브레이크가 고장나서 말야. 저번날 밤에 나하고 캐시를 골로 보낼 뻔했다고."

그는 검은 재킷의 칼라를 바람막이 삼아 세우고는 담배

에 불을 붙였다.

"네가 캐시 오빠를 한번 봐야 하는데. 완전 깡패야. 어찌나 그리저스러운지 걷는 게 아니라 미끄러져요. 이발소에도 머리 자르러 가는 게 아니라 기름 바르러 간다니까."

평소 같으면 웃었겠지만, 나는 머리가 끔찍하게 아팠다. '테이스티 브리즈'에 들러 콜라를 마시며 잠시 쉬고 있는데, 여덟 블록이나 우리를 따라왔던 파란 무스탕이 멈춰 섰다. 나는 거의 달아나려고 마음먹을 뻔했고, 투비트 역시 내 생각을 눈치 챘는지 고개를 아주 서서히 저으며 내게 담배 한 개비를 던져주었다. 담배에 불을 붙였을 때, 공원에서 자니와 나를 습격했던 소셜들이 무스탕에서 뛰어내렸다. 마샤의 남자친구이자 나를 물에 빠뜨려 죽일 뻔했던 랜디 애더슨을 금방 알아보았다. 그들이 미웠다. 밥이 죽은 것은 그들의 잘못이었다. 자니가 죽어가는 것도 그들 탓이었다. 그들 때문에 소다와 나는 소년원에 들어가야 할지도 모른다. 댈리 윈스턴이 그랬듯 나 역시 그들을 증오하고 경멸했다.

투비트는 내 어깨에 팔꿈치를 얹고 기대서서는, 담배를 한 모금 빨았다.

"규칙을 알잖아. 패싸움 전에 개수작은 금지야."

그는 소셜들에게 말했다.

"알고 있어."

랜디가 대답했다. 그러더니 나를 보았다.

"이리 와. 너랑 얘기하고 싶어."

나는 투비트를 흘긋 보았다. 그는 어깨를 으쓱 했다. 다른 사람들의 귀를 피해, 나는 랜디를 따라 그의 차로 갔다. 우리는 아무 말 없이, 한동안 차 안에 앉아 있었다. 맙소사, 그건 내가 지금껏 타 본 가장 쌔끈한 차였다.

"네 얘길 신문에서 읽었어."

랜디가 마침내 입을 열었다.

"어떻게 된 거지?"

"모르겠어. 아마도 영웅 놀이를 하고 싶었나 보지."

"나라면 그렇게 못 했어. 나라면 아이들이 불에 타 죽도록 내버려두었을 거야."

"안 그랬을 거야. 너라도 나와 똑같이 했을 테지."

랜디는 담배를 한 개비 꺼내더니 차에 달린 라이터로 불을 붙였다.

"모르겠어. 이제는 아무것도 모르겠어. 그리저가 그런 행동을 할 수 있으리라고는 상상도 못 했어."

"그리저고 아니고는 아무 상관이 없어. 저기 있는 내 친구라면 그렇게 하지 않았을 거야. 네가 아이들을 구했을 수도, 그리고 네 친구들은 그러지 않았을 수도 있어. 그건 개인의 문제야."

"난 오늘 밤 패싸움 장소에 가지 않을 거야."

랜디가 천천히 말했다.

나는 그를 유심히 살펴보았다. 열일곱 살쯤 되었다고 했지만, 벌써 나이 들어 보였다. 댈러스가 실제보다 더 나이 들어 보이듯이. 체리는 자기 친구들이 너무 냉정해서 아무것도 느끼지 못한다고 말했지만, 그래도 저녁놀을 바라보던 시절을 아직 기억하고 있었다. 랜디 역시 너무 냉정해서 아무것도 느끼지 못하는 사람이겠지만, 그래도 그의 눈빛에는 괴로움이 어려 있었다.

"이젠 모두 지긋지긋해. 지겹고 역겨워. 밥은 멋진 녀석이었어. 지금껏 사귄 최고의 친구였지. 내 말은, 녀석이 잘 싸우고 쌔끈하고 그런 것뿐만 아니라, 한 인간으로서도 뛰어났다는 거야. 이해되니?"

나는 고개를 끄덕였다.

"녀석이 죽고서, 녀석의 어머니는 신경발작을 일으키셨어. 부모님이 그를 망쳐놓았지. 그러니까, 부모라면 그런 자식을 자랑스러워하게 마련이잖아. 잘생기고 영리하고 빠지는 구석 하나 없으니까. 하지만 그분들은 항상 녀석에게 져주기만 했지. 녀석은 누군가가 자신에게 '안 돼'라고 말해주길 바랐지만 그분들은 결코 그러지 않았어. 결코 말이야. 그게 그가 바란 거였어. 누군가가 자신에게 '안 돼'라고 말해주는 것, 누군가가 원칙을 정해주고, 한계선을 그어주고, 녀석에게 굳건히 딛고 설 무언가를 주는 것이. 사실은, 우리 모두가 그것을 원해. 한번은……."

랜디는 웃어 보이려 했지만, 사실 눈물을 간신히 참고 있는 것이 분명했다.

"한번은 녀석이 완전히 곤드레가 되어서 집에 갔더랬어. 그러면 부모님도 분명 한바탕 화를 내시리라고 생각했던 거지. 그런데 그분들이 어쨌는지 아니? 그분들은 녀석이 그러는 게 당신들 탓이라고 여긴 거야. 당신들이 녀석에게 잘못해서 녀석을 그렇게 몰고 간 거라고, 그리고 녀석이 저지른 다른 일들도 마찬가지라고 말이야. 그분들은 모든 걸 당신들 탓으로 돌리고 녀석은 가만히 내버려두었어. 만약 영감님이 녀석을 한 번, 딱 한 번만 따끔하게 때려주었다면 그는 아직 살아 있을 거야. 왜 너한테 이런 얘기를 하고 있는지 모르겠다. 어느 누구한테도 이런 말 할 수 없었는데. 내 친구들이 알면, 정신이 나갔거나 물렁이가 되었다고 생각하겠지. 어쩌면 그런지도 몰라. 확실한 건 이 모든 소란이 역겨워졌다는 것뿐이야. 그 아이―화상을 입었다는 네 친구 말이야. 죽을 거 같니?"

"응."

나는 대답하면서, 자니에 대한 말이라고 생각하지 않으려 애썼다.

"그리고 오늘 밤에도…… 여러 사람이 패싸움에서 다칠 거고, 어쩌면 죽을지도 모르지. 역겨운 건 그래 봤자 아무것도 달라지지 않기 때문이야. 너희는 이길 수 없어. 너희도 알잖아, 안 그래?"

내가 가만히 있자 그는 계속 말했다.

"너희는 이길 수 없어. 우리를 때려눕힌다 해도 말야. 너희가 있는 자리는 여전히 똑같아, 밑바닥이지. 그리고 우리는 여전히 모든 기회를 누리는 운 좋은 이들일 테고. 그러니 싸워봤자 소용 없어. 너희가 이긴다 해도, 혹은 진다고 해도, 우리는 그 사실을 금세 잊을 거야. 그리저는 여전히 그리저고 소셜은 여전히 소셜이겠지. 가끔 나는 그 중간에 있는 이들이 진정 행복하지 않나 싶어……."

그는 깊이 숨을 들이쉬었다.

"싸워서 뭔가 달라지는 게 있었다면 나도 싸웠을 거야. 난 이 도시를 뜰까 하고 있어. 내 정든 무스탕을 타고서, 가져갈 수 있는 돈은 모두 챙겨서 떠나는 거야."

"도망친다고 달라지는 건 없어."

"아, 제길, 나도 알아."

랜디는 거의 울먹이고 있었다.

"하지만 나보고 어쩌라고? 패싸움에 빠진다면 겁쟁이로 점찍힐 거야. 그렇다고 거기 나간다면 나 자신이 싫어질 거야. 난 어떻게 해야 할지 모르겠어."

"내가 도울 수 있는 일이 있다면 도와줄게."

나는 말했다. 체리의 목소리가 떠올랐다. '어느 쪽이든 사정은 힘들어.' 이제야 그녀의 말을 이해할 수 있었다.

그는 나를 쳐다보았다.

"아냐, 그럴 수 없어. 난 소셜이야. 너는 돈도 없고 세상 모두가 너를 미워해."

"아냐."

내가 말했다.

"네가 세상 모두를 미워하는 거겠지."

그는 말없이 나를 바라보았다. 실제 나이보다 열 살은 더 들어 보이는 표정이었다. 나는 차에서 내렸다.

"네가 거기 있었다 해도 그 아이들을 구해주었을 거야."

내가 말했다.

"너도 우리가 그랬던 것처럼 그애들을 구했을 거야."

"고마워, 그리저."

그는 웃어 보이려 했지만, 순간 얼굴이 굳어졌다.

"그런 말 하려던 게 아니었어. 그러니까, 고마워, 꼬마야."

"내 이름은 포니보이야."

나는 대답했다.

"얘기 즐거웠어, 랜디."

나는 투비트에게로 걸어갔고, 랜디가 경적을 울리자 그의 친구들도 차로 돌아갔다.

"뭐라고 하던?"

투비트가 물었다.

"잘난 소셜 씨께서 무슨 할 말이 있으시대?"

"그는 소셜이 아냐."

나는 말했다.

"그냥 한 남자로서 내게 얘기를 하고 싶었을 뿐이야."

"자니와 댈러스 보러 가기 전에 영화관에 가겠니?"

"아니."

나는 새로 꺼낸 담배에 불을 붙이며 말했다. 여전히 머리가 아팠지만, 기분은 나아져 있었다. 소셜들도 결국은 평범한 남자에 지나지 않았다. 어느 쪽이든 사정이 힘들긴 마찬가지라도, 차라리 그게 나았다. 상대편 역시 인간이었다고 말할 수 있는 쪽이.

다가오는 결투의 시간

간호사들은 자니를 보여주지 않았다. 환자는 심각한 상태예요. 방문객은 안 됩니다. 하지만 투비트 사전에 안 된다는 대답은 없었다. 거기에 그의 친구가 있었고 그는 친구를 보아야 했다. 우리 둘은 사정사정하고 빌었지만 아무 성과도 거두지 못했고, 마침내 의사가 상황을 알게 되었다.

"들어가게 해줘요."

의사가 간호사에게 말했다.

"그 아이가 저애들을 찾고 있어요, 이제 와서 해될 것도 없고."

투비트는 의사의 어조에 담긴 의미를 눈치 채지 못했다. 하지만 나는 머릿속이 멍해졌다. 정말이구나, 녀석은 죽어가고 있어. 병원의 고요함에 기가 죽은 나머지, 우리는 문자 그대로 발가락 끝으로 걸어 들어갔다. 자니는 조용히 누워서 눈을 감고 있었지만, 투비트가 "안녕, 우리 자니" 하고 부르자 그는 눈을 뜨고 우리를 쳐다보며 웃어 보이려 했다.

"안녕, 친구들."

블라인드를 열어젖히고 있던 간호사가 미소 지으며 말했다.

"그러니까 얘도 결국 말할 순 있는 거였구나."

투비트는 주위를 둘러보았다.

"사람들이 제대로 해주는 거야, 자니?"

"머리에……."

자니가 헐떡였다.

"내 머리에 기름을 충분히 바르지 못하게 해."

"말하지 마."

투비트가 의자를 끌어당겨 앉으며 말했다.

"듣기만 해. 머릿기름은 우리가 다음에 갖다줄게. 오늘 밤에 대규모 패싸움이 있을 거야."

자니의 크고 까만 눈이 더 커졌지만, 그는 아무 말도 하지 않았다.

"너랑 댈리가 끼지 못하는 게 참 유감이야. 우리가 처음 하는 큰 싸움인데 말야. 셰퍼드네 애들을 때려눕혔을 땐 빼고 말야."

"그 녀석 왔었어."

"팀 셰퍼드가?"

자니는 고개를 끄덕였다.

"댈리를 보러 왔지."

팀과 댈러스는 언제나 친한 친구로 지내왔다.

"네가 영웅이라고 신문에 이름이 실린 거 알고 있지?"

자니는 고개를 끄덕이면서 자기도 모르게 씩 웃었다.

"정말 근사했지."

녀석은 간신히 말했다. 그의 눈이 얼마나 반짝이는지 보면서, 나는 남부의 신사들도 자니 케이드에 비하면 아무 것도 아니라는 생각이 들었다.

몇 마디만 했는데도 그는 지친 기색이 뚜렷했다. 안색은 베고 있는 베개처럼 창백하여 못 봐줄 지경이었다. 투비트는 눈치 못 챈 척했다.

"머릿기름 말고 원하는 거 있니, 꼬마?"

자니는 힘겹게 고개를 끄덕였다.

"그 책."

그는 나를 쳐다보았다.

"한 권 더 갖다줄 수 있어?"

그러자 투비트도 나를 쳐다보았다. 나는 그에게 《바람과 함께 사라지다》 얘기를 하지 않았던 것이다.

"녀석은 《바람과 함께 사라지다》 한 권을 구해서 내가 읽어줬으면 하는 거야."

내가 설명했다.

"가까운 서점에 달려가서 좀 사다줄래?"

"그래."

투비트는 신이 나서 말했다.

"그새 튀지나 말라고."

나는 투비트가 비워놓고 간 의자에 앉아서 무슨 말을 해야 할지 생각해보았다.

"댈리는 괜찮을 거래."

마침내 나는 입을 열었다.

"그리고 데리랑 나도, 이제 괜찮아졌어."

분명 자니는 무슨 말인지 이해할 것이었다. 우리는 항상 친한 친구였으며, 그 교회에서 보낸 외로운 날들로 인해 우리의 우정은 더욱 굳어졌다. 그는 다시 미소 지으려 했지만, 갑자기 하얗게 질리더니 눈을 질끈 감았다.

"자니!"

나는 깜짝 놀라서 외쳤다.

"너 괜찮은 거야?"

그는 눈을 꼭 감은 채 고개만 끄덕였다.

"응, 그냥 가끔 아파서 그래. 보통 땐 안 그렇거든…….

등 가운데 밑으로는 아무것도 느낄 수 없으니까……."

한동안 숨을 거칠게 몰아쉬며 누워 있던 자니가 말했다.

"나 상태가 많이 안 좋은 거지. 안 그래, 포니?"

"넌 나을 거야."

나는 억지로 쾌활하게 말했다.

"그래야 해. 우린 너 없인 해 나갈 수 없어."

마지막 말에 담긴 진실이 내 가슴을 쳤다. 우리는 자니 없인 해 나갈 수 없었다. 자니가 우리를 필요로 하는 만큼, 우리에게도 그가 필요했다. 서로 같은 이유로 말이다.

"다시는 걸을 수가 없겠지"라고 자니는 말했지만, 다음 순간 멈칫했다.

"목발을 짚어도 말야. 등이 부러졌으니까."

"넌 회복될 거야."

나는 힘주어 되풀이했다. 울어선 안 돼. 나는 스스로를 다그쳤다. 울음을 터뜨리면 안 돼. 자니가 겁먹을 테니까.

"있잖아, 알고 있니 포니보이? 난 너무 두려워. 전에는 자살하고 싶다고 그랬지……."

그의 숨결이 떨렸다.

"이젠 죽고 싶지 않아. 너무 짧은 시간이었어. 16년은 너무 짧은 시간이라고. 하지 못한 일, 보지 못한 것들이 이렇게 많지만 않았더라도 지금 죽든 말든 상관없겠지. 하지만 이건 불공평해. 너 알아? 너하고 윈드릭스빌에 갔던 때가 나로서는 딱 한 번 우리 동네를 벗어나본 거였어."

"넌 죽지 않을 거야."

나는 목소리를 높이지 않으려고 애쓰며 말했다.

"그러니까 자꾸 기운 빼지 마. 네가 이러는 걸 의사가 보면 다시는 우리를 못 만나게 할 테니까."

거리에서 16년을 지내다 보면 많은 것을 배우게 마련이다. 하지만 전부 알아선 안 될 것들뿐, 정말 알고 싶었던 것들은 배우지 못한다. 거리에서 16년을 구르다 보면 많은 것을 보게 된다. 하지만 전부 보아선 안 될 것들뿐, 정작 보고 싶었던 것들은 볼 수가 없다.

자니는 눈을 감고서 잠시 가만히 누워 있었다. 이스트 사이드에서 오래 살아가다 보면 감정을 차단하는 법을 배우게 된다. 그렇지 않으면 폭발해버리기 때문이다. 냉정해지는 법을 익혀야만 한다.

간호사가 문간에 나타났다.

"자니."

그녀가 조용히 말했다.

"어머니가 널 보러 오셨어."

자니는 눈을 떴다. 처음엔 놀라움에 크게 뜬 눈이었지

만, 그 눈빛은 곧 흐려졌다.

"난 그 사람 보고 싶지 않아요."

그는 딱 잘라 말했다.

"그분은 너의 어머니셔."

"그 사람 보고 싶지 않다고 했잖아요."

그의 목소리가 커졌다.

"그 여자는 나 때문에 자기가 얼마나 골치 아픈지, 내가 죽었단 말을 듣게 되면 자기네들이 얼마나 속 시원할지 떠들어대려고 왔을 거라고요. 그러니까, 날 좀 내버려두라고 전하세요. 한 번만이라도."

그의 목소리가 갈라졌다.

"단 한 번만이라도 날 좀 내버려둬달라고요."

그는 몸을 일으켜 앉으려고 했지만, 갑자기 숨을 헉 내뱉더니, 베갯잇보다 새하얗게 질려서는 정신을 잃었다.

간호사는 얼른 나를 문밖으로 내쫓았다.

"저애가 누굴 만나면 이렇게 될까 봐 걱정이었는데."

나는 마침 들어오고 있던 투비트와 마주쳤다.

"지금은 볼 수 없어요."

간호사가 말하자 투비트는 그녀에게 책을 건네주었다.

"정신이 들면 이걸 꼭 전해주세요."

간호사는 책을 받고는 들어가 문을 닫았다. 투비트는

한동안 가만히 문을 바라보며 서 있었다.
"자니 말고 우리 중 아무나 다른 사람이었으면 좋겠어."
투비트의 목소리도 이번만은 진지했다.
"다른 사람 없이는 해 나갈 수 있어도 자니만은 안 돼."
갑자기 돌아서며 그가 말했다.
"댈러스 보러 가자."
우리가 복도로 걸어 나오는데 자니의 엄마가 보였다. 나는 그녀를 알고 있었다. 자그만 체구에다 자니처럼 까만 생머리와 크고 까만 눈을 한 여자였다. 하지만 비슷한 점은 그뿐이었다. 자니의 눈은 겁에 질려 있고 예민했지만, 그녀의 눈은 비열하고 매정했다. 우리가 지나쳐갈 때 그녀는 이렇게 말하고 있었다.
"하지만 난 그앨 볼 권리가 있어요. 내 아들이라고요. 남편과 나는 그애를 키우기 위해 별별 고생을 다했는데, 그 보답이 이런 거군요! 하잘것없는 깡패 녀석들을 진짜 가족보다 더 보고 싶어한단 말이죠……."
그때 그녀는 우릴 보았고, 순간 증오로 가득 찬 그 표정에 나는 거의 뒷걸음질칠 뻔했다.
"너희 때문이야. 맨날 한밤중에 싸돌아다니고 깜빵에나 드나들고, 또 무슨 짓을 하고 다니는지 어떻게 알아……."

투비트의 눈매가 날카로워졌고, 나는 그가 뭔가 일을 벌일까 봐 겁이 났다. 여자들에게 욕지거리하는 것은 듣고 싶지 않았다. 욕을 들어 싼 여자라 해도 말이다.

"걔가 당신네들을 미워하는 게 당연하지."

투비트가 내뱉었다. 녀석은 그녀에게 완전히 한바탕 퍼부을 기세였지만, 나는 그를 앞으로 떠밀어댔다. 속이 메스꺼웠다. 자니가 그녀를 보기 싫어하는 건 당연한 일이었다. 녀석이 투비트네 집이나 우리 집에서 밤새 머무르고, 날씨가 좋으면 빈 주차장에서 잠자곤 했던 것도 당연했다. 우리 어머니가 생각났다……. 소다처럼 아름답고 찬란했던, 그리고 데리처럼 현명하고 굳셌던 어머니.

"아, 제기랄!"

투비트의 목소리는 잠겨 있었다. 그가 눈물을 터뜨리려고 하는 모습을 나는 처음 보았다.

"녀석은 저런 걸 견뎌내야 하는 거야."

우리는 서둘러 엘리베이터를 타고 위층으로 갔다. 나는 간호사가 자니 엄마와 녀석이 만나는 걸 막아줄 만큼 충분히 눈치가 있기를 바랐다. 안 그러면 녀석은 죽을지도 몰랐다.

우리가 들어갔을 때 댈리는 어떤 간호사와 말다툼을 하

고 있었다. 그는 우리에게 웃어 보였다.

"젠장, 이렇게 반가울 데가! 이 X 같은 병원 사람들은 담배를 피우게 내버려두지 않는다고. 그러니 나 좀 내보내 줘!"

우리는 앉아서 서로 마주 보며 웃었다. 댈리는 쫀쫀하고 고집 센 평소의 댈리 그대로였다. 녀석은 문제없었다.

"좀 전에 셰퍼드가 날 보러 왔었어."

"자니가 말해줬어. 뭐라고 그러는데?"

"신문에서 내 사진을 봤다고. 그 밑에 '시체로든 산 채로든 잡아 올 것'이란 말이 적혀 있지 않다는 게 믿기 어려웠다고 하던데. 뭐 대체로 패싸움 얘기하면서 약 올리려고 온 거였어. 제길, 거기 끼지 못해 유감이야."

팀 셰퍼드가 댈리의 갈비뼈 세 대를 부러뜨려놓은 게 바로 지난주의 일이었다. 하지만 댈리와 팀 셰퍼드는 항상 친구였다. 얼마나 서로 싸워대든, 그 두 사람은 같은 부류에 속해 있었고, 본인들도 그걸 알았다.

댈리는 내게 웃어 보였다.

"꼬마야, 너 때문에 저번 날에 죽도록 놀랐다고. 내가 널 죽인 줄 알았어."

"날?"

나는 당황해서 물었다.

"왜 그런 생각을 했어?"

"네가 교회에서 뛰쳐나왔을 때, 얌전히 뻗게 하고 불도 꺼질 정도로만 세게 때리려고 했거든. 그런데 무슨 납덩이처럼 털썩 쓰러지는 걸 보고 내가 너무 높은 데를 쳐서 목이라도 부러뜨렸나 했지."

녀석은 한동안 생각에 잠겼다.

"하지만 그게 아니라서 다행이야."

"당연하지."

나는 히죽 웃으며 말했다. 댈리를 좋아한 적은 한 번도 없었다. 하지만 그때, 난 처음으로 그가 내 친구라고 느껴졌다. 단지 녀석이 날 죽이지 않아서 다행이라고 했다는 사실만으로.

댈리는 창밖을 내다보았다.

"음……."

그는 무심하기 그지없는 어조로 말했다.

"꼬마는 좀 어때?"

"금방 보고 왔어."

투비트가 말했다. 댈리에게 사실을 말해줄까 말까 갈등하고 있는 것이 역력했다.

"난 그런 문제에 대해서는 잘 몰라……. 하지만…… 글쎄, 내가 보기엔 아주 나쁜 상태 같아. 우리가 나오기 전에 의식을 잃었어."

댈리의 턱선이 하얗게 질렸다. 그는 앙다문 이 사이로 욕을 내뱉었다.

"투비트, 너 그 멋진 검은 손잡이 나이프 지금도 갖고 있어?"

"응."

"그거 이리 줘."

투비트는 뒷주머니에 손을 넣어 자신의 귀중한 소유물을 꺼냈다. 그것은 새까만 손잡이가 달린 10인치 길이의 나이프로, 눈 깜짝할 사이에 확 칼날을 열어젖힐 수 있었다. 의심을 피하기 위해 두 시간 동안이나 공구 상가를 어정거리며 걸어 다닌 끝에 얻은 전리품이었다. 녀석은 그걸 면도날처럼 날카롭게 갈아서 다녔다. 내가 알기로, 그는 누구에게도 그 칼을 뽑아 든 적이 없었다. 나이프가 필요해질 때면 그는 평범한 주머니칼을 썼다. 하지만 그 칼은 녀석의 자랑거리요, 자존심이자 기쁨이었다. 낯선 패거리들과 마주칠 때마다 녀석은 그 칼을 펴 보이며 뽐내는 것이었다. 그 칼이 투비트에게 얼마나 중요한지 댈리도 잘 알고 있었고, 그걸 달라고 할 정도로 칼이 필요한 거라면, 정말로 필요한 것이 분명했다. 그러는 수밖에 없었던 것이다. 투비트는 한순간도 망설이지 않고 댈리에게 칼을 건네주었다.

"우리는 오늘 밤 싸움에 이겨야 해."

댈리는 말했다. 격렬한 목소리였다.

"우리는 소셜들과 대등해져야 해. 자니를 위해서."

그는 베개 아래 나이프를 집어넣고는 똑바로 누워서 천장을 바라보았다. 우리는 병실에서 나왔다. 녀석이 저런 분위기가 되어 눈을 이글거리고 있을 때는 말을 걸지 않는 편이 낫다는 걸 잘 알고 있었다.

우리는 버스로 돌아가기로 했다. 내가 도무지 걷거나 히치하이크를 할 기분이 아니었기 때문이다. 투비트는 나를 버스 정류장 벤치에 앉혀두고 주유소에 가서 담배를 사왔다. 속이 울렁거리고 약간 어질어질했다. 잠이 들려고 하는데 누군가의 손이 이마에 와 닿았다. 놀라서 머리털이 곤두설 뻔했다. 투비트가 나를 걱정스레 내려다보고 있었다.

"괜찮은 거야? 너 엄청 뜨거워."

"난 괜찮아."

나는 말했지만, 그가 못 믿겠다는 듯 나를 바라보자 약간 불안해졌다.

"데리한테는 말하지 마. 알았지? 이봐, 투비트, 넌 내 친구잖아. 오늘 밤까진 괜찮을 거야. 아스피린을 잔뜩 먹어둘게."

"알았어."

투비트가 머뭇머뭇 대답했다.

"하지만 네가 정말 아픈데도 무작정 싸우러 간다면 데리가 날 죽이려고 할 거야."

"난 괜찮다니까."

나는 약간 화를 내며 말했다.

"그러니 너만 입 닫고 있으면, 데리는 아무것도 모를 거야."

"그거 아니?"

집으로 가는 버스에서 투비트가 말했다.

"넌 형이랑 살고 그런 것 때문에 살인죄를 면할 수 있을 거라고 생각하겠지. 하지만 데리는 너희 부모님보다 더 네게 엄하게 대해, 그렇잖아?"

"응."

나는 대답했다.

"하지만 그분들은 나를 키우기 전에 두 아들을 키워보았어. 데리 형은 안 그렇지."

"알지, 데리가 소셜이 되지 못하는 유일한 이유는 바로 우리야."

"알아."

나는 말했다. 오래전부터 그 사실을 알고 있었다. 돈이 별로 없긴 하지만, 데리가 소셜이 되지 못할 이유는 하나도 없었다. 문제는 우리였다. 우리 패거리. 나와 소다. 데리는 그리저가 되기엔 너무 똑똑했다. 어떻게 알았는지는 모르지만, 나는 그냥 그 사실을 알고 있었다. 그리고 데리에게 미안했다.

집으로 오는 내내 나는 거의 말을 하지 않았다. 나는 패싸움에 대해 생각하고 있었다. 뱃속에 역겨운 기분이 느껴졌지만 아파서 그런 것은 아니었다. 그것은 주차장에서 잠들었다가 데리에게 큰 소리로 야단맞은 그날 밤 느꼈던 것과 똑같은 무기력함이었다. 또다시 그 끔찍한 두려움, 무언가가 일어날 것이며 우리 중 아무도 그걸 막을 수 없으리라는 두려움을 느꼈다. 버스에서 내리자 나는 마침내 입을 열었다.

"오늘 밤 말야—전혀 마음에 들지 않아."

투비트는 이해하지 못한 척했다.

"네가 패싸움에서 겁쟁이처럼 군 적은 한 번도 없었는데. 어린 꼬마였을 때조차도 말야."

나는 그가 내 화를 돋우려 한다는 걸 알았지만, 그래도 미끼를 물지는 않았다.

"난 병아리가 아냐, 투비트 매튜스, 알아두라고."

나는 화내며 말했다.

"나도 소다나 데리와 마찬가지로 커티스 가잖아?"

투비트가 내 말을 부정하지 않아서, 나는 계속 이어갔다.

"있잖아, 기분이 끔찍한 게 꼭 뭔가 일어날 것만 같아."

"뭔가가 당연히 일어나겠지. 우리가 잘난 소셜들을 밟아주는 거지, 뭐긴 뭐야."

투비트는 내 말뜻을 알고 있었지만, 고집스럽게 못 알아들은 척했다. 전혀 문제없다고 내가 말해준다면, 그는 곧바로 그렇게 믿어버릴 것 같았다. 그는 평생 그런 식으로 지내왔고, 나도 녀석이 바뀔 거라고는 기대하지 않았다. 소다팝이라면 이해했을 것이고, 나와 함께 그 기분에 대해 알아내려고 했을 것이다. 하지만 투비트는 소다가 아니었다. 요만큼도 비슷하지 않았…….

지나가면서 우리는 체리 밸런스가 빈 주차장에 세워둔 코르벳 안에 앉아 있는 것을 보았다. 긴 머리를 핀으로 올려 꽂은 그녀의 모습은, 대낮임에도 오히려 더 예쁘게 보였다. 그녀의 스팅 레이는 정말 쌔끈한 차였다. 밝은 빨간색이 멋졌다.

"안녕, 포니보이."

그녀가 말했다.

"안녕, 투비트."

투비트가 멈춰 섰다. 그러고 보니 체리는 자니와 내가 윈드릭스빌에 있던 저번 주에도 이곳에 왔다지.

"거물들께선 어떻게 지내시나?"

그녀는 스키 재킷의 끈을 조여 맸다.

"그들은 너희 방식을 따르기로 했어. 무기 없이, 정정당당하게. 너희 규칙대로 말야."

"확실한 거야?"

그녀는 고개를 끄덕였다.

"랜디가 말해주었어. 그의 말이라면 확실해."

투비트는 돌아서서 집으로 향했다.

"고마워, 체리."

"포니보이, 잠깐 기다려."

체리가 말했다. 나는 걸음을 멈추고 그녀의 차로 돌아갔다.

"랜디는 패싸움 자리에 나타나지 않을 거야."

"응."

난 대답했다.

"알아."

"그는 두려운 게 아냐. 단지 싸움이 지긋지긋한 거야. 밥은……."

그녀는 긴장하여 침을 넘기더니 조용히 말을 이었다.

"밥은 그의 단짝이었어. 초등학교 때부터."

나는 소다와 스티브를 생각했다. 그 둘 중 하나가 다른 쪽이 살해당하는 걸 본다면 어떻게 될까? 그들도 싸움을 그만두게 될까? 아니, 나는 생각했다. 소다는 그만둘지도 몰라, 하지만 스티브는 아닐 거야. 그는 계속 미워하고 싸움을 하겠지. 어쩌면 밥도 그렇게 했을지도 모른다. 그 대신에 랜디가 죽었더라면.

"자니는 어때?"

"별로 안 좋아."

나는 말했다.

"가서 그 녀석 만나볼래?"

그녀는 머리를 흔들었다.

"아니, 그럴 순 없어."

"어째서?"

나는 물어보았다. 최소한 그 정도는 해줘야 했다. 이 모든 일은 그녀의 남자친구 때문이었으니까⋯⋯. 순간 나는 멈칫했다. 그녀의 남자친구⋯⋯.

"그럴 순 없어."

그녀는 나직하고 절망적인 목소리로 말했다.

"그는 밥을 죽였어. 아, 밥이 자초한 일인지도 모르지.

그랬다는 건 알아. 하지만 그래도 난 절대 밥을 죽인 사람을 바라볼 수는 없을 거야. 너는 밥의 나쁜 면만 알고 있지. 그도 종종 사랑스럽고 따뜻한 사람이 되곤 했어. 하지만 술에 취했다 하면……. 자니를 두들겨 팬 건 그의 그런 부분 때문이었을 거야. 네가 그 얘기를 해주었을 때 밥이란 걸 알았어. 그는 자기 반지를 무척 자랑스러워했으니까. 왜 남자애들에게 술을 파는 거지? 어째서? 그러지 못하게 막는 법이 있긴 하지만, 아이들은 어떻게든 술을 구하잖아. 나는 자니를 보러 갈 수 없어. 사랑에 빠지기에 난 너무 어리고 뭐 그렇지만, 밥은 뭔가 특별한 사람이었어. 그냥 평범한 남자애가 아니었어. 사람들이 그를 따를 수밖에 없는 무언가, 다른 이들과 구별되게 만드는 무언가가 그에겐 있었어. 어쩌면 보통 사람들보다 조금 더 낫다고까지 할 수 있는 뭔가가 말야. 내 말 알아듣겠니?"

나는 알아들었다. 체리는 댈러스에게서도 같은 것을 보았다. 그 때문에 그녀는 그를 보는 것을, 그를 사랑하게 되는 것을 두려워했던 것이다. 나는 그녀의 말을 충분히 알아들을 수 있었다. 하지만 그녀의 말은 자니가 밥을 죽였기 때문에 그를 보러 가지 않겠다는 뜻이기도 했다.

"상관없어."

나는 날카롭게 말했다. 밥이 술고래였던 것도 체리가

사고뭉치인 사내애들에게 끌리는 것도 자니의 잘못은 아니었다.

"나도 네가 녀석을 만나는 걸 원치 않아. 너는 네 부류의 사람들을 배반했고 우리에게도 충실하지 못해. 우리를 위해 스파이 짓을 해준다고, 우리 형이 자퇴해서 일하는 동안 네가 코르벳 안에 앉아 있다는 사실이 벌충되는 줄 알아? 우리에게 미안해하지도 마. 먹다 남은 찌꺼기 던져주면서 고상하고 잘나신 척하지 말라고."

나는 돌아서서 가버리려 했지만, 체리의 얼굴에 떠오른 표정이 날 멈추게 했다. 부끄러워졌다. 여자가 우는 건 차마 볼 수가 없었다. 체리는 울고 있진 않았지만, 거의 울음을 터뜨릴 것 같았다.

"너희에게 자선을 베풀려는 게 아니야, 포니보이. 단지 도움이 되고 싶어서 그래. 난 처음부터 네게 호감을 느꼈어……. 네가 말하는 방식에 말야. 넌 착한 애야, 포니보이. 요새 착한 애가 얼마나 드문지 알고 있니? 가능하다면 너 역시 나를 도와주려고 할 거 아냐?"

그랬다. 나는 그녀와 랜디 둘 다 도와주고 싶었다. 그게 가능하다면.

"이봐."

나는 갑자기 말했다.

"웨스트사이드에서 보는 저녁놀은 진짜 근사하지?"
그녀는 놀라서 눈을 깜빡이더니, 미소를 지었다.
"진짜 근사하지."
"이스트사이드에서도 저녁놀은 근사해 보여."
나는 조용히 말했다.
"고마워, 포니보이."
그녀는 눈물을 머금은 채 미소 짓고 있었다.
"너 내 말을 이해했구나."
그녀의 눈은 초록색이었다. 나는 그 자리를 떠나, 집까지 천천히 걸어갔다.

자니케이크 눈을 감다

집에 도착했을 때는 6시 반이 다 되어 있었다. 패싸움은 7시부터였으니까, 나는 또 저녁식사에 늦은 셈이었다. 평소처럼 말이다. 나는 항상 저녁식사에 지각을 한다. 시간이 몇 시인지도 까먹는 것이다. 데리가 저녁을 준비해놓았다. 구운 닭에 감자와 옥수수였다. 닭은 두 마리였는데, 우리 셋 다 말처럼 잘 먹어대기 때문이다. 물론 그 중에서도 데리가 제일 잘 먹는다. 하지만 내가 그토록 좋아하는 구운 닭도 그날은 이상하게 전혀 넘어가지 않았다. 그 대신 나는 데리와 소다가 안 보는 동안 아스피린을 다섯 알 삼켰다. 그건 내 습관인데, 밤에 잠이 잘 오지 않아서다. 데리는 내가 한 알만 먹는다고 생각하지만 사실은 네 알이 보통이다. 내 생각에 다섯 알이면 별일 없이 패싸움을 치러내고 어쩌면 두통도 쫓을 수 있을 것 같았다.

그러고 나서 나는 서둘러 샤워를 하고 옷을 갈아입었

다. 나와 소다와 데리는 패싸움 전에 항상 쫙 빼입곤 했다. 게다가 이번 경우, 그 소셜들에게 우리는 쓰레기가 아니며 놈들만큼 멋지고 근사하다는 것을 보여주고 싶기도 했다.

"소다."

나는 욕실에서 소리쳐 불렀다.

"형은 면도 언제부터 시작했어?"

"열다섯 살 때."

소다가 되받아 외쳤다.

"데리 형은?"

"열세 살 때. 왜? 패싸움을 위해 턱수염이라도 길러볼 생각이냐?"

"형 진짜 웃긴다. 《리더스 다이제스트》사에 가야겠는 걸. 그 사람들 웃긴 얘기에 돈을 엄청 지불한다고 그러던데."

소다는 웃음을 터뜨리더니 거실에 있는 스티브와 포커를 치러 가버렸다. 데리는 까만 쫄티를 입어서, 가슴에 있는 근육 하나하나와 배에 있는 탄탄하고 평평한 근육까지도 다 드러나보였다. 형을 상대할 소셜이 정말 안됐군 하고 나는 깨끗한 티셔츠와 새로 빤 청바지를 입은 채 생각했다. 티셔츠가 좀 더 딱 붙으면 좋을 텐데. 나는 키에 비해 체격이 꽤 좋은 편이었지만, 윈드릭스빌에서 살이 빠지는 바람에 옷이 헐렁해졌다. 쌀쌀한 밤이었고 티셔츠는 빈말로라도 따뜻한 옷이라곤 할 수 없었지만, 패싸움할 때에는 아무도 추위를 타지 않는다. 게다가, 재킷을 입으면 거치적거려서 주먹질을 제대로 할 수가 없다.

소다와 스티브와 나는 필요한 것보다 훨씬 많이 머릿기름을 처발랐다. 우리가 그리저라는 걸 과시하고 싶어서였다. 오늘 밤 그 사실을 자랑스러워할 수 있었다. 그리저들은 가진 것이 거의 없지만, 악명과 긴 머리만은 우리들의 것이다. (내가 자랑스러워할 수 있는 것이 깡패라는 악명과 기름 바른 머리밖에 없다니 도대체 이 세상은 어떻게 되어먹은 걸까? 깡패가 되고 싶지 않다. 하지만 물건을 훔치고 남들을 괴롭히고 술에 취하지 않는다 해도 나는 여전히 불량배로 찍혀 있다. 왜 그걸 자랑스러워해야 하지? 도대체 왜 자랑스러운 척이라도 해야 하는 거지?) 데리는 절대 머리를 기르지 않았다. 그의 머리는 항상 짧고 깔끔했다.

나는 거실 안락의자에 앉아서 나머지 패거리들이 나타나기를 기다리고 있었다. 하지만 물론, 오늘 밤에 더 올 사람은 투비트 한 명뿐이었다. 자니와 댈러스는 오지 않을 것이었다. 소다와 스티브는 평소처럼 포커를 치면서 아웅다웅하고 있었다. 소다는 끊임없이 익살을 부리고 광대짓을 해댔고, 스티브는 라디오를 어찌나 크게 틀어놓았는지

귀청이 찢어질 지경이었다. 뭐 다들 그렇게 크게 틀어놓고 듣긴 하지만, 두통에 시달릴 땐 정말 견디기 어려웠다.

"소다 형은 싸움을 좋아하지, 안 그래?"

나는 느닷없이 물어보았다.

"응, 물론이지."

그는 어깨를 으쓱 했다.

"좋아하고말고."

"어째서?"

"모르겠어."

그는 이상하다는 듯 나를 쳐다보았다.

"싸움은 움직임이지. 경쟁이고. 자동차 경주나 춤이나 그런 것처럼 말야."

"젠장."

스티브가 말했다.

"난 그 소셜 놈들의 머리를 찌부러뜨려주고 싶어. 싸움판에 끼어들 때면 상대편을 완전히 밟아주고 싶어진다고. 나도 싸우는 게 좋아."

"데리 형이 싸움을 좋아하는 이유는 뭐야?"

나는 내 뒤 부엌 문가에 기대서 있는 데리를 올려다보며 물었다. 그가 무슨 생각을 하는지 알 수 없는 그런 표정을 짓고 있자 소다가 끼어들었다.

"형은 근육을 보여주고 싶어하니까."

"어이 꼬마야, 헛소리 더 지껄이면 바로 너한테 근육 맛을 보여 줄 테다."

나는 소다의 말을 이해할 수 있었다. 사실이었다. 데리는 자신이 영리하다는 것을 자랑스러워했지만, 한편 무거운 것을 들어 올리거나 럭비를 하거나 지붕을 잇는 것 등 힘이 드는 일이라면 무엇이든 즐겼다. 데리는 한 번도 그렇게 말하지 않았지만, 나는 그가 싸움을 좋아한다는 걸 알았다. 나만이 그들과 달랐다. 나는 언제든지 아무하고든 싸울 수 있겠지만, 싸우고 싶지가 않았다.

"네가 이번 패싸움에 끼어도 될지 모르겠다, 포니."

데리가 천천히 말했다.

아, 안 돼, 나는 끔찍이 불안해졌다. 나도 거기 끼어야 해. 바로 그때 내 삶에서 가장 중요한 것은 우리 패거리가 소셜을 혼내주는 데 한몫하는 것이었다. 지금 형이 날 집에 있게 하면 안 돼. 나는 그 자리에 있어야 해.

"이유가 뭐야? 나는 항상 잘 싸워냈잖아, 안 그래?"

"그렇지."

데리가 자랑스럽다는 듯 웃음을 지으며 말했다.

"너 정도 몸집을 한 아이치고는 참 잘 싸웠어. 하지만 그때는 네 체격이 탄탄했지. 지금은 살이 빠져서 그리 좋아 보이지 않아, 꼬마야. 그리고 넌 너무 긴장해 있어."

"젠장."

소다는 스티브가 안 보는 사이에 구두 안에서 에이스 카드를 빼내려고 하면서 말했다.

"패싸움 전에는 누구든 긴장해. 오늘 밤 그애도 싸우게 해줘. 맨주먹으로 싸워서는 다치지 않아. 무기가 없으니 위험할 것도 없다고."

"괜찮을 거야."

나는 애원했다.

"작은 놈을 맡으면 되잖아, 응?"

"글쎄, 이번엔 자니도 없고……."

자니와 나는 이따금 힘을 합쳐 큰 놈을 상대하곤 했다.

"게다가 컬리 셰퍼드도 빠지고, 댈리도 빠지니, 모을 수 있는 녀석들은 전부 모아야 해."

"셰퍼드는 어떻게 됐는데?"

나는 팀 셰퍼드의 어린 동생을 떠올리며 물어보았다. 컬리는 거칠고 냉정하며 무자비한 팀의 축소판 같은 녀석이었으며, 예전에 나하고 불붙인 담배를 서로의 손가락에 갖다댄 채 누가 오래 버티는지 겨뤄본 적이 있었다. 우리는 이를 악물고 얼굴을 찌푸리며 가만히 서 있었다. 얼굴에는 땀이 줄줄 흘러내리고 살 타는 냄새가 역겨웠지만,

우리는 절대 소리 지르지 않았다. 팀이 어쩌다 그곳을 지나게 되었을 때까지 말이다. 서로의 손가락에 구멍을 낼 지경에 이른 우리를 보고, 그는 우리의 머리를 박치기시키며 다시 그런 무모한 짓을 저지르면 죽여버리겠다고 을러멨다. 내 집게손가락에는 아직도 흉터가 남아 있다. 컬리는 사납고 별로 영리하지 않은 전형적인 도시 깡패였지만, 나는 그를 좋아했다. 무엇이든 견뎌낼 수 있는 녀석이었으니까.

"그 녀석 빵에 있어."

스티브가 소다의 신발에 들어 있던 에이스 카드를 발로 차내면서 말했다.

"감화원 말야."

또? 하고 생각하며 나는 말했다.

"싸우게 해줘, 데리. 나이프나 체인이나 그런 걸 쓴다면 얘기가 달라. 하지만 주먹다짐에서는 아무도 심하게 다치진 않잖아."

"그래."

데리는 포기한 듯했다.

"네가 껴도 되겠지. 하지만 조심해라. 그리고 위험한 상황이 되면 소리쳐, 내가 빼내줄 테니까."

"괜찮을 거라니까."

나는 지긋지긋해졌다.

"왜 형은 소다팝에 대해선 나만큼 걱정하지 않아? 형이 소다팝한테 이래라저래라 하는 건 한 번도 못 봤어."

"이봐."

데리는 웃으면서 소다의 어깨에 팔을 둘렀다.

"이쪽 동생은 내가 걱정해줄 필요가 없다고."

소다는 다정하게 데리의 갈비뼈를 한 대 때렸다.

"이 녀석은 생각을 할 줄 알거든."

소다팝은 짐짓 거만한 태도로 나를 내려다보았지만, 데리가 한마디 덧붙였다.

"너도 알겠지만 이 녀석은 한 가지 문제에 대해서만 생각을 하지. 머리를 빨리 기르는 것 말야."

그러고선 소다의 주먹을 피해 문가로 달아났다.

데리가 문간을 뛰쳐나가는 바로 그 순간 투비트가 고개를 들이밀었다. 계단에 이르자 데리는 펄쩍 뛰어올라 공중제비를 돌아 땅에 내려앉더니, 소다가 잡으러 오기 전에 팔딱 일어났다.

"어럽쇼?"

투비트가 명랑하게 말하며 눈썹을 치켜 올렸다.

"아무래도 패싸움하기엔 최적의 상태들인 모양인데. 다들 재미 좋아?"

"당근이지!"

소다가 똑같이 공중제비로 계단에서 뛰어내리며 외쳤다. 그는 데리에게 지지 않겠다는 듯, 재주를 넘어 물구나무서서 걷다가 손을 짚지 않은 채 마당 끝까지 옆돌기를 해 보였다. 끝내주는 묘기였다. 스티브는 인디언처럼 고래고래 소리치며 잔디밭을 가로질러 날듯이 달려가더니, 갑자기 멈춰서 뒤로 재주넘기를 했다. 우리 모두는 이런저런 묘기를 부릴 수 있었다. 데리가 YMCA에서 땅에서 부릴 수 있는 재주를 배운 다음 여름 내내 가르쳐주었기 때문이다. 싸움을 할 때 편리할 거라고 생각한 것이었다. 분명 그렇긴 했지만, 덕분에 투비트와 소다는 한 번 영창 신세를 졌다. 시내의 보도를 따라 공중제비를 돌고 물구나무서서 걷고 하는 등 '공공질서침해 및 공무집행방해죄'를 저질렀기 때문이었다. 딱 그 두 사람이 할 만한 짓거리였다.

나는 기쁨의 함성을 지르며, 손 안 짚고 옆으로 돌아 계단을 내려와서는 착지하자마자 발을 굴러 일어났다. 투비트도 그런 식으로 뒤이어 내려왔다.

"나는 그리저."

소다팝이 노래하듯 외쳤다.

"비행 소년 깡패라네. 멋진 도시의 이름을 더럽히고, 사람들을 두들겨 패고, 주유소를 약탈하네. 나는 이 사회의 골칫거리. 아 젠장, 정말 즐겁다네!"

"그리저…… 그리저…… 그리저……."

스티브가 되풀이했다.

"오 환경의 희생자, 혜택받지 못하고, 썩어 문드러지고, 시시하고 하찮은 깡패여!"

"아무짝에도 쓸모없는 불량 청소년!"

데리가 외쳤다.

"꺼져버리셔, 백인 쓰레기들."

투비트가 점잔빼는 목소리로 말했다.

"나는 소셜. 잘나고 잘 빼입었다네. 맥주 파티나 열고, 근사한 차를 몰고, 근사한 파티에서 창문이나 깨뜨린다네."

"그럼 심심할 땐 뭘 하시죠?"

나는 짐짓 진지하고 괴로운 목소리로 물었다.

"그리저들을 덮치지!"

투비트가 외치더니, 재주넘기를 했다.

주차장을 향해 걸어가면서 우리의 흥분도 서서히 가라앉았다. 재킷을 입은 사람은 투비트뿐이었다. 주머니에 캔 맥주를 가득 채워 갖고 온 것이다. 패싸움 전이면 그는 항상 술에 취하곤 했다. 사실은 언제든 뭔가 생각을 해야 할 때면 항상 그랬지만. 나는 고개를 저었다. 나도 언젠가는 캔맥주에서 배짱을 얻어내야 하게 될까 봐 두려웠다. 전에 한 번 술을 마셔보려 한 적이 있었다. 어찌나 맛이 끔찍한지, 속이 뒤집히고 머리가 아팠다. 그 사실을 알았을 때 데리는 나를 2주일 동안 외출하지 못하게 했다. 하지만 그 후로 나는 절대 술을 마시지 않았다. 술이 사람을 어떻게 만드는지, 나는 자니의 집에서 너무 많이 보아왔다.

"이봐, 투비트."

나는 아까의 조사를 끝맺을 생각으로 물어보았다.

"넌 왜 싸움을 좋아하지?"

그는 이 녀석 정신 나갔나 하는 표정으로 나를 쳐다보았다.

"젠장, 다들 싸우잖아."

만약 다들 아칸소 강에 뛰어든다면, 투비트 이 자식도 그 뒤를 따를 것이 분명했다. 그때야 나는 알 것 같았다. 소다는 재미로 싸우고, 스티브는 증오 때문에, 데리는 자존심 때문에, 그리고 투비트는 유대감 때문에 싸운다. 나는 왜 싸우지? 생각해보았지만, 뭔가 그럴싸한 이유가 떠오르지 않았다. 싸움에 뭔가 그럴싸한 이유란 없는 법이다. 자기 방어만 빼고는.

"어이, 소다, 너하고 포니보이는……."

거리를 따라 걸어가면서 데리가 말했다.

"짭새가 뜨면 둘이서 얼른 튀는 거다. 우리는 기껏해야 유치장 신세나 지겠지만, 너희 둘은 소년원에 갈 수도 있어."

"이 동네에선 아무도 짭새를 부르지 않을걸."

스티브가 음울한 어조로 말했다.

"그러면 무슨 짓을 당하게 될지 잘 아니까."

"어쨌든 마찬가지야. 너희 둘은 말썽이 생길 것 같으면 무조건 튀어. 내 말 알아들었지?"

"형은 확실히 확성기는 필요 없겠어."

소다가 대꾸하고는, 데리의 뒤통수에 대고 혀를 내밀었다. 거칠게 생긴 불량배가 자기 형에게 혀를 쑥 내밀고 있는 모습만큼 우스운 것도 없을 것이다.

빈 주차장에 도착해보니 팀 셰퍼드와 그의 부하들이 이미 와서 우리를 기다리고 있었다. 교외 지구인 브럼리에서 온 패거리와 함께였다. 팀은 야위고 고양이같이 생긴 열여덟 살 깡패로, 영화나 잡지에 나오는 불량 청소년의 모습 그대로였다. 약간 곱슬거리는 까만 머리에 음침하고 까만 눈, 그리고 관자놀이에서 턱까지 기다란 흉터가 뻗어 있었다. 어느 떠돌이가 깨진 음료수 병으로 갈겨서 생긴 상처였다. 그는 사납고 냉혹한 표정을 짓고 있었으며, 그의 코는 두 번이나 깨져 비뚤어졌다. 댈리가 그렇듯 그의 미소도 음울하고 쓸쓸했다. 그는 깡패로 사는 걸 즐기는 부류의 녀석이었다. 그의 조직원들도 마찬가지였고, 브럼리 패거리들도 그랬다. 어린 불량배들은 자라서 나이 든 불량배가 되는 것이다. 이전에 나는 그런 생각을 해본 적이 없었지만, 생각해보면 분명히 그들은 자랄수록 나아지기는커녕 나빠지기만 할 뿐이었다. 나는 데리를 쳐다보았다. 형은 나이가 들면 깡패와는 거리가 먼 사람이 될 것이었다. 그는 뭔가 이루어낼 것이었다. 우리가 이렇게 살아가고 있지만, 그럴수록 뭔가 이루어내겠다는 형의 결심은 더욱 굳어질 뿐이었다. 바로 그 때문에 형은 우리보다 뛰어난 것이다 하고 나는 생각했다. 형은 뭔가 이루려고 노력하고 있어. 그리고 나 역시 형처럼 될 거야. 평생 동안 구질구질한 동네에서 살지는 않을 거야.

팀은 맹렬하고 허기진 듯한 인상이 마치 도둑고양이 같았다. (도둑고양이—그게 바로 녀석을 볼 때면 항상 연상되는 것이었다.) 게다가 항상 안절부절못하는 점도 비슷했다. 그의 부하들은 열다섯 살에서 열아홉 살까지 나이가 다양했지만, 모두 냉혹한 인상이었고 팀이 내건 엄격한 규칙에 길들여진 녀석들이었다. 그것이 팀의 패거리와 우리의 차이였다. 그쪽은 우두머리가 있고 조직되어 있었지만,

우리는 그저 함께 어울려 다니는 친구들일 뿐이었다. 우리 각자가 자신의 우두머리였다. 아마도 그 때문에 우리가 그들을 이길 수 있었던 것이리라.

팀과 브럼리 패의 우두머리는 앞으로 나와 우리 모두와 일일이 악수를 했다. 세 패거리가 이 싸움에서 모두 동등한 위치에 있다는 것을 입증하기 위해서였지만, 사실 저 두 조직에 있는 녀석들은 나로선 대체로 친구라고 하기 꺼림칙한 편이었다. 내게로 오자 팀은 나를 찬찬히 살펴보았다. 아마도 자기 동생하고 내가 오래 버티기 시합을 했던 일이 기억나는 모양이었다.

"너하고 그 조용한 검은 머리 꼬마가 소셜 놈을 죽인 거였지?"

"그래."

나는 자랑스러운 듯한 말투로 대답했다.

그러자 체리와 랜디가 생각나서 뱃속이 메스꺼워지는 것 같았다.

"잘했어, 꼬마야. 컬리는 항상 네가 좋은 녀석이라고 말했지. 그애는 지금 감화원에서 6개월 형을 살고 있어."

팀은 음침하게 웃어 보였다. 아마도 자신의 난폭하고 막무가내인 동생을 생각하고 있으리라.

"녀석 술집에서 강도질하다 붙잡힌 거야. 그 꼬맹

이……."

그러고서, 그는 환한 대낮에는 차마 입 밖에도 못 낼 그런 욕들을 컬리에게 퍼부어댔다. 팀에게는 그것이 애정 표현이었다.

나는 의기양양하게 주위를 둘러보았다. 내가 그곳에서 제일 나이가 어렸다. 만약 컬리가 있었다 해도, 그는 이제 열다섯이 되었기에 나보다는 더 나이가 많은 터였다. 데리 역시 이 사실을 알아차린 것이 분명했고, 한편으로는 자랑스럽지만 또 한편으로는 걱정스러워하고 있다는 걸 알 수 있었다. 젠장, 나는 생각했다. 이번에 진짜 잘 싸워서 다시는 형이 내 걱정 따윈 않게 해야지. 소다팝 말고도 생각을 할 줄 아는 동생이 있다는 걸 보여주겠어.

브럼리 패들 중 한 명이 내게 오라고 손짓했다. 대부분이 자기네 패거리끼리 모여 있는 분위기여서 별로 그리 가고 싶진 않았으나, 어쩔 수 없었다. 그는 내게 담배 한 개비를 빌리더니 불을 붙였다.

"너희하고 같이 있는 저 커다란 녀석, 너 잘 아냐?"

"그래야겠지. 내 형이니까"라고 나는 말했다.

사실 '그래'라고 말할 수가 없었다. 형이 나를 아는 만큼은 나도 형을 알지만, 그게 형의 전부는 아닐 테니까.

"정말이냐? 아무래도 이번 싸움에서는 저 녀석이 먼저

불꽃놀이를 시작해줘야 할 것 같다고 생각했는데. 쟤 쓸 만한 주먹꾼이냐?"

그는 싸움꾼을 말하고 있는 거였다. 이 브럼리 패들은 괴상한 말들을 많이 썼다. 신문을 읽을 수 있고, 자기 이름 말고도 글을 쓸 수 있는 녀석이 그들 중 반이나 될지 의심스러웠다. 그들의 말투를 들으면 그렇게 생각할 수밖에 없었다. 예를 들어, 싸움을 '쌈질'이라고 하는 녀석을 보고 어느 누가 제대로 교육받은 녀석이라 생각하겠는가.

"그래."

나는 대답했다.

"근데 왜 형이야?"

그는 어깨를 으쓱 했다.

"왜 다른 사람이어야 하지?"

나는 우리 패거리를 훑어보았다. 대부분의 그리저들은 사실 그다지 체격이 근사하지 못하다. 그들은 대체로 야위었고 말하자면 건들건들한 표범처럼 보였다. 그건 어느 정도는 잘 먹지 못하기 때문이었고, 어느 정도는 실제로 그들이 건들거리기 때문이었다. 하지만 데리는 그곳에 있는 누구든 이길 수 있을 것같이 보였다. 내 생각에는 거의 모두가 '무기 금지'라는 규칙 때문에 긴장해 있는 것 같았다. 브럼리 패거리에 대해서는 잘 모르지만, 셰퍼드네 조직은 손닿는 것이면 무엇이든 갖고 싸우는 데 익숙해져 있었다. 자전거 체인, 나이프, 음료수 병, 쇠파이프, 당구봉, 때로는 총까지도 말이다. 교육을 받긴 했지만 나 역시 비속어를 많이 쓰는 편이다. 우리 패거리는 절대 무기를 쓰지 않았다. 그렇게 거칠게 싸우지 않았기 때문이다. 우리가 쓰는 무기는 기껏해야 나이프뿐이었고, 제기랄, 그것도 그냥 폼 잡으려고 들고 다닐 때가 대부분이었다. 검은 손잡이가 달린 투비트의 나이프처럼 말이다. 우리 중 정말로 남을 해쳐본 사람도, 그러길 원한 사람도 없었다. 자니는 남을 해쳤지만, 그건 녀석이 원해서가 아니었다.

"어이, 커티스!"

팀이 외쳤다. 나는 놀라서 펄쩍 뛰었다.

"누구 말야?"

소다가 되받아 외치는 게 들렸다.

"큰 녀석 말야. 이리 좀 와봐."

브럼리에서 온 녀석이 날 쳐다보았다.

"내가 뭐랬냐?"

데리가 팀과 브럼리 패의 두목에게로 다가가는 것이 보였다. 그는 여기 있으면 안 돼, 나는 갑자기 생각했다. 나도 여기 있으면 안 되고 스티브도 여기 있으면 안 되고 소다도 여기 있으면 안 되고 투비트도 여기 있으면 안 돼. 우리는 그리저지만 깡패는 아냐. 여기 있는 미래의 범죄자들과 같은 부류는 아냐. 이러다가 그들과 똑같이 될지도 몰라 하고 생각했다. 그렇게 될지도 몰라. 그리고 그런 생각은 두통에 전혀 도움이 되지 않았다.

그러나 나는 소다와 스티브와 투비트에게로 가서 나란히 섰다. 소셜들이 오고 있었던 것이다. 정확한 시간이었다. 그들은 네 대의 차에 가득 타고 와서는, 조용히 차례차례 내려섰다. 세어 보니 스물두 명이었다. 우리는 모두 스무 명이었고, 그래서 나는 이 정도 차이라면 이길 수 있다고 생각했다. 어차피 데리는 항상 동시에 두 명과 붙어 싸우길 좋아하니까. 놈들은 모두 한 장의 천에서 잘라낸 것처럼 똑같아 보였다. 깨끗이 면도하고 약간 비틀즈풍의 머리 모양에, 줄무늬 혹은 체크무늬 셔츠, 밝은 빨강 혹은 황갈색 재킷 혹은 무명 스키 재킷 차림이었다. 패싸움이 아니라 영화 구경을 하러 간대도 충분히 통할 차림이었다. 그 때문에 사람들은 소셜 탓은 전혀 하지 않고 오히려 항상 우리를 습격하려 하는 것이다. 우리는 불량해 보이고 그들은 단정해 보인다. 하지만 그 반대일 수도 있었다. 내가 아는 깡패들 중 반 정도는 머릿기름을 처발랐다 해도 사실 착실한 사내들이었고, 들은 바로는 소셜들 중 상당수가 그야말로 비열한 냉혈한들이었다. 하지만 사람들은 외모로 판단하게 마련이다.

그들은 조용히 우리를 마주 보며 줄지어 섰고, 우리도 그들을 마주 보며 줄지어 섰다. 랜디를 찾아보았지만, 보이지 않았다. 나는 그가 오지 않기를 바랐다. 무명 셔츠를 입은 놈이 한 걸음 나섰다.

"규칙은 분명히 해두자. 맨주먹 이외에는 모두 금지. 먼저 달아나는 쪽이 진다. 그렇지?"

팀은 빈 맥주캔을 튀겨냈다.

"제대로 알아먹었구만."

불안한 침묵이 흘렀다. 누가 맨 처음 시작할 것인가? 데리가 문제를 해결했다. 그는 가로등이 그려낸 둥그런 불빛 안으로 걸어 나갔다. 한순간, 모든 것이 무슨 불량 소년이 나오는 영화의 한 장면처럼 비현실적으로 보였다. 그때 데리가 말했다.

"누구든 상대하겠다."

그렇게 서 있는 데리의 모습은, 크고 어깨가 떡 벌어졌으며 티셔츠 밑으로 탄탄한 근육이 불거져 보였고 눈은 얼음처럼 차갑게 빛났다. 잠시 동안, 그와 맞붙을 정도로 용감한 녀석은 아무도 없는 것 같았다. 그때 무표정한 소셜들의 무리 사이에서 가벼운 동요가 일더니, 억센 금발 사내 하나가 앞으로 나섰다. 그는 데리를 보고 덤덤하게 말했다.

"안녕, 데럴."

데리의 눈은 순간 불꽃을 일으켰지만, 금세 다시 얼음처럼 변했다.

"안녕, 폴."

소다가 이상한 비명 소리를 내는 것이 들렸고, 그러자 나는 그가 폴 홀든이라는 걸 알아차렸다. 그는 고교 시절 데리의 럭비 팀에서 최고의 하프백이었고, 데리와 항상 친하게 어울려 다니곤 했다. 지금은 분명 대학 1학년일 거야 하고 나는 생각했다. 그는 나로서는 읽어내기가 퍽 어려운, 하지만 확실히 기분 나쁜 눈빛으로 데리를 바라보고 있었다. 경멸? 동정? 증오? 그 셋 모두? 어째서? 데리는 우리 그리저 모두의 대표로 거기 서 있는 것이고, 그리저에게 폴이 느끼는 감정은 경멸과 동정과 증오뿐이기 때문에? 데리는 근육 하나 움직이지 않았고 표정도 바뀌지 않았지만, 그가 지금 폴을 증오하는 것은 분명했다. 단순히 질투 때문은 아니었다. 데리는 질투할 권리가 있었다. 그는 우리 편에 있는 것을, 브럼리 패거리와 셰퍼드의 조직과 함께 있다는 것을 창피해하고 있었다. 아마 우리와 함께 있는 것도. 아무도 그 사실을 알지 못했지만 나와 소다만은 눈치 챘다. 아무에게도 상관없는 일이었지만 나와 소다에게는 그렇지 않았다.

바보 같아 하고 나는 얼른 생각을 돌렸다. 두 사람 다 여기 싸우러 온 거면서 그렇지 않은 척 체면 차리고 있어. 양쪽이 서로 다른 게 뭐 있다고?

그때 폴이 말했다.

"내가 널 상대하지."

그러자 미소 비슷한 것이 데리의 얼굴을 스쳐갔다. 데리가 폴 정도야 언제든 이길 수 있다고 생각했다는 걸 나는 알고 있었다. 하지만 그건 2, 3년 전의 일이었다. 이제 폴이 더 세졌으면 어떡하나? 나는 긴장해 침을 삼켰다. 형들은 둘 다 한 번도 싸움에서 진 적이 없었으며, 나로서는 어느 쪽이 그 기록을 깨주었으면 하는 바람은 전혀 없었다.

그들은 불빛 아래서 원을 그리며 반시계 방향으로 빙 돌았다. 서로를 노려보고 서로를 평가하면서. 아마도 서로의 지난 잘못들을 떠올리고 상대가 아직 그걸 기억할지 궁금해하면서. 뒤에 서서 기다리고 있는 우리의 긴장감은 점점 높아져 갔다. 잭 런던의 책들이 떠올랐다. 둘 중 하나가 싸우다가 지쳐 쓰러질 때까지 조용히 기다리는 늑대 무리가 나오는 책 말이다. 하지만 이 경우는 달랐다. 둘 중 누군가가 주먹을 휘두르는 순간, 패싸움이 시작될 것이었다.

침묵은 점점 무거워졌고, 내 주위의 소년들이 거칠게 숨을 몰아쉬는 소리가 들려왔다. 여전히 데리와 소셜은 천천히 원을 그리며 걷고 있었다. 그들 사이의 증오가 나에게까지도 느껴졌다. 두 사람은 단짝이었지 하고 나는 생각했다. 친구였다고. 그런데 이젠 서로를 미워해. 한 사람은 일을 해야 먹고 살 수 있는데 한 사람은 웨스트사이드의 부유층이기 때문이지. 두 사람은 서로 미워해선 안 돼……. 나는 더 이상 소셜을 미워하지 않아……. 그들은 미워해선 안 돼…….

"손들어!"

귀에 익은 목소리가 높이 울렸다.

"꼼짝 마!"

누군지 보려고 데리가 돌아섰고, 그러자 폴이 주먹을 휘둘렀다. 턱을 정통으로 갈기는 라이트훅이었지만, 다른 사람은 몰라도 데리를 쓰러뜨리기엔 모자랐다. 싸움이 시작되었다. 댈러스 윈스턴이 우리를 도우러 달려왔다.

체격이 비슷한 소셜이 안 보여서, 나는 그나마 작은 놈을 찾아서 덤벼들었다. 댈러스는 바로 내 뒤에서, 벌써 누군가를 깔아뭉개고 있었다.

"너 병원에 있는 줄 알았는데."

소셜에게 맞아 땅에 쓰러진 나는 걷어차이지 않으려고

옆으로 구르면서 외쳤다.

"그랬지."

댈리는 왼쪽 팔 상태가 여전히 좋지 않아 고전하고 있었다.

"지금은 아니지만."

"어떻게?"

내가 간신히 물었을 때, 맞붙어 싸우던 소셜이 내 몸 위로 뛰어오르는 통에 우리는 함께 뒤엉켜 댈리 쪽으로 굴러갔다.

"간호사에게 투비트의 나이프를 들이대면서 잘 얘기했지. 내가 빠진 패싸움은 패싸움도 아니라는 거 모르냐?"

나는 대답을 할 수가 없었다. 생각했던 것보다 무거운 그 소셜이 나를 움직이지 못하게 누르고선 정신 나갈 만큼 패고 있었기 때문이다. 놈이 내 이 몇 개를 빼놓든지 코를 부러뜨리든지 할 거라고 비몽사몽 간에 생각하며, 내가 졌다고 느꼈다. 하지만 데리가 계속 나를 주시하고 있었다. 그는 나를 누르고 있던 소셜의 어깨를 붙잡고 몸을 들어올리다시피 하여 쇠망치 같은 일격으로 1미터 가까이 날려버렸다. 나는 한쪽 팔밖에 쓰지 못하는 댈리를 도와주는 게 공정하다고 판단했다.

다들 때리고 맞느라 정신없었지만, 댈러스가 가장 혼쭐

이 나고 있었다. 그래서 나는 그의 상대편 소셜의 등에 올라타고는 머리칼을 잡아당기며 마구 두들겨 팼다. 그는 뒤로 손을 뻗어 내 멱살을 잡더니 머리 위로 던져 땅에 내리꽂았다. 한 번에 둘을 상대하고 있던 팀 셰퍼드가 실수로 내 몸을 밟는 바람에, 나는 숨이 멎는 줄 알았다. 숨을 돌리자마자 일어난 나는 다시 그 소셜의 등 위를 덮쳐 목을 조르려고 애썼다. 놈이 내 손가락을 풀어내려 하는 사이 댈러스가 녀석을 뒤에서 치는 바람에, 세 명 모두가 쓰러져 땅에 구르며 헐떡이고 욕하고 주먹을 휘둘러댔다.

누군가가 내 갈비뼈를 세게 차서, 나도 모르게 비명을 지르고 말았다. 어떤 소셜이 우리 편 하나를 때려눕히고 나서는 나를 있는 힘껏 걷어차고 있었다. 하지만 나는 양쪽 팔로 다른 소셜의 목을 꼭 붙들고 죽어도 놔주지 않았다. 댈리가 놈을 두들겨 패고 있었다. 나는 필사적으로 놈을 붙잡고 늘어졌다. 나를 걷어차는 소셜의 발길이 지독하게 아팠던 것이다. 마침내 그가 내 머리에 끔찍하게 센 일격을 가하자 아찔해졌고, 힘없이 쓰러진 채 마음을 가라앉히고 기절하지 않으려고 애썼다. 주변의 소란이 들려왔지만, 웅웅거리는 귓속의 울림 때문에 아주 희미할 뿐이었다. 등에는 수없이 멍이 들고 얼굴이 쿡쿡 쑤셔왔지만, 고통과 단절된 느낌이었다. 고통스러운 건 나 자신이 아닌

것만 같았다.

"놈들이 달아난다!"

신나게 외치는 목소리가 들려왔다.

"저 ×새끼들 뺑소니치는 것 좀 봐!"

투비트의 목소리인 듯 들렸지만 분명치는 않았다. 일어나 앉으려 애쓰면서, 나는 소셜들이 차에 올라타 달아나는 것을 보았다. 팀 셰퍼드는 자기 코가 또 부러졌다고 서슬 시퍼렇게 욕을 퍼부어댔고, 브럼리 패의 우두머리는 규칙을 어기고 싸움 중에 쇠파이프를 쓴 자기 부하 하나를 손봐주고 있었다. 스티브는 내게서 3미터쯤 떨어진 곳에서 몸을 구부리고 누워서 신음하고 있었다. 나중에 알고 보니 갈비뼈가 세 대나 부러졌다. 소다팝은 스티브 곁에서 나직하고 차분한 목소리로 말을 걸었다. 투비트를 본 나는 깜짝 놀라 눈을 씻고 다시 볼 뻔했다. 그의 얼굴 한쪽에서 피가 줄줄 흘러내렸고, 한쪽 손에는 상처가 크게 벌어져 있었다. 하지만 그는 행복하게 웃고 있었다. 소셜들이 달아났기 때문에.

"우리가 이겼다."

데리가 지친 목소리로 선언했다. 한쪽 눈엔 멍이 들었고 이마에도 상처가 있었다.

"우리는 소셜을 이겼다."

댈리는 한동안 내 곁에 가만히 서서, 우리가 정말로 소셜을 이겼다는 사실을 스스로 납득하려 하고 있었다. 갑자기, 그는 내 셔츠를 움켜쥐고 나를 일으켜 세웠다.

"가자!"

녀석은 나를 거리로 질질 끌고 가다시피 했다.

"우린 자니를 보러 가는 거야."

나는 달리려 했지만 자꾸 비틀거렸고, 그럴 때면 댈리는 초조하게 나를 떠밀었다.

"서둘러! 내가 나올 때 녀석은 점점 나빠지고 있었어. 녀석이 널 보고 싶어해."

한참 두들겨 맞고, 아픈 팔을 몇 번 더 다치고 난 후인데도 댈러스가 어찌나 빠르게 열심히 달리는지 신기했다. 하지만 나는 그를 따라잡기 위해 최선을 다했다. 그날 밤 달렸던 것에 비하면 육상 경기는 아무것도 아니었다. 나는 여전히 어지러웠고, 지금 어디로 왜 가고 있는지는 그저 어렴풋하게 떠오를 뿐이었다.

나와 댈리는 그가 우리 집 앞에 세워둔 벅 메릴의 T버드에 얼른 올라탔다. 댈리가 차를 몰아 거리를 달려가는 동안 나는 꼿꼿이 앉아 있었다. 10번가에 왔을 때 뒤에서 사이렌 소리가 들렸고, 빨간 불이 깜박깜박 바람막이 유리에 비치는 것이 보였다.

"아픈 척해."

댈리가 명령했다.

"널 병원에 데려가는 중이라고 할게. 그것도 사실이긴 하잖아."

나는 차가운 창유리에 기대어 아픈 척을 했다. 지금의 기분대로라면 그리 어려운 일도 아니었다.

경찰은 지긋지긋하다는 표정이었다.

"그래, 친구. 불난 곳은 어디신가?"

"이 꼬마가……."

댈리는 엄지로 나를 슬쩍 가리켰다.

"오토바이에서 떨어져서 지금 병원에 데려가는 중이에요."

나는 완전히 엄살만은 아닌 신음 소리를 냈다. 이렇게 베이고 멍이 들었으니 상태가 꽤나 심각해 보일 것이었다.

짭새의 어조가 바뀌었다.

"저애 많이 다친 거냐? 호위해줄까?"

"쟤가 많이 다쳤는지 아닌지 제가 어떻게 알겠어요? 전 의사가 아니라고요. 네, 호위해주시면 좋겠네요."

경찰이 자기 차로 돌아가자마자 댈리는 나직이 내뱉었다.

"멍청이!"

앞쪽에서 울려대는 사이렌 덕에, 우리는 기록적인 빠르기로 병원에 도착했다. 가는 동안 내내 댈리는 뭐라 뭐라 계속 지껄여댔지만, 나는 너무 어지러워서 거의 알아듣지 못했다.

"내가 미쳤지. 그거 알아 꼬마야? 자니가 말썽에 휘말리지 않게 하려고 했다니, 녀석이 거칠어지지 않게 하려고 했다니 미쳤지. 녀석이 나 같았다면 이런 지랄을 겪지 않아도 됐겠지. 녀석이 나처럼 빤지르르했다면 그 교회에 뛰어들지도 않았을 거라고. 남들을 도와주거나 하면 이렇게 되는 거야. 신문에 기사나 나고 말썽만 쏟아지는 거지······. 교활해져야 해, 포니······ 나처럼 거칠어지면 다칠 일도 없어. 너 스스로 경계하고 있으면 아무도 네게 손대지 못한다고······."

녀석은 그러고 나서도 이런저런 말을 했지만, 나는 전혀 이해할 수 없었다. 바보스럽게도 나는, 저렇게 자꾸 궁시렁거리다니 댈리가 미쳤나 보다 하고 생각했다. 댈러스는 예전엔 한 번도 저런 식으로 말하지 않았으니까. 하지만 지금 생각해보건대, 그때 아프지만 않았다면 녀석을 이해할 수 있었으리라.

경찰은 우리를 병원에 데려다주고서, 댈리가 나를 부축하여 차에서 내리는 척하는 동안 가버렸다. 그가 사라진

순간, 댈리가 어찌나 빨리 팔을 놓아버렸는지 쓰러질 뻔했다.

"빨리!"

우리는 뛰어 대기실을 가로지르고 사람들 사이를 지나 엘리베이터에 올라탔다. 여러 사람들이 우리에게 소리쳤는데, 아마도 우리 꼴이 엉망이었기 때문이었을 것이다. 하지만 댈리는 자니 말고는 아무것도 머릿속에 없었고, 나는 정신이 없어서 댈리를 따라가야만 한다는 것 외에는 아무 생각도 할 수 없었다. 마침내 자니가 있는 방에 이르렀을 때 의사가 우리를 막았다.

"미안하지만, 얘들아, 너희 친구가 위독하단다."

"우린 녀석을 봐야 해요."

댈리는 말하면서 투비트의 나이프를 펴 들었다. 그의 목소리가 떨리고 있었다.

"우린 녀석을 만나야 하니까 방해하거나 하면 바로 당신 수술대 위에서 인생 마감할 줄 알라고요."

의사는 눈 한 번 깜짝하지 않았다.

"그애를 만나도 좋다. 하지만 너희가 그애의 친구라서지, 그 칼 때문에 그런 건 아니야."

댈리는 잠시 그를 바라보다가, 나이프를 도로 주머니에 집어넣었다. 우리는 나란히 자니가 있는 방으로 들어갔고,

한동안 가만히 서서 침을 삼키며 가쁜 숨결을 가라앉혔다. 너무나 조용했다. 무서울 정도로 조용했다. 자니를 보았다. 그가 어찌나 조용한지, 순간 떠오른 생각이 나를 괴롭게 했다. 녀석은 이미 죽었어. 너무 늦은 거야.

댈리는 꿀꺽 침을 삼키고는, 윗입술까지 흘러내린 땀을 닦아내었다.

"자니케이크?"

그가 쉰 목소리로 불렀다.

"자니?"

자니가 살짝 몸을 뒤척이더니 눈을 떴다.

"어이."

그는 간신히 입을 열었다.

"우리가 이겼어."

댈리는 숨을 헐떡였다.

"우리가 소셜을 이겼어. 놈들을 밟아주었다고. 우리 구역에서 쫓아냈단 말이야."

자니는 웃어 보이려 하지도 않았다.

"소용없어……. 싸움은 쓸모없는 짓이야……."

그는 끔찍할 만큼 창백했다.

댈리는 초조하게 입술을 핥았다.

"사람들은 여전히 너에 대해 신문 기사를 써대고 있어.

영웅이라느니 뭐 그런 거 있잖아."

그는 너무 빨리 또 너무 기운 없이 말하고 있었다.

"그래, 이젠 너를 영웅이라고 부를 뿐만 아니라 그리저들 전부를 영웅시하고 있다고. 우리 모두 널 자랑스러워하고 있어, 친구."

자니의 눈이 반짝거렸다. 댈리가 그를 자랑스러워하는 것이다. 그것만이 자니가 진정 듣고 싶어했던 말이었다.

"포니보이."

그의 목소리는 들릴락 말락했다. 나는 가까이 가서 몸을 구부리고 그의 말을 들어보려 했다.

"계속 빛나렴, 포니보이, 계속 빛나야 해……."

베개가 약간 꺼져드는가 싶더니, 자니는 죽었다.

책을 읽다 보면 사람들은 죽었을 때 평화롭게 잠든 것 같이 보인다고 하지만, 사실은 그렇지 않다. 자니는 그저 죽은 사람같이 보였다. 불이 꺼져버린 초처럼, 그렇게 분명하게. 뭔가 말하려 했지만, 아무 소리도 낼 수가 없었다.

댈리는 침을 삼키고는 손을 뻗어 자니의 머리카락을 뒤로 넘겼다.

"아직 머리도 다시 기르지 못했잖아……. 남들을 도와주거나 하면 이렇게 되는 거야, 이 멍청이 꼬마야. 이렇게 되는 거라고……."

그는 갑자기 돌아서며 벽을 쾅 두드렸다. 그의 표정은 괴로움에 일그러졌고, 땀이 얼굴을 따라 흘러내리고 있었다.

"염병할, 자니……."

그는 애원하며 한쪽 주먹으로 벽을 쳐댔다. 마치 그러면 자신의 뜻이 이루어지기라도 한다는 듯, 자꾸만 벽을 두들겨댔다.

"아, 빌어먹을, 자니, 죽지 마. 제발 죽지 마……."

갑자기 그는 문을 열고 아래층으로 뛰쳐나가버렸다.

또 한 사람의 죽음

나는 멍하니 복도를 따라 걸어갔다. 댈리가 차를 타고 가버려서, 집까지 먼 길을 걷기 시작했다. 무감각하게. 자니는 죽었다. 아냐, 그렇지 않아. 병원에 있던 그 말 없는 시체는 자니가 아니야. 자니는 어딘가 다른 곳에 있어. 어쩌면 주차장에서 잠자고 있는지도, 볼링장에서 핀볼 게임을 하고 있는지도, 아니 윈드릭스빌의 교회 뒷계단에 앉아 있는지도 몰라. 집에 닿으면 주차장까지 걸어가봐야지. 그럼 자니가 보도에 앉아 담배를 피우고 있을 거고, 우리는 벌렁 드러누워 별들을 바라볼 수도 있겠지. 녀석은 죽지 않았어. 나는 스스로에게 계속 말했다. 녀석은 죽지 않았어. 이번에도 나의 상상력은 먹혀들어갔다. 나는 정말로 자니가 죽지 않았다고 믿어버렸던 것이다.

오랜 시간을 계속 돌아다녔던 것 같다. 가끔씩은 아예 차도로 나와서, 경적이 울려대고 욕설이 쏟아지기도 했다.

한 남자가 자기 차에 탈 생각 있냐고 묻지 않았더라면 나는 밤새 싸돌아다녔을지도 모른다.

"에? 아, 네. 그래도 되겠죠."

나는 이렇게 말하고 차에 탔다. 이십대 중반쯤 되어 보이는 남자는 나를 쳐다보았다.

"괜찮은 거니, 꼬마야? 싸우기라도 했던 것 같구나."

"그랬죠. 패싸움이었어요. 괜찮아요."

자니는 죽지 않았어. 나는 스스로에게 말했고, 그 말을 믿었다.

"이런 말은 하기 싫지만, 너."

그 남자가 담담하게 말했다.

"내 차 의자에 온통 피를 묻히고 있구나."

나는 눈을 껌벅였다.

"내가요?"

"네 머리를 봐."

나는 손을 뻗어 아까부터 계속 근질거렸던 머리통 옆을 긁었다. 그러고 나서 보니 내 손은 온통 피범벅이 되어 있었다.

"이런, 아저씨, 죄송해요."

나는 어쩔 줄 몰라하며 말했다.

"걱정 마라. 이 고물차는 더한 일도 겪어왔으니까. 집

주소가 어떻게 되니? 나는 다친 녀석을 이 밤중에 길거리에다 던져놓고 갈 수 없단다."

나는 주소를 말했다. 그의 차가 우리 집에 도착하자, 나는 차에서 내렸다.

"고맙습니다."

나와 댈리를 제외한 우리 패거리는 거실에 모여 있었다. 스티브는 셔츠 단추를 풀어놓고 옆구리에 붕대를 감은 채 소파에 몸을 쭉 뻗고 있었다. 그는 눈을 감은 채였지만, 내 뒤로 문이 닫히는 소리에 다시 떴다. 순간 나는 내 눈도 그의 눈처럼 불안하고 당황스러워 보일까 하고 생각했다. 소다는 입술이 길게 찢어졌고 뺨에도 멍이 들어 있었다. 데리의 이마에는 반창고가 붙어 있고, 눈가는 맞아서 시커맸다. 투비트의 얼굴 한쪽은 반창고로 뒤덮여 있었다. 나중에 알고 보니 뺨을 네 바늘, 그리고 소셜의 머리통을 주먹으로 쳤다가 손가락마디가 찢어져서 손도 일곱 바늘 꿰맨 것이었다. 녀석들은 빈둥거리며 신문을 읽거나 담배를 피우고 있었다.

파티는 어떻게 됐지? 나는 멍청히 생각했다. 소다와 스티브가 패싸움이 끝나면 파티를 열겠다고 하지 않았나? 내가 들어서자 모두 고개를 들었다. 데리가 벌떡 일어섰다.

"어디 있었던 거냐?"

아, 제발 또 시작하진 말아 하고 난 생각했다. 데리는 갑자기 멈춰 섰다.

"포니보이, 무슨 일이야?"

나는 그들 전부를 둘러보았다. 왠지 겁이 났다.

"자니⋯⋯ 그 녀석이 죽었어."

내 목소리가 나 자신에게도 이상하게 들렸다. 하지만 녀석은 죽지 않았어, 내 머릿속의 목소리가 말했다.

"우리는 녀석에게 소설들을 이겼다고 얘기했는데⋯⋯. 모르겠어, 녀석이 그냥 죽어버렸어."

녀석은 내게 계속 빛나야 한다고 말했지, 나는 떠올렸다. 무슨 얘길 하고 싶었던 걸까?

찬물을 끼얹은 듯한 침묵이 흘렀다. 우리 중 누구도 자니가 그렇게 심각한 상태라고는 생각하지 못했던 것이다. 소다는 괴상한 소리를 내더니, 울음을 터뜨릴 듯한 표정이 되었다. 투비트는 눈을 감고 이를 악물었으며, 그러자 난 갑자기 댈리가 생각났다. 벽을 두들겨대던 댈리의 모습이⋯⋯.

"댈러스는 사라졌어."

나는 말했다.

"귀신에게 쫓기기라도 한 것처럼 뛰쳐나갔어. 녀석은

폭주하겠지. 이 사실을 받아들일 수가 없었던 거야."

그런데 난 어떻게 받아들일 수 있지? 의아해졌다. 댈리는 나보다 더 강해. 왜 난 이 상황을 받아들일 수 있고 댈리는 안 그런 거지? 그때서야 나는 깨달았다. 자니는 댈리가 유일하게 사랑한 존재였다. 그런데 이제 자니가 죽었다.

"그럼 녀석 완전히 맛이 간 거로군."

투비트가 모두가 생각하고 있는 것을 입 밖에 냈다.

"그러니까, 댈리에게도 약점이 있었던 거지."

내 몸이 떨리기 시작했다. 데리가 소다에게 나직한 소리로 뭔가 속삭였다.

"포니보이."

소다가 상처 입은 동물에게 말을 걸 듯 부드럽게 말했다.

"아파 보여. 앉으렴."

나는 그야말로 겁먹은 동물처럼 뒷걸음치며 고개를 저었다.

"괜찮아."

몸이 아팠다. 어찌나 아픈지 언제라도 고개를 푹 떨구며 고꾸라질 것만 같았지만, 나는 고개를 저었다.

"앉고 싶지 않아."

데리가 한 걸음 다가섰지만, 나는 물러섰다. "나한테 손대지 마" 하고 말하면서. 심장이 느리고 둔중하게 뛰고, 관자놀이가 쿵쿵 울려댔으며, 모두 그 소리를 듣고 있는 게 아닐까 하는 생각이 들었다. 그래서 녀석들이 전부 나를 쳐다보고 있는 건지도 몰라. 녀석들에게도 내 심장 뛰는 소리가 들리는 거야······.

그때 전화벨이 울렸고, 한순간 망설이던 데리가 돌아서서 전화를 받았다. 그는 "여보세요"라고 하고서 상대의 말을 듣고 있더니, 금방 끊었다.

"댈리야. 공중 전화로 건 거야. 금방 식료품점을 털었는데 경찰에게 쫓기고 있대. 여기 숨겨줘야 해. 곧 주차장에 도착할 거야."

우리 모두, 스티브까지도 순식간에 집에서 뛰어나왔다. 내 머릿속에 어렴풋이 왜 이번엔 아무도 재주넘기 따윈 안 하는 걸까 하는 생각이 스쳤다. 모든 것이 뚜렷해졌다가 다시 흐릿하게 사라져갔고, 내가 똑바로 달리지 못하고 휘청대는 것이 너무도 우습게 느껴졌다.

빈 주차장에 닿았을 때, 댈리가 우리와 반대 방향에서 숨이 턱에 닿도록 달려왔다. 사이렌의 비명 소리가 점점 커지더니 경찰차가 주차장 건너편 길에 와 섰다. 문을 밀어젖히며 경찰관들이 뛰어내렸다. 댈리는 가로등 밑 불빛의 원 속으로 들어서자 미끄러지듯 멈춰 서더니, 돌아서서 허리띠에서 뭔가 검은 물건을 끄집어냈다. 나는 그의 목소리를 떠올렸다―나는 권총을 갖고 다니기 시작했어. 총알은 안 들었어. 하지만 겁주는 데엔 상당히 쓸 만해.

댈리가 자니와 내게 그렇게 말한 것이 바로 어제의 일이었다. 하지만 어제는 이미 몇십 년이 지난 것 같았다. 그 사이 하나의 인생이 사라졌던 것이다.

댈리가 총을 들어 올리는 걸 보며, 나는 생각했다. 이 바보 멍청아, 저들은 네가 뻥을 치고 있다는 걸 모른단 말야. 그러나 경찰들의 총이 어둠 속에서 불을 뿜어댔을 때, 나는 바로 그렇게 되는 게 댈리가 원한 것임을 알았다. 총알을 맞은 그는 휘청거리며 뒤로 밀려나더니, 음울한 승리의 표정을 지으며 천천히 털썩 고꾸라졌다. 그는 땅에 쓰러지기 전에 이미 죽어 있었다. 하지만 나는 그가 그렇게 되길 원했다는 걸 알았다. 주차장에 탕탕 총소리가 울려 퍼졌을 때도, 마음속으로 간절히―제발, 녀석은 안 돼. 녀석과 자니 둘 다 한꺼번엔 안 돼……―빌면서조차도, 나는 그가 죽으리라는 걸 알고 있었다. 댈리 윈스턴은 죽기를 원했으며, 그는 항상 자기가 원하는 바를 얻어냈기 때문이었다.

아무도 댈리를 찬양하는 기사를 쓰지는 않으리라. 그날 밤 내 친구 두 사람이 죽었다. 한 명은 영웅으로서, 또 한 명은 불량배로서. 하지만 나는 불타는 교회의 창문에서 자니를 끄집어내던 댈리를, 감옥에 갈 수 있다는 걸 알면서도 우리에게 총을 주었던 댈리를 기억했다. 우리를 위해 목숨을 걸었던, 자니가 말썽에 휘말리지 않게 도우려 했던 댈리를. 그런데 이제 그는 죽은 불량 청소년일 뿐, 그를 추모하는 기사는 어디에도 실리지 않을 것이다. 댈리의 죽음은 영웅적이지 않았다. 그는 난폭하게, 무모하게, 절망적으로 죽어갔다. 우리가 항상 그러리라고 생각했던 것처럼. 팀 셰퍼드와 컬리 셰퍼드와 브럼리 패거리와 그 밖에 우리가 아는 다른 녀석들도 언젠가 그렇게 죽어가리라. 하지만 자니가 옳았다. 댈리는 당당하게 죽었다.

스티브는 흐느끼며 비틀비틀 뛰쳐나갔지만, 소다가 그의 어깨를 붙잡았다.

"진정해, 친구, 진정하라고."

그의 부드러운 목소리가 들렸다.

"이제 우린 아무것도 해줄 수 없어."

우리는 아무것도 해줄 수 없어······. 댈리나 자니나 팀 셰퍼드, 아니 우리 중 누구에게든······. 뱃속이 격렬하게 뒤틀리더니 차가운 얼음덩이로 변하는 것 같았다. 주위의 모든 것이 빙글빙글 돌았으며, 흐릿한 얼굴들과 지나간 일들이 주차장을 온통 뒤덮은 붉은 안개 속에서 춤추고 있었다. 그것들이 휘저어지며 섞여 얼룩덜룩한 하나의 덩어리를 이루는가 싶더니, 내 몸이 선 채로 휘청거렸다. 누군가가 외쳤다.

"이런, 저 꼬마 좀 봐!"

그러고는 땅바닥이 성큼 밀려와 눈 깜짝할 사이에 나를 덮쳤다.

깨어났을 때는 이미 환해져 있었다. 너무 고요했다. 무서울 정도로 고요했다. 내 말은, 우리 집이 조용한 것은 정상적인 일이 아니라는 것이다. 평소에는 라디오가 볼륨 만빵으로 켜져 있고 TV도 틀어져 있으며 사람들이 맞붙어 싸우거나 램프를 넘어뜨리거나 커피 테이블에 걸려 넘어지거나 서로 소리치곤 했던 것이다. 뭔가 잘못되었는데, 그게 무엇인지 알 수가 없었다. 무슨 일이 일어났는데……. 어떤 일이었는지 기억할 수가 없었다. 나는 당황해서 눈을 깜박거리며 소다를 쳐다보았다. 그는 침대 모서리에 앉아 나를 지켜보고 있었다.

"소다……."

내 목소리는 가냘팠고 쉬어 있었다.

"누가 아픈 거야?"

"응."

그의 목소리는 이상할 만큼 차분했다.

"이제 다시 자도록 해."

어떤 생각이 서서히 내 머릿속에 떠올라왔다.

"아픈 게 나야?"

그는 내 머리를 쓰다듬었다.

"응, 네가 아픈 거야. 그러니 조용히 해."

묻고 싶은 게 하나 더 있었다. 나는 여전히 머리가 혼란스러웠다.

"데리는 내가 아파서 슬퍼해?"

이상하게도 내가 아프기 때문에 데리가 슬퍼하고 있을 것 같았다. 모든 것이 흐릿하고 모호하게 느껴졌다.

소다는 야릇한 표정으로 날 바라보았다. 그러고는 잠시 말이 없었다.

"그래. 형은 네가 아파서 슬퍼하고 있어. 이젠 제발 입 다물어. 알겠지, 아가야? 다시 자는 거야."

나는 눈을 감았다. 나는 정말로 피곤했다.

다음번에 깨었을 때는 한낮이었고, 몸 위에 덮여 있는 담요 때문에 더울 지경이었다. 목도 마르고 배도 고팠지만, 뱃속이 너무 불편해서 아무것도 삼킬 수 없을 것 같았다. 데리는 침실에 안락의자를 끌어다놓고 앉아서 잠들어 있었다. 형은 직장에 가야 하는데, 나는 생각했다. 왜 안락의자에서 자고 있는 거지?

"데리."

나는 살짝 그의 무릎을 흔들며 말했다.

"데리 형, 일어나."

그가 눈을 떴다.

"포니보이, 괜찮니?"

"응."

나는 대답했다.

"그런 거 같아."

무슨 일이 일어났다……. 하지만 여전히 어떻게 된 건지 기억이 나지 않았다. 그래도 지난번에 깼을 때보다는 훨씬 머리가 맑아진 것 같았다.

그는 안도의 한숨을 쉬고는 내 머리칼을 뒤로 넘겨주었다.

"어휴, 꼬마야, 너 때문에 우린 놀라서 죽을 뻔했어."

"무슨 일이 있었는데?"

그는 고개를 저었다.

"넌 패싸움할 상태가 아니라고 그랬잖니. 탈진에 쇼크

에 가벼운 뇌진탕까지—투비트가 와서는 싸우기 전 네 몸에 열이 펄펄 끓었다느니 지금 네가 아픈 건 다 자기 탓이라느니 늘어놓더구나. 녀석은 어젯밤 완전히 망가졌어."

데리는 말하고는 잠시 입을 다물었다.

"우리 모두 그랬지."

그제서야 나는 기억이 났다. 댈러스와 자니가 죽었다. 생각하지 마 하고 나는 중얼거렸다. 자니와 네가 얼마나 친했는지도, 녀석이 죽고 싶지 않다고 했던 것도 기억하지 마. 병원에서 울음을 터뜨리던, 가로등 아래 고꾸라지던 댈리의 모습도 기억하지 마. 자니는 이제 괜찮아지는 중이라고 생각해. 댈리는 어차피 조만간 그렇게 끝낼 거였다고 생각해. 아니 그것보다, 아예 생각을 말아. 마음을 텅 비워 버려. 기억하지 마. 기억하지 마.

"어쩌다가 내가 뇌진탕을?"

나는 물었다. 머리가 근질거렸지만, 붕대 때문에 긁을 수가 없었다.

"내가 얼마나 잠들어 있었던 거지?"

"넌 발에 머리를 채여서 뇌진탕을 일으킨 거야. 소다가 너 당하는 걸 봤어. 그러고는 그 소셜을 완전히 깔아뭉개 버렸지. 녀석이 그렇게 화내는 모습은 처음 봤어. 그런 기세라면 누구든 때려눕힐 수 있었을 거야. 오늘은 화요일이고, 넌 토요일 밤부터 계속 잠든 채 착란 상태였어. 기억 안 나니?"

"응."

나는 느릿느릿 대답했다.

"데리, 나는 절대 빼먹은 학교 수업을 따라잡지 못할 거야. 게다가 밥을 죽인 것에 대해 법정에 가서 또 경찰에 가서 얘기해야 해. 그리고 또…… 댈리한테는……."

나는 숨을 크게 들이켰다.

"데리, 형은 우리가 갈라지게 될 거라고 생각해? 날 소년원이나 그런 데 넣을 거 같아?"

그는 조용히 있었다.

"모르겠다, 아가야. 정말 모르겠어."

나는 천장을 바라보았다. 어떤 기분일까, 다른 천장을 보며 잠에서 깨는 것은? 다른 침대에서, 다른 방에서 깨어나는 것은? 목구멍에 뭔가 묵직하고 불쾌한 덩어리가 느껴졌는데, 삼킬 수가 없었다.

"병원에 있었던 것도 전혀 기억 안 나?"

데리가 물었다. 그는 화제를 돌리려 애쓰고 있었다.

나는 고개를 저었다.

"기억 안 나."

"넌 계속 나하고 소다를 불렀어. 가끔은 엄마와 아빠도 불렀고. 하지만 대체로 소다였지."

그의 목소리가 어쩐지 이상하게 느껴져 그를 쳐다보았다. 대체로 소다였다고. 내가 데리를 부르긴 한 걸까, 아니면 그냥 별 뜻 없이 저렇게 말하는 걸까?

"데리……"

무슨 말을 하고 싶은 건지는 나도 잘 몰랐다. 하지만 아마도 내가 착란 상태에서 그를 찾지 않았을 것 같아서, 소다팝에게만 함께 있어달라고 했을 것 같아서 불안했다. 아픈 동안 나는 무슨 말들을 했던 거지? 기억나지 않았다. 기억하고 싶지도 않았다.

"자니가 네게 녀석의 《바람과 함께 사라지다》를 남겼어. 간호사에게 네가 가졌으면 좋겠다고 했대."

나는 탁자 위에 놓인 그 싸구려 책을 바라보았다. 끝까지 읽고 싶지 않았다. 남부의 신사들이 피할 수 없는 죽음을 향해 당당하게 말을 달려 나아가는 그 부분에서 나는 결코 더 넘어가지 못할 것이었다. 커다란 검은 눈에 청바지와 티셔츠를 입은 남부의 신사들, 가로등 아래 고꾸라지는 남부의 신사들. 기억하지 마. 어느 쪽이 당당하게 죽었는지 가려내려 하지 마. 기억하지 말라고.

"소다는 어딨어?"라고 묻고 나서 나는 내 혀를 깨물 뻔했다. 왜 데리에게는 얘기를 하지 못하는 거야, 이 멍청아? 나는 자신을 다그쳤다. 왜 데리에게 얘기하는 걸 불편해하는 거야?

"자고 있어. 그래야지. 오늘 아침에 녀석이 면도하다 목을 베는 걸 보니 잠 좀 자야 할 것 같더라. 자려고 하질 않아서 침대에 밀어 넣었더니, 눈 깜박할 사이에 곯아떨어지던데."

하지만 소다가 잠들었으면 했던 데리의 바람은 금세 무너져버렸다. 그가 청바지 하나만 걸친 채 뛰어 들어왔기 때문이다.

"야, 포니보이!"

그는 외치며 뛰어올라 나를 덮치려 했지만, 데리에게 붙잡혔다.

"거친 장난은 안 돼, 꼬마 친구."

그래서 소다는 침대 위에서 펄쩍펄쩍 뛰면서 내 어깨를 두들겨대는 걸로 만족해야 했다.

"이봐, 너 정말 아팠다고. 이젠 괜찮은 거니?"

"괜찮아. 배가 좀 고프긴 해."

"그걸 생각했어야 하는데."

데리가 말했다.

"아픈 동안 거의 아무것도 안 먹었으니까. 버섯 수프 어때?"

갑자기 속이 허하다는 느낌이 확 밀려왔다.

"와, 맛있겠는데."

"내가 좀 만들어올게. 소다팝, 애 힘들게 하지 마. 알겠지?"

소다는 성난 표정을 지으며 데리를 마주 보았다.

"형은 내가 애한테 지금 바로 육상 대회나 뭐라도 하자고 할 것 같은가 봐."

"아, 이런."

나는 신음 소리를 냈다.

"육상 대회가 있었지. 이번 일로 모든 경기에서 제외되었겠지. 대회까지는 몸을 회복할 수 없을 거야. 코치가 내게 기대를 걸고 있었는데."

"이봐, 항상 그 다음 해가 있잖아."

소다가 말했다. 소다는 데리와 내가 운동 경기를 얼마나 중요시하는지 전혀 이해하지 못했다. 우리가 왜 공부에 목숨 거는지 이해 못 하는 것처럼.

"육상 대회 같은 걸로 무리하지 말라고."

"소다."

내가 갑자기 말했다.

"나 착란 상태에서 대체 무슨 말들을 한 거야?"

"아, 넌 줄곧 네가 윈드릭스빌에 있다고 생각했어. 그러다가 자니가 그 소설을 죽이려 한 게 아니었다는 말을 되풀이했지. 참, 네가 볼로냐소시지를 싫어하는 줄은 몰랐는데."

오한이 느껴졌다.

"그거 싫어해. 좋아했던 적도 없어."

소다는 가만히 날 쳐다보았다.

"너 잘 먹었잖니. 하여튼 그래서 네가 아픈 동안 아무것도 못 먹었던 거야. 넌 계속 볼로냐소시지가 싫다는 말만 했어. 우리가 뭘 먹이려고 해도 말이야."

"그거 싫어한다니까."

나는 우겨댔다.

"소다, 아팠던 동안 내가 데리를 부른 적이 있어?"

"응, 물론이지" 하고 말하면서 그는 기묘한 표정으로 나를 바라보았다.

"넌 형하고 나 둘 다 불렀어. 가끔은 엄마 아빠도 불렀지. 그리고 자니도."

"아, 난 내가 데리를 부르지 않은 줄 알았어. 그것 땜에 신경 쓰여서."

소다가 웃음을 지었다.

"하여튼, 넌 형을 불렀어. 그러니까 걱정 마. 우리가 주구장창 네 곁을 지켰더니 의사가 잠 좀 자두지 않으면 우리도 입원하게 될 거라고 말하더라. 그래도 우린 잠을 잘 수가 없었어."

나는 찬찬히 그를 바라보았다. 그는 완전히 탈진해 있었다. 눈 아래로 거뭇한 테두리가 생겼고, 얼굴은 불안하고 피곤해 보였다. 하지만 그의 검은 눈은 여전히 웃음을 띠었으며 무심하고 해맑았다.

"형은 지쳐 보여."

나는 솔직히 말했다.

"토요일 밤부터 지금까지 세 시간도 못 잔 얼굴이야."

그는 웃었지만, 내 말을 부정하진 못했다.

"좀 비켜봐."

그는 내 몸 너머로 기어들더니 푹 엎어졌다. 데리가 수프를 가지고 돌아왔을 때 우리 둘은 이미 잠들어 있었다.

내가 밥을 죽였어

 그 후로도 나는 일주일 내내 침대에 누워 있어야 했다. 성가신 일이었다. 하루 종일 늘어져서 천장이나 보고 있는 건 체질에 전혀 안 맞았다. 나는 대체로 책을 읽으며 보냈고, 그림을 그리기도 했다. 어느 날 소다의 옛 졸업 앨범을 넘겨보다가 왠지 낯익은 느낌의 사진 한 장을 발견했다. '로버트 쉘든'이라는 이름을 읽고서도 그가 누구인지 알아채지 못했다. 얼마 후에야 간신히 그가 밥이라는 걸 깨달았다. 나는 그 사진을 아주 오랫동안 자세히 뜯어보았다.

 사진은 내가 기억하는 밥과는 별로 닮아 있지 않았다. 하지만 졸업 앨범 사진은 항상 실제와는 많이 다른 법이다. 그 해에 밥은 고등학교 2학년이었다. 그렇다면 죽을 때 열여덟 살이었던 것이다. 물론 녀석은 그때도 잘생긴 얼굴이었고, 소다를 생각나게 하는 무심한 웃음을 짓고 있었다. 그는 검은 머리에 검은 눈을 한 잘생긴 소년이었다. 어쩌면 그 눈은 소다처럼 갈색이었을지도 모르고, 어쩌면 셰퍼드 형제처럼 짙은 파란색이었을지도 모른다. 아니면 자니처럼 검은색이었을지도 모른다. 나는 밥에 대해 한 번도 깊이 생각해본 적이 없었다. 생각을 할 여유가 없었던 것이다. 하지만 그날 내게는 녀석에 대한 궁금증이 생겼다. 그는 어떤 사람이었을까?

나는 그가 싸움 걸기를 좋아했고, 소설들이 흔히 그러듯 웨스트사이드에 살아야만 진짜 쌔끈하게 사는 거라고 믿었고, 포도주색 스웨터가 잘 어울렸으며, 자신의 반지를 뽐내곤 했다는 것을 알고 있었다. 그러나 체리 밸런스가 알던 밥 쉘든은 어땠을까? 그녀는 똑똑한 여자였다. 단순히 밥이 잘생겼다는 이유로 그를 좋아하지는 않았을 게다. 다정하고 상냥하며 다른 사람들보다 뛰어났다―그녀는 밥에 대해 이렇게 말했다. 특별한 인간이었고, 남자가 얻을 수 있는 최고의 벗이었으며, 누군가가 자신을 멈추게 해주길 바랐다―고 랜디는 말했다. 그에게는 형을 영웅시하는 어린 남동생이 있었을까? 아니면 좀 얌전하게 굴라고 잔소리하는 형은? 부모님은 그가 멋대로 하도록 내버려두었다. 그를 너무 많이 사랑했기 때문일까 아니면 너무 관심이 없어서였을까? 그들은 지금 우리를 미워하고 있을까? 나는 그러길 바랐다. 감화원에 보내질 때마다 컬리 셰퍼드가 사회 사업가들에게 듣곤 했던, '환경의 희생양들을 동정해야 한다' 운운하는 쓰레기 이론은 잊어주길 바랐다. 남들의 동정보다는 차라리 증오를 받는 편이 나았다. 하지만, 그래도 아마 그들은 우리를 이해하리라. 체리 밸런스가 그랬듯이. 나는 밥의 사진을 보면서, 우리가 죽인 사람을 알 수 있을 것 같았다. 무심하고 다혈질인 소년, 건방지면서 동시에 너무도 겁에 질려 있었던 소년을.

"포니보이."

"응?"

나는 쳐다보지 않았다. 의사가 왔을 거라고 생각했기 때문이다. 그는 거의 매일 왕진을 왔지만, 나한테 얘기하는 것 말고는 거의 아무것도 하지 않았다.

"여기 널 보러 온 놈이 있어. 널 안다고 그러는데."

데리의 목소리가 뭔가 이상하다 싶어 얼굴을 들어보니, 그가 무뚝뚝한 표정으로 날 보고 있었다.

"이름이 랜디래."

"응, 내가 아는 녀석이야."

나는 대답했다.

"만나보고 싶어?"

"그래."

나는 어깨를 으쓱 했다.

"물론, 안 될 거 있어?"

학교에서 몇몇 남자애들이 날 보러 왔다. 나는 학급에서 나이가 어린 편이었고 말도 없었지만, 친한 동급생들이 꽤 있었다. 하지만 그들은 말 그대로 동급생일 뿐, 진짜 친구는 아니었다. 그들이 와주어서 기쁘긴 했지만, 동네가 지저분하고 집도 초라하다는 게 신경 쓰이기도 했다. 온통 낡은 건물인 데다, 집 안 살림살이도 꽤나 남루했던 것이다. 우리는 남자애들치고는 집 청소에 꽤나 신경 쓰는 편이었지만 그래도 별 효과가 없었다. 학급 친구들은 대부분 양갓집 출신이었다. 소셜들처럼 돈으로 처바를 정도는 아니었지만, 그래도 중산층에 속하는 아이들이었다. 우스운 일이지만, 나는 학급 친구들이 우리 집을 보는 건 꺼림칙해하면서도 랜디가 우리 집을 어떻게 생각할지는 전혀 신경 쓰지 않았다.

"안녕, 포니보이."

랜디는 문간에 어정쩡한 태도로 서 있었다.

"안녕, 랜디."

나는 인사했다.

"자리 적당히 찾아서 앉지 그래."

책들이 사방에 널려 있었다. 그는 의자 위에 있던 책 몇 권을 치우고 거기 앉았다.

"기분이 어때? 체리가 네 이름이 학교 게시판에 붙어 있다고 하더라."

"괜찮아. 내 이름이라면 뭐 어느 게시판에서도 눈에 잘 뜨일 테지."

그는 여전히 불편한 모습이었지만, 내게 웃어 보이려고 애썼다.

"한 대 땡길래?"

나는 담배 한 개비를 건넸지만, 그는 고개를 저었다.

"아니, 됐어. 음, 포니보이, 내가 여기 온 건 무엇보다 네가 괜찮은지 보기 위해서야. 넌, 아니 우린, 내일 판사를 만나러 가야 하니까."

"그래."

나는 담배에 불을 붙이며 말했다.

"알아. 이봐, 형들 중 누가 오면 소리쳐. 침대에서 담배 피우다 걸리면 끝장이야."

"아빠는 사실을 말하면 다들 무사할 거라고 하셨어. 이번 일 때문에 속깨나 썩으셨지. 그러니까, 우리 아빠는 그럭저럭 좋은 분이야. 다른 아빠들보다 낫지. 그런데 내가 그분을 꽤나 실망시킨 거야. 이런 일에 말려들었으니까."

나는 가만히 그를 쳐다보기만 했다. 이렇게 바보 같은

말을 들은 건 처음이었다. 이 녀석은 자기가 거기 말려들었다고 생각하는 건가? 녀석은 아무도 죽이지 않았는데. 패싸움엔 머리 한 번 들이밀지 않았고, 가로등 아래서 총을 맞아 죽어간 건 녀석의 친구도 아니었는데. 게다가 녀석이 잃을 게 뭐가 있지? 녀석의 꼰대는 부자고, 술 마신 것에 대해서든 싸움을 건 것에 대해서든 얼마든지 벌금을 지불할 수 있을 텐데.

"벌금 무는 건 상관없어."

랜디가 말했다.

"하지만 영감님한테 부끄러움을 느껴. 나는 오래도록 아무 감정도 느끼지 못했는데."

오래도록 내가 느껴온 감정이라곤 두려움뿐이었다. 죽을 것 같은 두려움 말이다. 나로선 판사와 공판에 대한 생각은 최대한 뒤로 미뤄두고 싶었다. 소다와 데리 역시 그 일에 대해 별로 얘기하고 싶어하지 않았고, 그래서 우리는 모두 말없이 내가 침대에 누워 있는 날들, 우리가 함께 있을 수 있는 날들을 헤아리고 있었던 것이다. 하지만 랜디가 곁에서 그 문제에 끈질기게 매달리고 있으니 다른 생각을 하는 게 불가능했다. 내 손에 쥔 담배 끝이 떨리고 있었다.

"아마 네 가족들도 이 일을 꽤나 끔찍하게 여기고 있겠지."

"우리 부모님은 돌아가셨어. 나는 여기서 데리 형과 소다 형과 함께 살고 있어."

나는 담배를 깊이 빨아들였다.

"그래서 걱정이야. 데리가 좋은 후견인인가 뭔가가 못 된다고 판사가 결정한다면, 나는 어딘가의 소년원에 처박히게 되겠지. 그야말로 염병할 놈의 정책이지. 데리는 분명 좋은 후견인이야. 내게 공부도 시키고, 내가 어디 있는지 누구와 함께 있는지 항상 파악하고 있지. 사실 가끔씩은 우리도 사이가 썩 좋지 못할 때가 있지만, 형은 항상 내가 잘못되지 않게 지켜줘. 적어도 지금까진 그랬어. 우리 아버지보다 형이 내게 훨씬 자주 고함을 치거든."

"나는 몰랐어."

랜디는 걱정스러운 표정이었다. 그는 정말로 걱정해주고 있었다. 세상에, 소셜께서 웬 그리저 꼬마가 고아원인지 어딘지에 떨어지게 되었다고 걱정을 해주다니. 정말 우스운 일이었다. 아니, 우스운 일이 아니었다. 무슨 말인지 여러분도 알고 있으리라.

"내 말 들어봐, 포니. 넌 아무 짓도 안 했어. 칼을 갖고 있었던 건 네 친구 자니였고……."

"그건 나였어."

나는 그의 말을 끊었다. 그는 묘한 얼굴로 나를 바라보고 있었다.

"내 칼이었다고. 내가 밥을 죽였어."

랜디는 고개를 저었다.

"내가 봤어. 너는 거의 물에 빠져 죽을 지경이었지. 그때 검은 머리 친구가 나이프를 꺼내 들었어. 밥 때문에 겁이 나서 그런 거야. 내가 봤다고."

나는 당황했다.

"내가 밥을 죽였어. 나는 나이프를 갖고 있었고 너희가 날 때려눕힐까 봐 겁이 났어."

"아냐, 꼬마야. 그건 네 친구였다니까. 병원에서 죽은 녀석 말이야."

"자니는 죽지 않았어."

내 목소리가 떨리고 있었다.

"자니는 죽지 않았어."

"어이, 랜디."

데리가 문간에서 고개를 내밀었다.

"너 이제 가는 게 좋겠다."

"그래요."

랜디가 대답했다. 그는 여전히 묘한 표정으로 나를 보고 있었다.

"다음에 봐, 포니."

"쟤한테 자니에 대한 얘기는 절대 하면 안 된다."

랜디와 함께 나가면서 데리가 나지막이 말하는 소리가 들렸다.

"쟤는 아직 정신적으로도 감정적으로도 망가진 상태니까. 의사 말로는 시간을 주면 극복해낼 거라고 하지만."

나는 꿀꺽 침을 삼키고는 눈을 껌벅거렸다. 녀석도 결국 다른 소셜들과 마찬가지였던 것이다. 냉혈한 같으니. 자니는 밥이 살해당한 것과는 아무 상관도 없었다.

"포니보이 커티스, 그 담배 당장 꺼!"

"알았어, 알았어."

나는 담배를 껐다.

"담배 피우다가 잠들진 않을 거야, 데리. 형이 나보고 계속 침대에 있으라고 하니까 다른 곳에 가서 피울 수가 없잖아."

"담배 안 피운다고 죽진 않아. 하지만 침대에 불이 붙으면 죽는다고. 하긴 이렇게 어질러놓고는 문까지 가기도 힘들겠다."

"아, 젠장. 난 치울 수가 없고 소다는 치우려 하지 않을 테니, 형이 알아서 해야겠는데."

데리가 그만의 특이한 표정으로 나를 노려보았다.

"알았어, 알았어."

나는 얼른 말했다.

"형은 몰라도 돼. 아마도 소다가 좀 정리해주겠지."

"아마도 네가 좀 깔끔해질 수도 있겠지, 안 그래, 꼬마 친구?"

그가 날 그렇게 부른 건 처음이었다. 소다를 부를 때만 그는 '꼬마 친구'란 말을 쓰곤 했다.

"그래."

나는 대답했다.

"내가 좀 더 조심할게."

다시 처음으로

 공판은 생각했던 것과는 전혀 달랐다. 데리와 소다와 나 말고는 랜디와 그의 부모님, 체리 밸런스와 그녀의 부모님, 그날 밤 자니와 나를 습격했던 몇몇 놈들만이 참석했다. 내가 구체적으로 어떤 것을 기대했는지는 잘 모르겠다. 아무래도 〈페리 메이슨 쇼〉를 너무 많이 봤나 보다. 아, 물론 의사도 거기 왔고 공판 전에 판사와 오랫동안 이야기를 나눴다. 그때는 의사가 공판과 무슨 상관이 있는지 몰랐지만, 지금은 알고 있다.
 맨 처음 랜디가 지명되었다. 약간 긴장한 그의 모습을 보니, 담배나 피우게 해주지 하는 생각이 들었다. 적어도 내게는 담배 좀 피우게 해주었으면 하고 생각했다. 나는 조금 떨리는 정도가 아니었으니 말이다. 데리는 내게 랜디는 물론 다른 사람들이 뭐라고 말하든 입을 다물고 있으라고, 그럼 내 차례가 주어질 거라고 말했다. 소셜들의 말은 전부 똑같았으며 대체로 사실에 충실한 내용이었다. 자니가 밥을 죽였다고 한 말만 제외하면. 하지만 그 부분은 내 차례가 되면 바로잡을 수 있을 것이라고 생각했다. 체리는 자니와 내가 습격당한 전후에 있었던 일을 진술하였다. 그녀의 뺨에 눈물이 몇 방울 흘러내리는 걸 본 듯했지만, 확실하지는 않았다. 그녀의 목소리는 우는 동안에조차도 침착했다. 판사는 모두에게 주의 깊게 질문을 던졌지만, TV에서처럼 진짜 드라마틱하거나 흥미진진한 일은 생기지 않았다. 그는 데리와 소다에게 댈리에 대해 몇 가지를 물었는데, 내 생각엔 우리 주변 환경이 어떤지, 우리가 어떤 녀석들과 어울려 다니는지 알아보기 위한 것 같았다. 그는 우리와 무척 친한 친구였는가? 데리는 한순간도 주저없이 판사를 똑바로 마주 보며 대답했다.

"네, 판사님."

하지만 소다는, 내가 전기 의자로 가게 되는 게 아닐까 걱정되는 듯 날 흘긋 본 후에야 똑같은 대답을 했다. 나는 두 사람이 정말로 자랑스러웠다. 댈리는 우리 패거리의 일원이었으니 우리가 그를 저버려선 안 되었다. 판사가 내겐 절대로 질문을 하지 않을 것같이 느껴졌지만, 젠장, 정말로 질문을 받았을 때 나는 겁이 나서 죽을 지경이었다. 그런데 이게 웬일인가? 그들은 내게 밥을 죽인 일에 대해선 전혀 묻지 않았다. 판사가 물은 것이라곤 데리와 함께 사는 것이 즐거운가, 학교는 재미있는가, 성적은 어떻게 나오는가, 그딴 것뿐이었다. 그때는 어떻게 된 영문인지 몰랐지만, 나중에 알고 보니 의사가 미리 판사에게 얘기를 해두었던 것이었다. 아마 내 모습에서 겁을 먹은 티가 팍팍 난 모양이었다. 판사가 씩 웃으면서 손톱 그만 깨물라고 말한 걸 보면. 그건 내 버릇이었다. 그러고 나서 그는 내게 무죄 방면을 선고하고 사건을 종결했으며, 그냥 그렇게 끝이 났다. 나는 말할 기회도 거의 없었다. 하지만 그렇게 억울하지는 않았다. 어차피 별로 말할 기분이 아니었으니까.

그 후로는 모든 것이 예전과 같았다—고 말할 수 있다면 얼마나 좋을까. 하지만 그렇지 않았다. 무엇보다 나 자신이 변했다. 나는 문 같은 것에 몸을 부딪고, 커피 테이블에 걸려 넘어지고, 물건을 잃어버리기 시작했다. 예전부터 좀 건망증이 있긴 했지만, 맙소사, 당시의 나는 수업이 끝난 후 내 노트를 제대로 챙겨서 신발 두 짝을 모두 신고 나오면 다행일 지경이었다. 한번은 양말만 신은 채 집까지 걸어오고서도, 그 꼴을 본 스티브가 같잖은 농담을 던질 때까지 전혀 모르고 있었다. 신발을 학교 사물함에 놔두고 온 것 같았지만, 가보니 거기엔 없었다. 그리고 또, 나는 거식증에 걸렸다. 말처럼 먹어대곤 하던 내가 갑자기 전혀 배가 고프지 않게 된 것이다. 모든 음식에서 볼로냐소시지 맛이 났다. 학교 숙제도 제대로 하지 않았다. 그래도 수학은 그리 나쁘지 않았던 것이, 항상 데리가 숙제를 검사하고 실수를 모조리 찾아내선 다시 풀게 했기 때문이었다. 하지만 영어는 완전히 엉망이었다. 나는 으레 영어에서 A를 맞곤 했는데, 담당 선생이 항상 작문 숙제로 점수를 준 덕택이었다. 그러니까, 나는 세련된 회화를 구사하진 못했지만(세련되게 말하는 깡패를 본 적이 있는가?) 맘만 먹으면 글은 잘 쓸 수 있었던 것이다. 적어도 예전엔 그랬다. 이젠 작문 숙제에 D를 받으면 다행일 정도였다.

이 때문에, 그러니까 내가 오락가락하고 있는 것 때문에 영어 선생은 퍽이나 고민했다. 그는 정말 좋은 사람이었다. 우리에게 생각할 거리를 주었으며, 학생에게 하나의 인간으로서 관심을 갖고 있다는 것이 분명히 드러나는 분이었다. 어느 날 선생은 내게 수업이 끝난 후에 남으라고 말했다.

"포니보이, 네 성적에 대해 얘기 좀 하고 싶은데."

맙소사, 쥐구멍이라도 있으면 숨고 싶었다. 나는 영어에서 낙제할 것이 뻔했다. 하지만 빌어먹을, 나도 어쩔 수 없는 일이었다.

"네 점수를 보건대 길게 얘기할 것도 없겠구나. 포니, 분명히 말해주마. 너는 지금으로선 이 과목에 낙제야. 하지만 지금 상황을 감안해서, 네가 방학 숙제로 우수한 작문을 써온다면 평점 C로 통과시켜줄 생각이다."

'지금 상황을 감안해서'라. 와, 내가 너무 많은 일들을 겪은 나머지 헤매고 있다는 걸 어쩌면 그리 잘 아시나요. 적어도 그건 최대한 돌려서 표현한 것이긴 했다. 공판 후 첫 주 동안의 학교 생활은 끔찍했다. 아는 사람들은 내게 말을 걸지 않았고, 모르는 사람들은 다짜고짜 와서는 어떻게 된 거냐고 물어대곤 했다. 가끔은 선생들조차 그랬다. 역사 선생은 무슨 일을 할 때마다 나를 두려워하는 티를 내곤 했다. 나는 그녀의 수업 시간에 아무 짓도 안 했는데. 그게 얼마나 기분 쌔끈한 일이었을지 좀 생각해보시라.

"알겠습니다."

나는 대답했다.

"해보지요. 어떤 주제로 쓰면 되겠습니까?"

"뭐든 네 생각에 쓸 만한 가치가 있는 내용이면 된다. 그리고 다른 것을 참조한 글은 안 돼. 나는 너 자신의 생각과 너 자신의 경험을 쓰길 원해."

'나의 첫 번째 동물원 방문' 같은 것 말이죠. 아, 이런, 이런.

"알겠습니다."

나는 대답하고서 최대한 빨리 그 자리를 빠져나왔다.

점심시간에 나는 학교 뒤 주차장에 나가 투비트와 스티브를 만났고, 차로 근처의 작은 식료품점에 가서 담배와 콜라와 초코바를 샀다. 그 가게는 그리저들의 집합소였으며, 우리는 점심을 거의 그렇게 때우곤 했다. 소셜들은 교내 식당에서 은식기 같은 걸 함부로 던지며 엄청난 소란을 피워댔고, 그러면 사람들은 그리저들 탓으로 돌리려고 했다. 우리는 모두 어이없어서 폭소를 터뜨렸다. 그리저들은 교내 식당에서 식사하는 일도 없다시피 한데.

나는 스티브의 차 흙받이에 앉아서 담배를 피우며 펩시콜라를 마시고 있었고, 스티브와 투비트는 안에서 웬 여자애들에게 말을 걸고 있었다. 그때 차 한 대가 달려와 멈추더니 소셜 셋이 내렸다. 나는 가만히 앉은 채 그들을 바라보며 펩시콜라를 또 한 모금 넘겼다. 두렵지 않았다. 그건 세상에서 가장 이상한 느낌이었다. 나는 아무것도 느낄 수 없었던 것이다. 두렵지도, 화나지도, 아무렇지도 않았다. 그냥 무감각했다.

"네가 밥 쉘든을 죽인 놈이구나."

그 중 하나가 말했다.

"그 녀석은 우리 친구였어. 우리의 친구를 죽이는 놈들은 질색이다. 더구나 그리저라면 두말할 것도 없지."

어련하시겠어. 나는 콜라 병 바닥을 깨뜨려 목 부분을 그러쥐고는 피우던 담배를 내던졌다.

"다시 차로 돌아가지 않으면 확 그어버린다."

놈들은 꽤나 놀란 표정을 지었다. 한 명이 슬슬 뒷걸음질을 쳤다.

"정말이야."

나는 스티브의 차에서 뛰어내렸다.

"내가 겪었던 것 전부를 네 녀석들에게 돌려주지."

나는 놈들을 향해 한 걸음 나아갔다. 팀 셰퍼드가 나이프를 잡고 있을 때처럼, 몸 바깥을 향해 거리를 두고 느슨하면서도 굳게 병을 잡은 채. 그들도 농담이 아님을 알아차렸는지 얼른 차를 타고 내빼 버렸다.

"너 정말로 그 병을 쓰려고 했구나, 그렇지?"

가게 문간에서 지켜보고 있었던 투비트가 말했다.

"스티브와 내가 도와주려고 했는데, 아마도 그럴 필요가 없었나 보다. 넌 정말로 그놈들을 그어버렸을 거야, 그치?"

"그랬겠지."

나는 한숨을 내쉬며 말했다. 왜 투비트가 저렇게 난리인지 알 수 없었다. 다른 사람들도 똑같이 행동했을 텐데 투비트는 뭘 자꾸 다시 생각하는 건지.

"포니보이, 이봐, 거칠어지면 안 돼. 너는 우리와 달라. 같아지려고 애쓰지 마……."

투비트 녀석 어떻게 된 거 아냐? 거칠어지면 상처 입지 않는다는 건 나 역시 그만큼이나 잘 아는 사실이다. 영리해지면 그 무엇도 나를 건드리지 못해…….

"도대체 너 뭐 하고 있는 거야?"

투비트의 목소리가 내 생각을 방해했다.

나는 그를 올려다보았다.

"유리를 주워 모으고 있어."

그는 잠시 나를 바라보다가, 갑자기 씩 웃었다.

"이 꼬마 망나니 같으니."

그는 긴장이 풀린 목소리로 말했다. 대체 무슨 말을 하고 있는 건지 알 수 없어서, 나는 묵묵히 깨진 유리병 조각을 주워 모아서 쓰레기통에 버렸다. 남들의 차 바퀴에 빵꾸를 내고 싶지는 않았다.

집에 와서 나는 문제의 작문을 쓰려고 해보았다. 나는 정말로 노력했다. 대체로 데리가 채근했기 때문이었지만, 꼭 그래서만은 아니었다. 아빠에 대해 쓸까 생각도 해보았지만, 쓸 수가 없었다. 엄마 아빠에 대해 그냥 생각만 하는 것도 아주 오랜 후에야 가능할 듯했다. 아주 오랜 후에. 소다의 말 미키마우스에 대해서 쓰려고도 해보았지만, 그 얘기를 제대로 표현해낼 수가 없었다. 자꾸만 감상적이고 촌스러운 얘기가 되어버리는 것이었다. 그러자 나는 종이 위에 이름들을 써 내려가기 시작했다. 데럴 쉐인 커티스 주니어. 소다 패트릭 커티스. 포니보이 마이클 커티스. 그러고 그 위에다 온통 말(馬)들을 그렸다. 그대로 제출하면 꽤나 좋은 점수를 받을 것 같았다.

"어이, 아직 우편물 안 왔어?"

소다가 문을 쾅 열어젖히며 큰 소리로 우편물을 찾았다. 그는 직장에서 돌아올 때마다 항상 그랬다. 나는 침실에 있었지만, 이제 그가 재킷을 벗어 소파를 겨냥하고 던지지만 실패하고, 신발을 벗어놓고, 부엌에 들어가 초코우유를 한 컵 마시리라는 걸 훤히 알고 있었다. 평생 동안 날마다 그래 왔으니까. 그는 집에서는 항상 양말만 신고 돌아다니곤 했다. 신발 신기를 싫어했기 때문이다.

그런데 그는 이상한 행동을 했다. 침실로 들어와서는 침대 위에 털썩 주저앉아 담배에 불을 붙였던 것이다. 정말 골치 아픈 일이 있거나, 강해 보이려 할 때가 아니면 거의 담배를 피우지 않는 그였다. 우리끼리 있는데 후까시 잡을 이유는 없었다. 우리는 그가 강하다는 걸 잘 알고 있었으니까. 그렇다면 뭔가 고민이 있는 모양이었다.

"직장은 어땠어?"

"좋았어."

"무슨 일 있어?"

그는 고개를 저었다. 나는 어깨를 으쓱 하고서 다시 말을 그리기 시작했다.

그날 저녁식사는 소다가 준비했으며, 음식은 모두 정상적으로 만들어져 나왔다. 별난 일이었다. 그는 항상 뭔가 색다른 시도를 하곤 했는데 말이다. 한번은 초록색 팬케이크를 내놓은 적도 있었다. 초록색이라니! 단언하지만, 소다팝 같은 형제가 있다면 절대로 지루할 일은 없을 것이다.

식사하는 동안 소다는 내내 말이 없었고, 많이 먹지도 않았다. 이거야말로 정말 별난 일이었다. 평소에 그는 입 다물 줄 모르고 떠들었으며, 배부른 줄 모르고 먹어댔다. 데리가 아무것도 눈치 채지 못한 것 같아서, 나도 그냥 가만히 있었다. 그러고서 저녁 식사 후에 나와 데리는 또 다투었다. 일주일 동안 벌써 네 번째 싸움이었다. 싸움이 시작된 것은, 내가 작문 숙제는 한 줄도 안 써놓고선 드라이브하고 싶다고 했기 때문이었다. 평소처럼 난 가만히 서서 데리가 외쳐대는 걸 듣고 있었지만, 얼마 후 곧바로 되받아 외쳐대기 시작했다.

"왜 내 숙제 때문에 난리야?"

마침내 나는 소리를 질렀다.

"어차피 난 학교를 졸업하면 곧바로 일자리를 구해야 하잖아. 소다를 봐. 중퇴했어도 잘만 해 나가고 있다고. 그러니 형은 그냥 신경 꺼!"

"넌 중퇴하지 않을 거잖니. 들어봐, 너는 머리가 좋고 성적도 우수하니 장학금을 받을 수 있어. 그러면 우리가 대학 과정을 마치도록 뒷바라지해줄 거야. 하지만 숙제 때문에 이러는 게 아냐. 넌 진공 상태로 살아가고 있어, 포니. 넌 그 상태에서 벗어나야 해. 자니와 댈러스는 우리의 친구였지. 하지만 누군가를 잃었다고 살아가는 걸 그만둘 수는 없어. 지금쯤이면 너도 그걸 깨달았으리라고 생각했는데, 넌 도무지 변하질 않아! 그리고, 내 방식이 맘에 들지 않으면 언제든 여길 나가면 돼."

내 몸은 차갑게 굳어버렸다. 그동안 우리는 한 번도 댈러스나 자니에 대해 언급하지 않았다.

"형은 그랬으면 좋겠지, 안 그래? 내가 그냥 꺼져버리길 바라고 있는 거지. 글쎄, 그렇게 쉽게 쫓아낼 순 없을 걸. 그렇지, 소다?"

하지만 소다 쪽을 돌아다본 나는 말을 멈추었다. 그의 얼굴은 창백했고, 나를 쳐다보는 크게 뜬 눈엔 고통의 기색이 역력했다. 갑자기 내 머릿속에, 컬리 셰퍼드가 전봇대에서 미끄러져 팔이 부러졌을 때 지었던 표정이 떠올랐다.

"그러지 마……. 아, 너희는 어째서 맨날……."

순간 그는 벌떡 일어나 문을 열고 뛰쳐나갔다. 데리와 나는 놀라서 아무 말도 할 수 없었다. 데리는 소다가 떨어뜨린 편지 봉투를 주워 들었다.

"녀석이 샌디에게 썼던 편지야."

데리는 무표정하게 말했다.

"미개봉 상태로 반송됐어."

바로 이것 때문에 소다가 오후 내내 괴로워했던 거구나. 그런데 나는 이유를 알아보려고 하지도 않았어. 이런 생각을 하자, 내가 소다의 고민에 대해서는 한 번도 신경 써준 적이 없다는 사실이 불현듯 뇌리를 스쳤다. 데리와 나는 소다에게는 고민이 전혀 없을 거라고만 생각해왔던 것이다.

"샌디가 플로리다로 간 건…… 소다 때문이 아니었어, 포니보이. 녀석은 내게 샌디를 사랑한다고 말했지만, 아마도 샌디는 녀석을 그렇게 사랑하진 않았나봐. 소다 때문에 그리로 보내진 게 아니었다고."

"나한테 일일이 설명해줄 필요 없어."

나는 대답했다.

"녀석은 어쨌든 상관없다며 결혼하고 싶어했어. 하지만 샌디는 그냥 떠나버렸지."

데리는 당혹스런 표정으로 나를 바라보고 있었다.

"왜 녀석이 네게 얘기해주지 않았을까? 스티브나 투비트에겐 말한 것 같지 않더라만, 그래도 너한텐 모두 털어놓을 줄 알았는데."

"얘기하려고는 했겠지."

나는 말했다. 소다가 뭔가 말하려고 입을 열었는데도, 난 몽상에 빠지거나 책에 열중해서 무시한 적이 얼마나 많았던가? 그는 내가 무슨 말을 하면 어떤 일을 하는 중이든 항상 들어주곤 했는데.

"네가 떠난 주에 녀석은 매일 밤마다 울었어."

데리는 느릿느릿 말했다.

"너와 샌디를 일주일 새 한꺼번에 잃어버린 줄 알았으니까."

그는 편지 봉투를 내려놓았다.

"이리 와. 녀석을 찾으러 가야지."

우리는 공원까지 곧바로 소다를 쫓아갔다. 바싹 따라잡긴 했지만, 아직도 그가 한 블록은 앞서 있었다.

"반대 방향으로 돌아가서 녀석을 붙잡아."

데리가 명령했다. 몸 상태는 엉망이었어도 나는 여전히 일류급 주자였다.

"나는 녀석 뒤를 쫓아갈게."

나는 숲을 헤치고 지나가 공원의 중간쯤에서 소다를 따라잡았다. 그는 오른쪽으로 방향을 바꾸었으나, 몇 걸음도 채 옮기기 전에 내가 얼른 달려들어 붙잡았다. 그때쯤엔 둘 다 숨이 차서 헉헉대고 있었다. 우리는 거기 누워 1, 2분 간 숨을 가다듬었으며, 그러고 나서 소다가 일어나 앉더니 셔츠에 붙은 풀들을 털어냈다.

"넌 육상 대신 럭비를 했어야 할 걸 그랬다."

"어디로 갈 생각이었어?"

나는 벌렁 드러누운 채 그를 바라보았다. 데리가 나타나서는 우리 곁에 쓰러지듯 드러누웠다.

소다는 어깨를 으쓱 했다.

"모르겠어. 그냥······. 너희가 싸우는 걸 듣고 있을 수가 없어서······ 나가버리지 않고선 도저히······. 줄다리기 중간에 끼어서 둘로 찢어지는 것 같은 느낌이야. 알겠니?"

데리는 충격을 받은 표정으로 나를 쳐다보았다. 우리가 싸우는 걸 듣는 소다의 기분이 어떠했을지, 우리 둘 다 전혀 생각하지 않았던 것이다. 나는 부끄러운 나머지 속이 울렁거리고 오한이 들었다. 그의 말이 옳았다. 데리와 나는 소다를 놓고 줄다리기를 하고 있었으며, 그 때문에 소다가 입을 상처는 아랑곳하지 않았다.

소다는 시든 풀줄기를 만지작거리고 있었다.

"있잖아, 난 누구 편을 들 수 없어. 그럴 수 있다면 훨씬 편하겠지. 하지만 양쪽 모두 이해해. 데리는 너무 자주 목소리를 높이고 너무 힘을 쓰고 모든 걸 너무 심각하게 받아들여. 그리고 포니보이, 넌 생각을 하려 들지 않아. 자신이 놓친 기회를 네게 주고 싶다는 이유로 형이 얼마나 많은 것을 포기했는지 넌 몰라. 형은 너를 어딘가 고아원 같은 데 집어넣고 혼자 힘으로 대학에 갈 수도 있었어. 포니보이, 내 말 잘 들어. 내가 학교를 중퇴한 건 머리가 나빠서야. 학교 다니면서 정말로 노력했지만, 내 점수가 어땠는지 알지. 봐, 난 주유소에서 차를 다루는 일에 만족하고 있어. 하지만 너는 그런 일에 절대 만족하지 못할 거야. 그리고 데리, 형은 포니를 좀 더 이해하려고 노력해줘. 녀석의 자잘한 실수 하나하나를 걸고 넘어지지 마. 얘는 형과는 다르게 세상을 보고 느끼니까 말이야."

그는 우리를 애원하듯 바라보았다.

"이봐, 두 사람 다 내 말을 듣고 기분이 나빠졌겠지. 하지만 두 사람이 나보고 어느 한쪽 편에 붙으라고 강요한다면……."

그의 눈에 눈물이 고였다.

"우리에게 남은 건 우리뿐이야. 그러니 똘똘 뭉쳐서 나머지 세상에 맞서야 해. 우리 서로를 빼면 우리에겐 아무것도 없어. 아무것도 없는 사람은 댈러스처럼 끝나고 마는 거야……. 아니, 녀석이 죽었다는 걸 말하는 게 아냐. 죽기 전의 그 녀석 얘기야. 그렇게 되는 건 죽는 것보다 더 나빠. 그러니 제발."

그는 팔로 눈물을 쓱 훔쳤다.

"더 이상 싸우지 마."

데리는 그야말로 어쩔 줄 모르고 있었다. 갑자기 나는 데리도 고작 스무 살밖에 안 먹었다는 것, 우리와 마찬가지로 아직 두려워하고 괴로워하고 방황할 나이라는 것을 깨달았다. 그리고 내가 그를 이해하려는 노력은 전혀 하지 않고서, 항상 그가 날 이해해주기만을 바랐다는 것도. 그런데 형은 그 전에 먼저 소다와 나를 위해 많은 것들을 포기했던 것이다.

"그래, 꼬마 친구야."

데리가 부드럽게 말했다.

"우리는 이제 싸우지 않을 거다."

"야, 포니보이."

소다는 눈물을 머금은 채 웃어 보였다.

"너까지 울음 터뜨리진 말아. 울보는 집안에 하나로 족하다고."

"우는 거 아냐."

나는 대꾸했다. 아니 울었는지도 모른다. 기억이 나지 않는다. 소다가 내 어깨를 장난스럽게 한 대 툭 쳤다.

"싸움은 이제 그만이다. 알았지, 포니보이?"

데리가 말했다.

"알았어."

나는 진지하게 대답했다. 데리와 나는 아마도 계속 서로를 오해하곤 하겠지만—우리는 성격이 너무 다르니까—이제 싸우는 일은 없으리라. 절대로 소다를 가슴 아프게 할 수는 없었다. 소다팝은 항상 우리 가운데에 있겠지만, 그렇다고 해서 양쪽의 우리에게 끌려 다닌다는 얘긴 아니다. 데리와 내가 그를 서로 끌어당기는 대신, 그가 우리 둘을 끌어당겨 가까워지게 할 것이다.

"자, 그럼."

소다는 말했다.

"추운데, 집에 가는 게 어때?"

"경주하자."

나는 도전하고서 벌떡 일어났다. 달리기 경주를 하기에 딱 좋은 밤이었다. 대기는 맑고 차갑고 너무 신선해서 거의 반짝거릴 정도였다. 달은 가려져 있었지만 별들이 사방을 환하게 밝혀주었다. 고요함 속에 시멘트 위를 달려가는 우리의 발소리, 거리를 따라 바람에 날려가는 나뭇잎들이 사각대는 소리만이 들렸다. 정말로 근사한 밤이었다. 아마도 내 컨디션이 아직 나빴는지, 우리 셋 모두 한꺼번에 도착했다. 아니, 아마도 우리는 셋이 계속 함께 있고 싶었던 것뿐인지도 모른다.

하지만, 여전히 그날 밤엔 숙제를 할 생각이 들지 않았다. 읽을 책을 찾아보았지만, 집에 있는 책들은 전부 5백만 번도 더 읽은 것 같았다. 테리가 좀 더 나이 들고서 읽으라고 한 《뜨내기들》〔해럴드 로빈스의 대중 소설〕조차도 이미 여러 번 읽었다. 다 읽은 다음엔 그의 말대로 할 걸 그랬다고 생각했지만. 마침내 나는 《바람과 함께 사라지다》를 집어 들고서 한참 동안 쳐다보았다.

자니가 죽었다는 건 알고 있었다. 침대에 누운 채 녀석이 죽지 않았다고 나 자신을 속이면서도, 나는 항상 그 사실을 알고 있었다. 밥을 죽인 것은 자니였지, 내가 아니었다. 그것도 나는 잘 알고 있었다. 나는 단지, 자니가 죽지 않은 척할 수 있다면 그렇게 괴롭진 않을 거라고 생각했던 것이다. 경찰이 댈리의 시체를 실어간 후, 댈러스 녀석이 경찰에게 쫓기다가 자기 나이프를 잃어버렸다고 푸념하던 투비트처럼.

"네가 신경 쓰는 건 그것뿐이니, 그놈의 나이프뿐이냐고?"

눈이 벌게진 스티브가 그에게 쏘아댔다.

"아니."

투비트는 한숨을 내뱉으면서 떨리는 목소리로 대답했다.

"다만 신경 쓸 일이 그것뿐이었으면 좋겠다고 바라는 거야."

하지만 괴롭기는 여전히 마찬가지였다. 오래도록 알고 지낸 사람이, 정말로 깊이 알고 지냈던 사람이, 하룻밤 사이에 죽어버릴 수 있다는 건 도저히 이해할 수 없는 일이었다. 우리 모두에게 자니는 친구 이상의 존재였다. 우리 중에 녀석만큼 남들의 불평과 고민을 많이 들어준 사람도 없으리라. 성실하게 상대의 말을 들어주는 사람, 상대가 하는 말을 진지하게 여겨주는 사람은 꽤나 드물다. 게다가 나는 녀석이 한 말을 잊을 수 없었다. 아직 해보지 못한 게 많다고, 평생 동안 우리 동네 밖에 나가본 적이 없었다고— 그러나 그땐 이미 너무 늦었던 것이다. 깊이 숨을 들이쉬고서 책을 펼치자, 종이쪽지 하나가 바닥에 떨어졌다. 나는 그것을 집어 들었다.

포니보이, 간호사보고 이 책을 너한테 주라고 했어. 네가 끝까지 읽을 수 있도록 말야.

그건 자니의 글씨였다. 계속 읽어 나가노라니, 자니의 나직한 목소리가 들려오는 것 같았다.

의사가 좀 전에 들러서 말해줬지만, 어차피 알고 있었어. 점점 더 지쳐가기만 했으니까. 있잖아, 난 이제 죽는 게 두렵지 않아. 이것도 나름대로 괜찮아. 그애들을 구했으니까 그걸로 된 거야. 그애들의 삶이 내 삶보다 훨씬 중요해, 살아갈 이유가 더 많으니까. 그애들의 부모 몇몇이 찾아와서 고맙다고 했을 때, 난 내가 가치 있는 일을 했다는 걸 깨달았어. 댈리에게도 그렇게 말해줘. 다만 너희를 못 보게 되는 게 서운할 뿐야. 난 이 일에 대해서, 그리고 네가 들려준 시에 대해서 쭉 생각했어. 그 시를 쓴 사람은, 네가 아이일 때 너는 풋풋하고 또한 빛나기도 한다는 걸 말하고 싶었던 거야. 아이일 때는 모든 것이 새벽처럼 신선해. 그러다가 모든 것에 익숙해져버리면, 낮이 오는 거야. 포니 네가 저녁놀에 감동한다는 것, 그게 바로 빛남이야. 계속 그렇게 있어줘. 그렇게 있어야 해. 댈리에게도 한 번 저녁놀을 보라고 말해줬으면 좋겠어. 녀석은 아마도 네가 미쳤다고 생각할 테지만, 그래도 날 위해 그렇게 말해 줘. 아마도 녀석은 제대로 저녁놀을 바라본 적이 한 번도 없었을 거야. 그리고 그리저인 것을 너무 괴로워하지 마. 네겐 여전히 네가 원하는 모습을 만들어갈 시간이 충분히 있어. 세상엔 여전히 좋은 것들이 무척 많아. 댈리에게 그렇게 전해줘. 녀석은 그걸 모르고 있을 거야.

  너의 친구 자니가

  댈리에게 말해주라고. 댈리에게 말하긴 이미 늦었어. 과연 녀석이 내 말을 듣긴 했을지 의심스럽지만. 갑자기 나는, 이건 나만의 개인적인 이야기가 아니라는 것을 깨달았다. 몇백 명의 소년들. 도시의 빈민가에 살고 있으며 자기 그림자에도 놀라서 펄쩍 뛰는, 검은 눈을 한 소년들. 저녁놀을 바라보고 별을 올려다보며 뭔가 더 나은 것을 갈구할지도 모르는 몇백 명의 소년들. 비열하고 사납고 세상을 증오한 탓에 가로등 아래서 쓰러져 죽어가는 소년들이 눈앞에 선하게 떠올라왔다. 세상엔 여전히 좋은 것이 있다고 그들에게 말해주기엔 너무 늦었으며, 말해준다 해도 그들은 믿지 않으리라. 이건 나만의 이야기가 되기엔 너무 거대한 문제였다. 뭔가 도움이 필요했다. 너무 늦기 전에 누군가가 그들에게 말해줘야 했다. 누군가가 그들의 이야기를 세상에 들려주어야 했다. 그러면 사람들은 이해하게 될 것이며, 한 아이가 머리에 기름을 얼마나 발랐는지를 가지고 그에 대해 쉽게 단정 짓지 않을 것이다. 이것이야말로 내게는 중요한 일이었다. 나는 전화 번호부를 찾아내어 영어 선생에게 전화를 걸었다.

"사임 선생님, 포니보이입니다. 그 작문 말예요……. 어느 정도 길이로 쓰면 될까요?"

"아, 음, 다섯 페이지 이상이어야지."

그는 약간 놀란 듯했다. 지금이 한밤중이란 걸 나는 깜박 잊어버렸던 것이다.

"더 길어도 되나요?"

"물론이지, 포니보이. 쓰고 싶은 만큼 길게 쓰렴."

"고맙습니다."

대답하고서 전화를 끊었다.

나는 앉아서 펜을 들고 잠시 생각에 잠겼다. 기억하라. 잘생기고 가무잡잡하며 무심하게 웃음 짓던 다혈질의 소년을. 아마색 머리칼에 담배를 꼬나물고 사나운 얼굴에 쓴웃음을 띠던 거친 소년을. 그리고—이젠 더 이상 괴로운 기억이 아닌—말이 없고 불안한 표정을 한, 오래도록 다듬지 않은 머리에 검은 눈엔 항상 두려운 눈빛이 떠나지 않던 열여섯 살 소년을. 나는 그 셋 모두를 기억해내느라 일주일을 꼬박 보냈다. 그러고서 이제 나 스스로 사람들에게 이야기해야겠다고, 영어 선생부터 시작이라고 마음먹었다. 작문을 어떻게 시작해야 할지, 내게 너무나 중요한 이 이야기를 어떤 식으로 시작해야 할지 고민하느라 오랜 시간이 걸렸다. 그리고 나는 마침내 쓰기 시작했다―어두운 영화관을 나와 밝은 햇빛 속으로 걸음을 옮기면서, 나는 오직 두 가지만을 생각하고 있었다. 폴 뉴먼, 그리고 어떻게 집에 가야 할지를…….

S. E. 힌턴 인터뷰

Q 《아웃사이더》를 쓰기 시작했을 때 당신은 열여섯 살 고등학생이었지요. 이 소설의 아이디어를 어디서 얻으셨습니까?

A 사실 처음 쓰기 시작한 것은 열다섯 살 때였지요. 열여섯 살이 되고 고등학교에 들어간 후에 책의 대부분을 썼습니다. (그 해에 문예창작 과목에서 D를 받았지요.) 어느 날 내 친구 중 하나가 방과 후 집으로 걸어가는데 '모범생'들이 차에서 내려 덮치더니 두들겨 팼어요. 단지 그 친구가 그리저라는 것 때문이었지요. 난 너무 화가 나서, 집에 오자마자 영화를 보고 집에 가던 중에 구타당한 소년의 이야기를 타자기로 마구 써 갈겼어요. 그게 《아웃사이더》의 시작이었지요. 말하자면 그저 열을 식히려고 썼던 거예요. 전체 줄거리 같은 건 전혀 생각 안 했지요. 그냥 앉아서 써 나가기 시작했던 겁니다. 되돌아보면, 완전히 무의

식 상태에서 썼던 것 같아요.

Q 그러면 포니보이의 실제 모델이 있었다는 거군요? 실제의 자니도?

A 포니보이 패거리는 실제로 있었던 패에서 생각해낸 겁니다. 그 패의 애들은 나와 매우 친했지요. 나중에 보니, 내가 어울려 다녔던 패거리들 모두가 이 책이 자신들 얘기라고 확신하고 있더군요. 하지만 그렇진 않아요. 아마도 이 책의 인물들이 그야말로 보편적이면서도 개성을 지니고 있기 때문에 그렇게 보였던 거겠지요.

Q 그처럼 가볍게 생각해낸 이야기로부터 어쩌면 그렇게도 인상적인 인물을 창조해낼 수 있었습니까?

A 내가 글을 쓸 때면 흥미로운 변화가 일어납니다. 나는 서술자에 대해 생각하지 않고 그 자신이 되지요. 포니보이의 생각은 대부분 내 생각이기도 합니다. 그는 아마도 나 자신을 토대로 만들어낸 캐릭터 중에서 가장 나와 닮았을 거예요. 그는 무척 자유분방하고, 진실한 친구들, 그를 사랑해주며 그 스스로도 사랑하는 이들이 여럿 있지요. 그에게 중요한 것들은 바로 나에게 중요한 것들과 같아요. 나는 포니보이와 소다와 데리가 나머지 인물들보다 더 잘

될 거라고 생각합니다. 그들에게는 서로에 대한 사랑이 있기 때문이지요.

Q 당신은 십대 때 어땠는지요? 그리저였습니까, 소셜이었습니까?

A 나는 말괄량이였지요. 럭비도 했고, 친한 친구들은 모조리 사내애였어요. 다행히도 나는 선천적으로 '귀속지향적' 유전자가 결여된 사람이거든요. 작은 그룹에 속해야만 안정감을 느끼는 그런 유전자 말입니다.

나는 줄곧 이런저런 사람으로 정의되는 것을 피해왔고, 나의 개성을 잃게 될까 봐 어떤 그룹에도 소속되려 하지 않았습니다. 어느 날 친구들과 함께 거리를 걸어가는데 웬 녀석들이 와서는 "그리저다!"라고 소리친 일을 겪고서야 내 친한 친구들이 그리저라는 걸 깨달았을 정도였지요. 우스운 일이었어요. 평생 동안 알고 지낸 친구들을 갑자기 다른 사람들과 같은 시선으로 바라보게 된다는 것, 그애들의 기름 발라 넘긴 머리와 꼬나문 담배와 검은 가죽 재킷을 보면서 "맙소사, 얘들 깡패구나"라고 생각하게 된다는 게 말예요. 그애들을 잘 알고 그들이 깡패가 아니란 것도 알고 있지만, 그래도 그저 깡패같이 보이는 거예요. 나는 부유한 동네에 사는 애들과도 친하게 지냈기에, 그애들이 갖고 있는 고민도 이해할 수 있었지요.

Q 어떻게 해서 《아웃사이더》를 출간하게 되었습니까?
A 그걸 썼을 때엔 출간하려는 생각은 전혀 없었습니다. 그러다 어느 날 학교에서 친구에게 내가 글을 쓴다는 얘기를 했는데, 그녀의 어머니가 마침 어린이 책 작가였지요. 나는 그분에게 《아웃사이더》의 원고를 복사해드렸고, 그분은 그걸 다시 뉴욕에 에이전트로 있는 자기 친구에게 보여준 겁니다. 에이전트는 그 원고를 맘에 들어했고, 두 번째로 원고를 읽은 출판사가 그걸 샀지요. 그 에이전트는 지금까지 나와 함께 일하고 있습니다. 바로 내 졸업식 날에 출판사에서 보낸 계약서가 도착했지요!

Q 당신은 무엇 때문에 작가가 되었습니까?
A 내가 글을 쓰는 데 가장 큰 영향을 준 것은 글을 읽는 것이었습니다. 어렸을 땐 시리얼 상자건 커피통의 상표건 닥치는 대로 읽었지요. 읽기를 통해 나는 문장의 구조, 단락 짓기, 장 구성법을 배웠습니다. 정말 이상한 일이지만, 철자법에는 별 도움이 못 되었어요.

나는 항상 글쓰기를 좋아했습니다. 읽기를 좋아하는 것과 거의 같을 정도로 말이지요. 한 열두 살 때부터 타자기를 만지작거리기 시작했어요. 항상 내게 흥미로운 것들에 대해서 글을 썼기 때문에, 글을 쓴 초기에는(3학년에서 10학년까지죠) 카우보이와 말에 대해서만 썼습니다. 나는 카우보이가 되어 말을 갖고 싶었거든요.

글 쓰는 것은 내겐 쉬운 일인데, 쓸 것이 없으면 애초에 글을 시작하지 않기 때문입니다. 나는 인물 지향적인 작가예요. 어떤 작가들은 사건 지향적이고요……. 나는 사람들로부터 출발합니다. 언제나 내 인물들을 잘 알고 있지요. 그들이 정확히 어떻게 생겼는지, 생일이 언제인지, 아침으로 무얼 먹는지, 그런 것들이 책에 나오지 않더라도 마찬가지예요. 알아야만 직성이 풀리지요. 나는 현실의 사람들로부터 인물을 구상해내지만, 전반적으로 내 인물들은 허구예요. 그들은 오직 내 머릿속에만 존재하지요.

Q 어떤 책과 작가한테서 감동받고 또 영향을 받으셨는지요?

A 음, 성인이 된 후로는 무척 많은 작가들에게서 영향을 받았어요. 가장 좋아하는 작가는 제인 오스틴, 메리 르노, F. 스콧 피츠제럴드, 그리고 셜리 잭슨입니다. 가장 좋아하는 책은 《힐 저택의 유령》《천국에서 내려온 불》《엠마》《밤은 부드러워》고요. 커트 보니거트 주니어의 소설도

좋아하지만, 그의 단편은 좋아하지 않아요. J. D. 샐린저의 경우는 그 반대이고요.

하지만 사람들이 알고 싶어하는 건 유년기에 받은 영향이고, 그렇다면 나는 그저 모든 책들에게서 영향받았다고 말할 수밖에 없습니다. 나는 읽기를 좋아했고, 읽는 법을 배우자마자 손에 닿는 대로 읽기 시작했으니까요. 말에 열광하고 있었기 때문에, 도서관에서 맨 처음 대출한 책은 《망아지 피너츠》였지요. 아직도 그 책이 생생히 기억나요. 나는 읽는다는 행위가 너무도 즐거웠습니다. 내향적인 아이에게 독서는 소통의 수단이 돼요. 실제로 마주 앉아서 이야기를 하지 않아도 작가와 대화를 나눌 수 있으니까요.

Q 왜 실제 이름 대신 머리글자를 사용하십니까?
A 출판사 측에서, 비평가들이 여자는 《아웃사이더》 같은 책을 쓸 수 없다고 여길 거라고 생각했기 때문이었지요. 나중에 내 책들이 유명해지고 나서는, 공적인 이름과 사적인 이름이 따로 있으면 사생활이 보장된다는 점이 마음에 들었고요. 그러니 문제가 원만히 해결된 셈이지요.

Q 맨 처음 출간되었을 때, 《아웃사이더》의 현실성은 많은 비평가들에게 충격이었습니다. 하지만 독자들은 이 책

을 받아들였지요. 그 점이 놀랍지 않았나요?

A 아뇨. 나는 《아웃사이더》를 읽은 사람들이 충격을 받아서 기뻤습니다. 그걸 쓴 이유 중 하나는 나 스스로가 십대들에 대해 쓴 현실적인 책을 원했기 때문이었어요. 그 당시엔 사실주의적 청소년 소설이란 존재하지도 않았지요. 《메리 제인 무도회에 가다》 따위는 읽고 싶지 않은데 말에 대한 책은 다 독파했으니, 읽을 책이 없었거든요. 나는 그저 현실의 아이들이 어떤지 내가 본 대로 다룬 책을 쓰고 싶었습니다.

Q 이 책이 몇십 년 동안이나 인기를 유지해온 이유가 뭐라고 생각하십니까?

A 모든 청소년들은 성인들이 그들의 사정을 전혀 모른다고 생각합니다. 바로 그게 내가 《아웃사이더》를 쓰면서 느낀 감정이기도 해요. 오늘날에도 내집단과 외집단의 문제는 그대로 남아 있습니다. 아이들은 이 책을 보며 말하지요. "아, 그러니까 프레피 대 펑크의 문제로구나." 그들이 스스로를 뭐라고 칭하든 대입이 가능하지요. 복장이 바뀌고 그룹의 이름도 바뀌지만, 아이들은 자신의 상황이 포니보이와 얼마나 비슷한지 실감하는 겁니다.

옮긴이의 말

1980년대에 십대를 보낸 이들 중엔, 할리우드 영화 〈아웃사이더〉를 기억하는 사람들이 꽤 있을 것이다. 유명 감독 프랜시스 코폴라가 메가폰을 잡고 당시의 하이틴 스타들이 우르르 몰려 나온 영화였지만 반응은 그렇게 뜨겁지 않았고, 너무 교훈조로 흘렀다는 평이 많았다. 아직 그 영화를 기억하는 사람들은 아마도 내용보다 이제 중년이 된 1980년대 아이돌들—몇몇은 여전히 영화에서 종종 보이며, 몇몇은 감감 무소식인—의 풋풋한 모습을 먼저 떠올리라. 몇 년 늦게 비디오로 이 영화를 보았던 나 역시, 〈스탠 바이 미〉 같은 영화의 잔잔한 감동은 그닥 느끼지 못했다. 하다못해 이번에 책을 다시 읽기 전까지는 내용도 '누가 죽었는데' 정도로만 기억했을 뿐이다.

"열여섯 살 소년이, 하룻밤 사이에 형제 같던 두 친구의 죽음을 맞게 된다."

이 소설의 내용을 한마디로 간추리면 이렇게 될 것이다. 영화도 이 점에선 마찬가지였다.

그러나 영화에서 놓쳤던 것은, 작가의 뛰어난 인물 묘사력이었다. 비교적 단순하고 예측 가능한 플롯이지만, 복잡하고 현실적인 캐릭터들로 인해 이 작품은 십대 소녀가 쓴 멜로드라마 이상의 것이 되었다. 인터뷰에서 "나는 인물로부터 출발하는 작가입니다"라던 힌턴의 말처럼, 이 소설은 포니보이, 자니, 댈러스, 데리, 소다, 투비트, 스티브 같은 캐릭터들 없이는 존재할 수 없었을 것이다. 그들은 '불량 소년'이라는 라벨 아래 하나로 묶여 있지만, 각자 다른 경험과 사고와 행동방식을 통해 생생히 살아 있다.

이들을 하나로 묶는 것은 증오 혹은 체념의 논리다. 소다처럼 되든지 댈리처럼 되든지, 투비트의 표현을 빌리면 '받아들이든지 억지로 삼키든지'이다. 그런데 포니보이는 양쪽 모두를 거부한다. 그는 자기들을 '환경의 희생자'로 간주하는 사회 운동가들의 논리를 혐오하지만, 그렇다고 친구들처럼 소셜—자기들을 거부하는 사회의 대표자격인—을 적으로 간주하지도 않는다. (사실 포니보이는 나이에 비해 무서울 정도로 생각이 많고 '철이 든' 캐릭터다. 성장 소설계에서 그에게 필적할 주인공이란《자기 앞의 생》의 모모 정도일까.)

포니보이의 양비론적 균형이 깨지게 된 계기는 두 친구의 죽음이었다. 아니, 그것은 차라리 형제의 죽음에 가깝다. 역설적이지만, 성격이나 취향대로 자유롭게 골라잡은 관계가 아니라, '이스트사이드에 사는 하류층'이라는 외부적 조건으로 맺어진 관계였기 때문에 (하다못해 그들의 정체성인 '그리저'라는 명칭조차 소설들이 갖다 붙인 것이 아닌가) 더욱 그러하다. 형제—자기의 일부를 상실하게 한 '그들'을 어찌 미워하지 않을 수 있을까? 이 갑작스럽고 부당한 아픔을 '증오' 없이 어떻게 이겨낼 수 있을까?

포니보이에게 언제나 골칫거리가 되던 '상상력'이 결국 새로운 길을 발견하는 계기가 된다. 형의 졸업 앨범에서 밥의 사진을 발견한 그는, 밥의 친구들이 해준 말을 바탕으로 그가 어떤 사람이었을지 재구성해내려고 애쓴다. 자신을 습격하고 죽일 뻔했던, 그리고 두 친구가 죽음을 맞은 계기가 된 소셜로서의 밥을 넘어서, 타인들 속에서 그리고 세상에서 그가 한 인간으로서 어떻게 살아왔을지 떠올려본 것이다. (물론 포니보이가 이처럼 유연해지게 된 것은 밥의 친구 랜디와의 대화, 그리고 무엇보다도 체리 밸런스와의 만남의 영향이 컸다. 소설의 첫머리에서 "초록색 눈을 가진 사람이 싫다"라고 말했던 그가, 체리와의 두 번째 만남에서 "그녀의 눈은 초록색이었다"라는 것을 새삼 인식하는 것은 체리로 인해 그의 사고 방식이 변해감을 상징적으로 보여준다.)

그리고 그는 마침내 '이것이 자신만의 이야기가 아님을' 깨닫고(이러한 각성은 모든 문학의 시작이 아닌가), 죽어간 세 사람을 종이 위에 다시 생생하게 살려내는 데 착수하게 된다. 그리고 이를 영어 작문 숙제로 제출한다. 영어 선생에게서 시작하여 '세상 모든 사람에게' 그들의—자신들의 이야기를 알려주기 위해. 글을 씀으로써 그는 친구들의 증오와 체념을, 그리고 밥의 친구의 도피("내 차를 몰고 있는 대로 돈을 가지고 이곳을 떠날 거야")를 넘어서는 것이다. 글쓰기는 '달아나는 것은 아무 도움이 안 되'는 현실에 대한 새로운 맞섬이다.

어찌 보면 아웃사이더라는 것도 상대적인 개념일지 모른다. 내부에서 외부를 바라보면 그곳이 내부가 되지 않던가. 무언가의 외부에 있는 것은, 다른 무언가의 내부에 있어야만 가능하다. 아웃사이더는 인사이더의 다른 이름인 것이다.

그렇다면 왜 굳이 '아웃사이더'로서의 인식이 필요할까? 외부를 인식할 때 비로소 내부를 객관적으로 볼 수 있기 때문이다. 반면 내부를 토대로 외부를 정의하는 시도는 아집 속에 녹아버리기 쉽다. 체리와 자신의 그 수많은 차이들을 헤쳐내고 '똑같은 석양을 바라보는' 인간으로서 그녀를 대면했을 때 포니보이는 말할 수 있었다. "이스트 사이드에서도 저녁놀은 근사해 보여"라고.

소셜을 미워하진 않지만 그리저 친구들에게도 이질감을 느끼던 '뿌리 없는 부평초' 포니보이는(책의 초반부에서 그는 친구들과 자신의 '다름'에 대해서 계속 이야기한다), 소셜인 밥을 그 나름대로 자신의 사회적 위치와 갈등하며 살아갔던 하나의 인간으로 깨달으면서, 비로소 그저 잊어버리고 싶었던 죽은 친구들을 그리저라는 사회적 좌표 위에 존재했던 하나의 인간으로서 볼 수 있게 된다. '그리저인 것을 부끄럽게 여기지 말라'는 자니의 유언을 이해하고, 글쓰기의 행위 속에 아웃사이더로서 또한 인사이더로서 자신을 새기게 되는 것이다.

〈아웃사이더〉는 단순히 불우하고 예민한 사춘기 소년의 이야기가 아니다. 사회적 위치나 나이와는 상관없이,

누구든 자신이 '아웃사이드'에 있다고 느껴본 경험이 있을 것이다. 작가의 말대로, 어떤 형식을 하고 있든 간에 '내부와 외부'에 관련된 문제인 것이다.

하지만 청소년들은 자신의 위치에 대해 더 민감한 만큼, 외부자로서 자신을 정직하게 바라볼 수 있는 가능성을 더 많이 지니고 있다. 중산층을 향해 직선 코스를 허덕허덕 달려가며 그 밖을 바라보지 않는 어른에게는 닫혀 있는 가능성이다. 아이들이 인터넷을 비롯한 매체가 전시하는 유행과 배금주의의 틀 안에 섣불리 갇히지 않는다면, 그들에게는 기성 세대의 빈약한 사회적 규격을 훌쩍 뛰어넘는 넓은 외부가 열릴 것이다. 〈아웃사이더〉가 1950년대부터 지금껏 청소년 소설의 스테디셀러로 남아 있는 의미가 여기에 있을 터이다.

이 책을 소개해주신 문예출판사의 기획자께, 과감한 비속어의 사용에도 당황하지 않고 꼼꼼히 교정을 보아주신 편집부 여러분께 감사드린다. 또한 독자로서, 모처럼 드라마와 캐릭터에 빠져드는 즐거움을 준 S. E. 힌턴 여사에게도 감사를 전한다.

신소희

옮긴이 **신소희**

서울대 국어국문학과를 졸업하고 출판 편집자 및 번역가로 일해왔다. 옮긴 책으로 《피너츠 완전판》, 《분리된 평화》, 《그린 맨션》, 《그때는 그때고, 지금은 지금이야》, 《소로와 함께 강을 따라서》, 《사형판결》 등이 있다.

아웃사이더

1판 1쇄 발행 2004년 7월 10일
2판 1쇄 발행 2007년 2월 10일
2판 13쇄 발행 2025년 9월 1일

지은이 S. E. 힌턴 | 옮긴이 신소희
펴낸곳 (주)문예출판사 | 펴낸이 전준배
출판등록 2004. 02. 11. 제 2013-000357호 (1966. 12. 2. 제 1-134호)
주소 04001 서울시 마포구 월드컵북로 21
전화 02-393-5681 | 팩스 02-393-5685
홈페이지 www.moonye.com | 블로그 blog.naver.com/imoonye
페이스북 www.facebook.com/moonyepublishing | 이메일 info@moonye.com

ISBN 978-89-310-0608-7 03840

• 잘못 만든 책은 구입하신 서점에서 바꿔드립니다.

문예출판사® 상표등록 제 40-0833187호, 제 41-0200044호